KB061908

Bouvard et Pécuchet

부바르와 페퀴셰1

문학의 세계

Bouvard et Pécuchet

부바르와 페퀴셰 1

귀스타브 플로베르

진인혜 옮김

일러두기

1. 이 책은 귀스타브 플로베르Gustave Flaubert의 《부바르와 페퀴셰*Bouvard et Pécuchet*》를 온전히 옮긴 것이다.
2. 이 책을 옮기면서 갈리마르Gallimard 출판사에서 나온 *Bouvard et Pécuchet*(1981)를 번역 대본으로 삼았다.
3. 주는 모두 옮긴이주이다.
4. 맞춤법과 외래어 표기는 1989년 3월 1일부터 시행된 〈한글 맞춤법 규정〉과 《문교부 편수자료》, 《표준국어대사전》(국립국어연구원, 1999)을 따랐다.

차례

I

삼십삼 도라는 더운 날씨 때문에 부르동 거리는 완전히 텅 비어 있었다.

조금 아래쪽에, 생 마르탱 운하가 두 개의 수문을 닫은 채 잉크빛 푸른 물을 드러내며 똑바로 뻗어 있었다. 운하 한가운데는 나무를 가득 실은 배 한 척이 떠 있었고, 제방 위에는 큰 통들이 두 줄로 늘어서 있었다.

운하 건너편에는 작업장의 경계에 있는 집들 사이로 군청색의 맑은 하늘이 보이고, 건물의 흰 외관과 석반석 지붕과 화강암 둑이 햇빛에 반사되어 빛나고 있었다. 멀리서 웅성거리는 소리가 훈훈한 대기 속으로 올라왔다. 일요일의 한가로움과 여름날의 우울함으로 모든 것이 마비된 듯했다.

두 사람이 나타났다.

한 사람은 바스티유 쪽에서, 다른 한 사람은 식물원 쪽에서 오고 있었다. 키가 큰 사람은 삼베 옷을 입고, 모자를 뒤로 젖히고 조끼의 단추는 풀어헤친 채 넥타이를 손에 들고 걸어오고 있었다. 키가 작은 사람은 밤색의 프록코트 속에 몸을 파묻고서, 뾰족한 챙 모자를 쓴 머리를 숙이고 있었다.

그들은 거리 중앙에 이르자, 동시에 같은 벤치에 앉았다.

이마의 땀을 닦기 위해 그들은 모자를 벗어 각자 옆에 놓았다. 그때, 키 작은 사람이 옆 사람의 모자 속에 부바르라고 씌어 있는 것을 보았다. 그리고 부바르도 프록코트를 입은 사람의 모자에서 페퀴셰라는 글자를 쉽게 찾아볼 수 있었다.

"저런! 우리는 똑같은 생각을 했군요. 모자에 이름을 써두는 것 말입니다."

"정말 그렇군요! 사무실에서 바뀔 수도 있기 때문이죠!"

"저도 그래요. 저도 사무원이거든요."

그들은 서로 바라보았다.

부바르의 사랑스러운 모습은 곧 페퀴셰를 매료시켰다.

언제나 반쯤 감겨 있는 부바르의 푸른 눈은 혈색 좋은 얼굴 속에서 웃고 있었다. 헐렁한 바지 자락은 비버 가죽 구두 위에 닿아 아랫부분이 주름져 있었으며, 배가 꽉 끼어서 벨트 주위의 셔츠가 툭 튀어나와 있었다. 금발의 곱슬머리는 가벼운 물결을 이루어 다소 어린아이 같은 인상을 주었다.

그는 입술 끝으로 휘파람 같은 소리를 끊임없이 내고 있었다.

페퀴셰의 진지한 모습은 부바르에게 강한 인상을 주었다.

머리 꼭대기에 붙어 있는 그의 머리털은 곧고 검어서 가발을 쓰고 있는 것 같았다. 그의 얼굴은, 밑으로 길게 내리뻗은 코 때문에 마치 옆모습처럼 보였다. 라스팅[1)]의 주름 바지를 입고 있는 그의 다리는 긴 상반신과 균형을 이루지 못했다. 그리고 목소리는 강하며 굵고 우렁찼다.

페퀴셰의 입에서 탄식이 흘러나왔다.

"시골에 산다면 얼마나 좋을까요!"

하지만 부바르의 생각으로는, 교외는 소란한 선술집 때문에 견딜 수 없는 곳이었다. 페퀴셰도 같은 생각이었다. 그럼에도 불구하고 그는 도시에 대해 피곤함을 느끼기 시작했고, 부바르도 마찬가지였다.

그들은 쌓아놓은 건축용 석재와 짚단이 떠다니는 더러운 물, 지평선 멀리 서 있는 공장의 굴뚝들을 바라보았다. 하수도의 악취가 풍겨 와서 두 사람은 다른 쪽으로 몸을 돌렸다. 그러자 곡식 저장소의 담벼락이 눈에 들어왔다.

실내보다는 거리가 확실히 더 더웠다(페퀴셰는 그 사실에 놀랐다)!

부바르는 페퀴셰에게 프록코트를 벗으라고 권했다. 그는 프록코트를 입지 않은 것에 대해서 사람들이 어떻게 생각하든 아랑곳하지 않았다!

그때 한 주정뱅이가 비틀거리며 보도를 건너갔다. 그로 인해 두 사람은 노동자에 관한 정치적인 대화를 나누게 되었다. 부바르의 생각이 좀 더 자유분방하긴 했지만, 둘의 의견은 대체로 동일했다.

고철 소리가 포장도로에 먼지를 일으키며 울려 퍼졌다. 그것은 꽃다발을 든 신부, 흰 넥타이를 맨 사람들, 겨드랑이까지 치마로 감싼 아낙네들 그리고 두세 명의 소녀와 한 학생을 태우고 베르시 쪽으로 달려가는 세 대의 삯마차가 내는 소리였다. 이 결혼식 광경을 보고 부바르와 페퀴셰는 여자에 관해 대화를 나누었다. 그들은, 여자들이란 경박하고 까다로우며 고집쟁이라고 선언했다. 여자들은, 때로 남자들보다 더 나은 경우도 있기는 하지만, 대개의 경우 더 위험한 존재라는 것이었다. 요컨대, 여자 없이 사는 게 더 나았다. 그래서 페퀴셰는 독신 생활을 하고 있었다.

"저도 홀아비입니다. 자식도 없고요."

부바르가 말했다.

"그건 어쩌면 당신에게는 다행한 일인지도 모르지요."

그러나 고독도 오래 지속되면, 비참한 일이었다.

이번에는 한 창녀가 군인과 함께 강가에 나타났다. 안색이 창백하며 머리카락이 검고 천연두 자국이 있는 창녀는 군인의 팔에 몸을 기댄 채 엉덩이를 흔들며 헌 신발을 질질 끌고 있었다.

창녀가 멀리 가버리자, 부바르는 외설스러운 이야기를 늘어놓았다. 페퀴셰는 얼굴이 빨개져서, 아마도 대답을 피하기 위해서인지 한 신부(神父)가 다가오는 것을 눈으로 가리켰다.

신부는 보도를 따라 앙상한 느릅나무가 늘어서 있는 큰 길을 천천히 내려갔다. 신부의 삼각모가 보이지 않게 되자, 부바르는 자기는 예수회 수도사들을 싫어하기 때문에 아무런 부담이 없다고 호언했다. 페퀴셰도 수도사들을 탐탁하게 여기는 바는 아니었지만, 그래도 종교에 대해 약간의 경의를 표했다.

그러는 동안 날이 어두워지기 시작했고, 건물의 앞쪽 덧문이 열렸다. 행인들도 더 많아졌고, 시계의 종소리는 일곱 시를 알리고 있었다.

그들의 대화는 지칠 줄 모르고 계속 이어져서, 신변잡기에 여러 가지 의견을 덧붙이기도 하고 개인적인 생각에 철학적인 견해를 첨가하기도 했다. 그들은 토목국, 담배의 전매사업, 상업계, 연극계, 항해술을 비롯해 모든 인간에 대해 마치 큰 환멸을 겪은 사람들처럼 비난했다. 둘은 서로 상대방의 이야기를 들으면서 잊어버리고 있던 자기 자신의 일부분을 되찾게 되었다. 그리하여 소박한 감동을 느낄 나이도 지났건만, 새로운 기쁨과 마음의 개화와도 같이 애정이 싹트는 즐거움을 느끼고 있었다.

그들은 수십 번도 더 일어났다가 다시 앉았다. 그리고 가려고 할 때마다 매혹에 사로잡혀 뿌리치지 못하고, 상류의 수문으로부터 하류의 수문에 이르기까지 긴 가로수 길을 돌아다녔다.

마침내 헤어지려고 악수를 할 때, 부바르가 불쑥 말했다.

"우리 함께 저녁 먹으러 갈까요?"

"저도 그런 생각을 하고 있었어요. 하지만 제가 먼저 제안할 용기가 없었지요."

부바르는 시청 앞에 있는 쾌적한 식당으로 페퀴셰를 안내했다.

그는 메뉴를 갖다달라고 했다.

향료는 몸을 화끈거리게 할 수 있기 때문에 페퀴셰는 그것에 두려움을 가지고 있었다. 이 문제에 대해 두 사람은 의학적인 토론을 벌였다. 그들은 과학의 유익함을 찬양했다. 시간만 있다면 알아야 할 것들이 얼마나 많고, 연구할 것 또한 얼마나 많은가! 그러나 슬프게도 밥벌이가 더 급하다. 자신들이 둘 다 필경을 하고 있다는 사실을 알았을 때 그들은 너무 놀라서 팔을 치켜들고 테이블 위에서 서로 부둥켜안을 뻔했다. 부바르는 한 상점에서, 페퀴셰는 해군성에서 필경을 하고 있었다. 그러나 페퀴셰는 매일 저녁 공부하는 데에 어느 정도 시간을 할애할 수 있었다. 그는 티에르[2]의 저서에서 잘못된 점을 지적했고, 지대한 존경을 표하며 뒤무셸이라는 어떤 교수에 대하여 이야기했다.

부바르는 다른 면에서 페퀴셰보다 뛰어났다. 여러 가닥의 가는 줄로 되어 있는 시곗줄과 소스를 치는 방식은, 그가 젊게 보이고 싶어하며 경험이 풍부한 사람이라는 것을 잘 나타내주었다. 부바르가 냅킨의 끝자락을 겨드랑이에 끼고 음식을 먹으면서 떠들어대는 이야기를 듣고 페퀴셰는 웃었다. 페퀴셰의 웃음소리는 특이했다. 언제나 똑같이 아주 낮은 톤으로, 긴 간격을 두고 이어졌다. 부바르는 낭랑한 소리로, 이를 드러내 보이고 어깨를 들썩거리면서 끊임없이 웃었다. 그래서 들어오려던 손님들이 도로 나가버렸다.

식사가 끝나자 그들은 다른 곳으로 커피를 마시러 갔다. 페퀴셰는 가로등을 바라보면서 지나친 사치에 대해 불평하고는, 거만한 몸짓으로 신문을 뒤적였다. 부바르는 그러한 것들에 대해서 좀더 관대한 편이었다. 그는 대체로 모든 작가들을 좋아했고 젊은 시절에는 배우가 될 소질도 있었다!

부바르는 자기 친구인 바르브루가 하던 것처럼, 당구공 두 개와 큐로 균형을 잡는 재주를 보여주고 싶었다. 그러나 공은 계속 떨어져 사람들의 다리 사이로 굴러가서 멀리 사라져버렸다. 그럴 때마다 의자 밑으로 기어 들어가서 공을 찾느라고 일어서던 점원은 마침내 불평을 늘어놓았다. 페퀴셰가 점원과 말다툼을 하자 카페 주인이 왔다. 주인은 해명할 기회도 주지 않고 음식값에 대해 억지까지 부렸다.

페퀴셰는 아주 가까운 곳인 생 마르탱 가(街)에 자기 집이 있으니 거기 가서 조용히 저녁 시간을 보내자고 제안했다.

집에 들어가자 페퀴셰는 옥양목으로 된 윗도리를 걸치고 부바르를 방으로 극진히 맞아들였다.

방 한가운데 놓여 있는 전나무 책상은 모서리 때문에 거추장스러웠다. 온 사방에, 선반 위에, 세 개의 의자 위에, 낡은 소파 위에, 그리고 구석에는 몇 권의 로레 백과사전과 《최면술 개론》, 페늘롱[3]의 저서와 다른 책들——서류 더미, 코코넛 열매 두 개, 여러 가지 메달과 터키 모자도 함께 있었다——뒤무셸이 르 아브르에서 가져온 조개껍질이 어지럽게 널려 있었다.

오래전에 노란색 칠을 한 벽은 먼지로 색이 바래 있었다. 시트 자락이 늘어져 있는 침대 끝에는 구둣솔이 굴러다니고 있었고, 천장에는 램프 연기에 그은 검은 자국이 커다랗게 보였다.

부바르는 아마도 냄새 때문인 듯 창문을 열어도 되냐고 물어보았다.

"서류 뭉치가 날아가서 안 돼요!"

페퀴셰가 소리쳤다. 게다가 그는 통풍시키는 것을 싫어했다.

그렇지만 페퀴셰는 슬레이트 지붕 때문에 아침부터 푹푹 찌는 작은 방 안에서 숨을 헐떡였다.

부바르가 말했다.

"저 같으면, 플란넬 내복을 벗어버리겠어요!"

"뭐라고요!"

페퀴셰는 건강용 내의를 입지 않는 것은 생각만 해도 두려워서 고개를 숙였다.

"저를 배웅해주시지요. 바깥 공기를 쏘이면 시원할 겁니다."

부바르가 다시 말했다.

결국 페퀴셰는 구두를 다시 신으면서 중얼거렸다.

"당신에게는 당해낼 수가 없군요, 정말!"

꽤 먼 거리였는데도 불구하고 페퀴셰는 투르넬 다리 앞에 있는 베튄 가 모퉁이의 부바르 집에까지 따라갔다.

밀랍을 잘 바른 부바르의 방에는 올이 곱고 섬세한 면직물 커튼과 마호가니 가구가 있었고, 강이 내려다보이는 발코니까지 있었다. 서랍장 가운데에 놓여 있는 술병 받침과 길게 걸려 있는 친구들의 은판 사진 액자가 가장 눈에 띄는 두 가지 장식품이었다. 그리고 침실에는 유화가 걸려 있었다.

"제 삼촌이지요!"

부바르는 들고 있던 촛대로 그림 속의 인물을 비추면서 말했다.

초상화는 붉은 구레나룻 덕분에 얼굴이 더 크게 보였고, 끝이 고불거리는 앞머리를 내려뜨린 모습이었다. 넥타이를 높이 매었을 뿐만 아니라 와이셔츠와 벨벳 조끼와 검은 예복의 깃 세 개 때문에 목이 파묻혀 답답해 보였다. 가슴 장식에는 다이아몬드가 박혀 있었다. 째진 눈에 광대뼈가 튀어나온 그림 속의 인물은 다소 빈정거리는 듯한 미소를 띠고 있었다.

"당신 부친인 줄 알겠어요!"라고 페퀴셰는 말하지 않을 수 없었다.

"저의 대부이지요."

부바르는 건성으로 대답하면서, 자기의 세례명은 프랑수아드니 바르톨로메라고 덧붙였다. 페퀴셰의 세례명은 쥐스트로맹 시릴이었다. 게다가 그들은 동갑내기였다. 둘 다 마흔일곱 살인 것이다! 그들은 이러한 우연의 일치에 기뻐하면서도, 상대방이 더 나이 들어 보인다고 생각하고 놀라워했다. 그리고 절묘한 조화를 보여주는 신의 섭리에 감탄했다.

"우리가 아까 산책하러 나가지 않았다면, 서로 모르는 채 죽을 뻔했지요."

그들은 직장의 주소를 교환하고 작별인사를 했다.

"여자와 재미 보러 가지는 마쇼!"

부바르가 층계 위에서 소리쳤다.

페퀴셰는 짓궂은 농담에는 대꾸도 하지 않고 계단을 내려갔다.

다음 날, 오트푀유 가 구십이 번지 알사스 직물상 데캉보 형제 상회의 마당에서는 "부바르! 부바르 씨!"라고 부르는 소리가 들렸다.

부바르가 창밖으로 머리를 내밀자, 페퀴셰의 모습이 보였다. 페퀴셰는 한층 더 큰 소리로 외쳤다.

"병이 나지 않았어요! 그것을 벗어버렸는데요!"

"뭐 말이오!"

"그거요!"

페퀴셰는 자기의 가슴을 가리키며 말했다.

방도 더운데다가 소화도 안 되고, 또 낮에 나눈 많은 이야기들로 인해 페퀴셰는 통 잠을 이룰 수가 없었다. 그래서 더 이상 참을 수가 없어 플란넬 내의를 벗어버렸던 것이다. 아침에 일어나서 그는 다행히도 아무 이상이 없음을 깨닫고 그 사실을 부바르에게 알려주려고 온 것이다. 그 때문에, 페퀴셰는 부바르를 대단히 높이 평가하게 되었다.

페퀴셰는 소상인의 아들이었는데, 어머니는 일찍 죽어서 기억에 없었다. 그는 열다섯 살에 기숙사에서 나와 한 집달리의 집으로 들어가게 되었다. 그런데 헌병들이 들이닥쳐서 주인을 감옥으로 보냈다. 그것은 페퀴셰에게 지금까지도 공포심을 불러일으키는 잔인한 사건이었다. 그 후 그는 가정교사, 약국의 문하생, 센 강 상류 정기선의 회계원 등 여러 가지로 직업을 바꾸어보았다. 그리고 마침내 해군성의 한 국장이 그의 글씨체에 반해서 서기로 채용해주었다. 그러나 제대로 교육을 받지 못했다는 생각과 그러한 생각 때문에 생긴 지식에 대한 욕구로 인하여 그의 기분은 편하지만은 않았다. 그리하여 그는 부모도 애인도 없이 완전한 고독 속에서 살고 있었다. 기분전환으로 일요일에 공공사업을 견학하러 가는 게 고작이었다.

부바르의 가장 오랜 기억은 루아르 강가에 있는 한 농가의 마당에 대한 것으로 삼촌이라고 하는 어떤 사람이 그를 파리로 데려와서 상업을 배우게 했다. 어른이 되자 수천 프랑의 자본금이 제공되었다. 그래서 그는 마누라를 얻고 과자 상점을 차렸다. 그런데 여섯 달 후, 마누라가 돈을 가지고 사라져버렸다. 친구들, 호의호식, 그리고 특히 게으름 탓에 그는 곧 파산해버렸다. 그러나 부바르는 글씨를 잘 쓰는 자기의 재주를 이용할 생각을 했다. 그리하여 십이 년 전부터 똑같은 장소, 즉 오트푀유 가 구십이 번지의 직물상 데캉보 형제 상회에서 일하고 있는 것이다. 옛날에는 기념으로 예의 초상화를 보내주기도 했던 삼촌에 관해서는 이제 주소조차 알지 못하며 더 이상 삼촌에게서 아무것도 기대하고 있지 않았다. 천오백 리브르의 연금과 필경의 월급으로 매일 저녁 술집에서 쓸 돈은 갖고 있었다.

이와 같이 그들의 만남에는 우연이라는 것이 중요한 역할을 했다. 그들은 곧 눈에 보이지 않는 끈에 의해서 묶이고 말았다. 게다가 서로에 대해 느끼는 그들의 호감을 어떻게 설명할까? 한 사람의 하찮은 특징이나 가증스러운 결점과 같은 것들이 왜 상대방의 마음을 끄는 것일까? 첫눈에 반한다고 하는 것은 열정의 세계에 있어서는 진실이 아닐 수 없다. 일주일도 되기 전에 그들은 서로 말을 놓았다.

종종, 그들은 상대방의 사무실로 서로 찾아가곤 했다. 한 사람이 나타나면 곧 다른 사람은 책상을 치우고 함께 거리로 나갔다. 부바르는 성큼성큼 걷는 반면, 페퀴셰는 발을 빨리 움직이고 발꿈치에 부딪히는 프록코트 때문에 룰렛 위에서 미끄럼을 타는 듯이 보였다. 그와 마찬가지로 두 사람의 취향도 조화를 이루고 있었다. 부바르는 파이프를 피우고 치즈를 좋아하며 언제나 작은 잔으로 블랙커피를 마셨다. 페퀴셰는 코담배를 맡으며 디저트로는 잼밖에 먹지 않고 커피에는 설탕을 한 조각 넣어 마셨다. 한 사람은 남을 쉽게 믿고 경솔하며 인심이 후한 편이고, 다른 한 사람은 신중하고 생각을 많이 하며 절약하는 편이었다.

페퀴셰를 기쁘게 해줄 생각으로, 부바르는 바르브루를 소개해주었다. 전직 외무사원인 바르브루는 지금은 회계원으로 일하는 아주 선량한 사람으로, 애국자이고 부인네들과도 친하게 지내며 변두리 말씨를 쓰고 있었다. 페퀴셰는 그가 마음에 들지 않아서 부바르를 뒤무셸의 집으로 안내했다. 이 작가

(그는 기억법에 대한 소책자를 출판했다)는 청소년 기숙학교에서 문학을 가르치는 사람으로, 전통적인 의견과 진지한 태도를 지니고 있었다. 부바르의 눈에는 뒤무셸이 지루한 사람으로 보였다.

부바르와 페퀴셰는 각자의 의견을 서로에게 숨김없이 털어놓았다. 그리고 서로 상대방의 의견이 정당하다고 생각했다. 그들은 이제 습성이 바뀌어 하숙집 식사를 그만두고 매일 함께 저녁 식사를 하게 되었다.

그들은 유행하고 있는 연극, 정부(政府), 비싼 생활비, 상인의 속임수에 대하여 생각해보았다. 때때로 그들의 대화에는 마리 앙투아네트의 목걸이 사건에 관한 이야기나 퓌알데스[4]의 소송 사건과 같은 것들도 끼어 있었다. 또 그들은 대혁명의 원인이 무엇인가도 생각해보았다.

두 사람은 골동품 상점이 늘어서 있는 거리를 산책했다. 공예 학교, 생 드니 대성당, 고블랭 직물의 국영 공장, 앵발리드 기념관 그리고 모든 공공 전시장에도 가보았다. 신분증을 보자고 하면 영국인이나 외국인인 체하면서 잃어버렸다는 듯이 행동했다.

박물관의 진열실에서는 박제로 만들어놓은 네 발 짐승을 보며 감탄하고 나방을 보고 즐거워했다. 하지만 금속에 대해서는 무관심했다. 그들은 화석을 보고 몽상에 잠기기도 했는데, 패류학에는 별다른 흥미를 느끼지 못했다. 유리창을 통해 온실을 들여다볼 때에는, 잎사귀에서 독이 뿜어져 나올지도 모른다는 생각에 소름이 끼쳤다. 또 서양 삼나무를 보고 감탄하기도 했는데 그것은 서양 삼나무를 모자에 담아서 옮겨왔다는 내용 때문이었다.

루브르 박물관에서는 라파엘에 심취하려고 시도해보기도 하고, 대형 도서관에서는 장서의 정확한 수량을 알고 싶어하기도 했다.

한번은, 콜레주 드 프랑스[5)]의 아랍어 강의를 들으러 간 적이 있었는데, 교수는 필기를 하려고 애쓰는 미지의 두 사람을 보고 깜짝 놀랐다. 바르브루 덕택에 부바르와 페퀴셰는 조그만 극장의 무대 뒤에도 들어가보았다. 뒤무셸은 아카데미 회의의 방청권을 얻어주기도 했다. 그들은 발명품에 대하여 알아보기도 하고 내용 설명서를 읽기도 했다. 이와 같은 호기심으로 그들의 지성은 발달되어갔다. 날마다 더 넓어져가는 시야 속에서 그들은 막연하지만 경이로운 것들을 만나게 되었다.

훌륭한 고가구를 보면 그것이 사용되던 시대에 대해 전혀 아는 것이 없으면서도 그들은 그러한 시대에 살지 못한 것을 안타까워했다. 그리고 여러 나라에 대해 정확히 아는 것이 아무것도 없었기 때문에, 각 나라를 그 이름에 따라서 더 아름다울 것으로 상상하곤 했다. 그들로서는 제목조차 이해할 수 없는 저서들이 어떤 신비를 간직하고 있는 듯이 보이기도 했다.

생각이 많아질수록 그들은 더욱 많은 고통을 느꼈다. 거리에서 우편마차와 마주칠 때면 그 마차를 타고 어디론가 떠나고 싶은 욕구를 느꼈다. 꽃이 핀 센 강변을 바라보며 시골을 동경하기도 했다.

어느 일요일에 두 사람은 아침부터 산책에 나섰다. 뫼동, 벨뷔, 쉬렌, 오퇴유[6]를 지나서 하루 종일 포도밭 사이를 돌아다니며 밭이랑에서 개양귀비 꽃을 꺾기도 하고, 풀밭에 누워 잠을 자기도 하고, 우유도 마시며, 야외 술집의 아카시아 나무 아래에서 식사를 하기도 했다. 그러고는 아주 늦게야, 먼지투성이가 되어 넋을 잃고 기진맥진한 상태로 돌아왔다. 그들은 종종 이런 산책을 되풀이했다. 그런데 그 다음 날이면 너무 우울해져서 결국 그런 식의 산책을 포기하고 말았다.

그들은 단조로운 사무실이 지겨워졌다. 한결같은 나이프와 종이, 똑같은 잉크와 펜 그리고 똑같은 동료들! 그들은 동료들을 어리석다고 단정했고 그들과 이야기를 나누는 횟수도 점점 줄었다. 그 때문에 두 사람은 야유를 받기도 했다. 게다가 날마다 지각을 해서 꾸중을 들었다.

이전에 그들은 그런대로 행복하다고 생각하고 있었다. 그러나 자존심을 갖게 되면서부터 그들은 자신들의 직업에 굴욕을 느끼게 되었다. 그리하여 혐오감 속에서 서로 힘을 북돋워주고, 서로 칭찬을 주고받으며, 서로를 아껴주었다. 페퀴셰는 부바르의 거친 면을 닮게 되었고, 부바르는 페퀴셰의 우울함을 다소 지니게 되었다.

"광장의 곡예사나 되어버릴까!"

한 사람이 말했다.

"차라리 넝마주이가 되는 편이 낫지."

다른 한 사람이 소리쳤다.

얼마나 저주스러운 상황인가! 그러나 이러한 상황에서 벗어날 방법도, 희망도 전혀 없었다!

어느 날 오후(1839년 일월 이십일이었다), 부바르는 사무실에서 우체부가 배달해준 편지를 한 통 받았다.

그는 팔을 번쩍 치켜들더니 고개를 점점 떨어뜨리면서 타일 바닥 위로 쓰러지고 말았다.

동료들이 달려와서 부바르의 넥타이를 풀고 의사를 불러왔다.

부바르가 깨어나자 사람들이 무슨 일이냐고 물었다.

"아!……그건……그건……바람을 쏘이면 괜찮아질 거예요. 그냥 내버려두세요! 잠시 실례하겠어요!"

부바르는 뚱뚱한 체구에도 불구하고 해군성까지 단숨에 달려갔다. 손으로 이마의 땀을 닦으며 미칠 것 같은 생각에 진정하려고 애썼다.

그는 페퀴셰와의 면회를 신청했다.

페퀴셰가 나타났다.

"삼촌이 죽었어! 내가 유산을 상속받아!"

"그럴 리가!"

부바르는 다음과 같은 서류를 보여주었다.

타르디벨 공증인 사무소

사비니 앙 셉텐, 1839년 1월 14일

부바르 귀하,

낭트에서 상인으로 일하다가 이 달 10일에 낭트에서 사망한 귀하의 생부 프랑수아 드니 바르톨로메 부바르 씨의 유서에 대해 알려드리고자 하오니, 저의 사무실로 와주시기 바랍니다. 이 유서에는 귀하에게 매우 중요한 조항이 들어 있습니다.

경의를 표하면서 이만 줄입니다.

공증인 타르디벨

페퀴셰는 마당의 말뚝 위에 주저앉았다. 그러고는 서류를 돌려주면서 천천히 말했다.

"만약……이게 장난이……아니라면?"

"자네는 이게 장난이라고 생각하나!"

부바르는 마치 다 죽어가는 환자가 숨을 헐떡이는 것처럼 목이 메어 말했다.

그러나 우체국 소인, 인쇄되어 있는 사무소 이름, 공증인의 서명 등 이 모든 것들은 그 소식이 사실임을 입증해주고 있었다. 부바르와 페퀴셰는 서로 바라보았다. 그들의 입술은 떨리고 있었고 멍한 눈에서는 눈물이 흘러내렸다.

그들은 마치 장소가 비좁기라도 한 듯 온 사방을 돌아다녔다. 개선문까지 갔다가 다시 센 강변으로 돌아와서 노트르담 앞을 지나갔다. 부바르는 상기되어 있었다. 그는 페퀴셰의 등을 주먹으로 두드리며 완전히 정신이 나간 듯 앞뒤도 안 맞는 말들을 잠시 동안 떠들어댔다.

웃지 않으려고 해도 저절로 히죽히죽 웃음이 나왔다. 유산의 액수는 분명히……?

"아! 그렇게만 된다면 더 이상 바랄 게 없지! 액수에 대해서는 더 이상 말하지 말기로 하자."

그러나 그들은 계속 액수에 관해 이야기를 했다.

어찌된 영문인지 자세한 설명을 요구하지 않을 수 없었다. 부바르는 공증인에게 자세히 설명해달라는 편지를 썼다.

공증인은 유서의 사본을 보내왔는데, 그 유서의 끝부분은 이러했다.

'따라서 나는 나의 사생아 프랑수아 드니 바르톨로메 부바르에게 내 유산의 법적인 할당분을 물려준다.'

고인에게는 젊은 시절에 얻은 아들이 하나 있었는데, 조카라고 하면서 교묘히 떨어뜨려놓았다. 조카는 그 사실을 알고 있었지만, 줄곧 삼촌이라고 불렀다. 마흔 살 무렵에 부바르 씨는 결혼을 했다가 홀아비가 되었다. 결혼 생활에서 얻은 두 아들이 그의 의견과는 정반대로 행동하자, 오래전에 다른 자식을 버린 것에 대한 후회가 엄습했다. 가정부의 영향력만 없었다면 그는 버렸던 아들을 자기 집으로 불러들였을 것이다. 가족들의 술책으로 가정부도 떠나버리고 고독 속에서 죽음을 맞이하게 되자, 그는 자기 재산 중에서 가능한 모든 것을 첫사랑의 결과로 얻은 아들에게 물려줌으로써 지난날의 잘못을 속죄하고 싶었다. 그의 재산은 오십만 프랑에 달하며 그중 부바르의 몫은 이십오만 프랑이나 되었다. 맏아들인 에티엔 씨는 고인의 뜻을 받들겠다고 통고했다.

부바르는 온몸이 마비되는 것 같았다. 그는 술 취한 사람처럼 평온한 미소를 지으며 낮은 소리로 되풀이했다.

"만 오천 리브르의 연금이라니!"

성격이 좀더 침착한 페퀴셰도 놀라지 않을 수 없었다.

그런데 그들은 뜻밖에 타르디벨에게서 충격적인 편지를 받았다. 둘째 아들인 알렉상드르 씨가 할 수만 있다면 유증물을 고소해서라도 법적으로 모든 것을 해결하겠다는 의도를 밝히며, 우선 선결조건으로 봉인, 면밀한 검토, 기탁물 보관자의 지정 등을 요구하고 나선 것이었다! 부바르는 이 때문에 화병이 났다. 그는 몸이 회복되자마자 곧 사비니로 떠났다. 그러나 아무런 해결책도 찾지 못하고 여행 경비가 든 것만 불평하며 돌아오고 말았다.

분노와 희망, 흥분과 낙담 사이를 번갈아 오가며 밤마다 불면증에 시달렸다. 드디어 여섯 달 후에, 알렉상드르가 마음을 가라앉혀서 부바르는 유산을 상속하게 되었다.

그의 첫마디는 이랬다.

"우리 시골로 은퇴하기로 하자!"

자기의 행복에 친구를 결부시킨 이 말을 페퀴셰는 지극히 당연하게 받아들였다. 두 사람의 결합은 이루 말로 할 수 없을 만큼 깊었기 때문이다.

그러나 페퀴셰는 부바르의 신세를 지며 살고 싶지 않았기 때문에 정년퇴직을 하기 전에는 떠나지 않겠다고 했다. 아직이 년이나 남았는데, 그럴 필요가 있나! 그러나 페퀴셰가 완강히 고집을 부려서 결국 그렇게 하기로 결정했다.

어디에 정착할 것인가를 알아보기 위해 그들은 모든 시골 지방을 검토해보았다. 북부는 토지가 비옥하지만 날씨가 너무 춥고, 날씨가 매혹적인 남부에서는 모기에 시달릴 테고, 중부 지방에는 정말이지 호기심을 끌 만한 것이 아무것도 없었다. 브르타뉴 지방은 주민들의 위선적인 성격만 아니라면 마음에 들었을 것이다. 동부 지역은 독일식 사투리 때문에 고려해볼 필요도 없었다. 아직 다른 지방도 남아 있었다. 예를 들면, 포레, 뷔제, 루무아 같은 곳은 어떨까? 지도에서는 아무것도 알아낼 수 없었다. 게다가 어떤 장소에 집이 있든지 간에, 중요한 것은 어쨌든 그들이 집을 한 채 갖게 될 것이라는 사실이었다.

그들은 벌써 윗옷을 벗은 채 화단에서 장미나무 가지를 치고, 삽으로 파고 김을 매며, 땅을 일구거나 튤립을 화분에서 꺼내고 있는 자신들의 모습을 보는 듯했다. 종달새의 노랫소리에 잠이 깰 것이며, 쟁기를 끌고 사과를 따러 바구니를 끼고 갈 것이다. 또한 버터를 만드는 모습, 곡식의 낟알을 두드리는 모습, 양털을 깎아주거나 벌통을 보살펴주는 모습들을 지켜볼 것이며, 소 울음소리와 베어놓은 건초 더미의 향기를 즐기리라. 더 이상 글씨를 쓸 일도 직장 상사도 없고, 기한 내에 지불해야 할 집세도 없는 것이다! 자기 집을 소유하게 될 테니 말이다! 앞마당에서 기르는 암탉과 정원에 심어놓은 야채를 먹을 것이며, 나막신을 신고 저녁을 먹으리라!

"우리가 하고 싶은 것을 모두 해보자! 수염도 기르고!"

그들은 원예 도구와 앞으로 필요하게 될지도 모를 여러 가지 물건을 구입했다. 연장통(집집마다 하나씩 있어야 하는 것이다)과 저울, 측량쇠줄을 샀고, 아플 때를 대비해서 욕조도 하나 샀다. 그리고 온도계와, 마음이 내키면 물리학 실험을 하려고 '게 뤼삭 체계'의 기압계까지 샀다. 또한 좋은 문학 작품이 몇 권 있는 것도 나쁘지 않을 것 같았다(항상 밖에서 일만 할 수는 없는 노릇이니까). 그래서 그들은 문학 서적을 구해보았지만, 과연 그런 책이 정말로 서재의 장서가 될 수 있을지 알 수가 없었다. 부바르가 딱 잘라 말했다.

"이봐, 우리에겐 아마 장서가 필요 없을 거야."

"하기야, 나한테도 이미 장서가 있으니까."

페퀴셰가 말했다.

우선 그들은 각자의 물품을 정리해보았다. 부바르는 가구를, 페퀴셰는 검은색의 커다란 책상을 가져가기로 했다. 커튼은 있는 것을 이용하기로 했고, 부엌세간도 그만하면 충분했다. 그들은 이 모든 것을 비밀로 하기로 서로 맹세했지만, 두 사람의 얼굴에는 희색이 넘쳐흘렀다. 그래서 동료들은 그들을 '이상하게' 여기곤 했다. 부바르는 초서체와 둥근 글씨체를 섞어서 쓰는데, 글자체가 둥글게 잘 되도록 팔꿈치를 밖으로 내놓고 책상 위에 엎드려 글씨를 쓰면서, 짙은 눈썹을 장난스럽게 깜빡이며 휘파람 소리를 냈다. 밀짚으로 된 걸상에 걸

터앉아 긴 글씨체의 세로획을 정성들여 쓰는 페퀴셰는 비밀이 새어나오기라도 할까 봐 걱정인 듯 콧구멍을 부풀리며 입술을 꼭 다물었다.

십팔 개월 동안이나 조사를 했지만, 그들은 아무것도 찾아내지 못했다. 파리 근교를 샅샅이 돌아보고, 아미앵에서 에브뢰까지, 퐁텐블로에서 르 아브르까지 가보았다. 그들은 진정한 시골의 모습을 찾고 싶었다. 그림같이 장관을 이루는 경치를 바라지는 않았지만 시야가 막혀 있으면 우울해졌다. 또 이웃 주민들과 멀리 떨어져 있기를 바랐지만 그렇다고 고독해지는 것은 싫었다. 때때로 결정을 했다가도 그 장소가 불건전하게 보인다든가 바닷바람에 노출되어 있다든가 공장이 너무 가까이 있다든가 또는 주변이 너무 험난하다는 이유로 나중에 후회하게 될지도 몰라서 생각을 바꾸곤 했다.

바르브루가 두 사람을 도와주었다.

그들의 꿈을 잘 알고 있던 바르브루는 날씨가 좋은 어느 날 찾아와서 캉과 팔레즈 사이에 있는 샤비뇰이라는 곳에 적당한 장소가 있다고 말했다. 그것은 성 모양의 집과 정원이 딸린 수확이 좋은 삼십팔 헥타르의 농장이었다.

부바르와 페퀴셰는 흥분해서 칼바도스로 갔다. 그러나 농장과 집을 합하여(둘 중 하나만 팔지는 않을 것이므로) 십사만 삼천 프랑을 요구했다. 부바르는 십이만 프랑밖에 낼 수 없다고 했다.

페퀴셰는 부바르에게 고집을 꺾고 양보하라고 설득하다가

결국 초과액은 자기가 보태겠다고 선언했다. 그것은 어머니의 유산과 그가 절약해서 모은 돈을 합한 전 재산이었다. 그는 중요한 경우를 대비해서 그 돈을 가지고 있으면서도 그 돈에 대해서는 한마디도 하지 않고 있었다.

페퀴셰가 퇴직하기 여섯 달 전인 1840년 말에 잔금이 모두 지불되었다.

부바르는 더 이상 필경을 하지 않고 있었다. 처음에는 미래에 대한 확신이 없어서 일을 계속했지만, 상속이 확실해지자 직장을 그만두었다. 그러나 그는 자주 데캉보 상회에 들렀으며, 시골로 떠나기 전날 밤에는 사무실의 모든 직원들에게 펀치[7]를 한 잔씩 대접했다.

그와 반대로 페퀴셰는 동료들에게 무뚝뚝한 태도를 보였고, 마지막 날 문을 거칠게 쾅 닫고 나와버렸다.

그는 짐 꾸린 것도 점검해야 하고 쇼핑할 것도 아주 많았으며, 뒤무셸과 작별인사도 나눠야 했다!

뒤무셸 교수는 편지로 문학에 대한 소식을 알려 주겠다고 하면서 서신 왕래를 하자고 했다. 그리고 다시 한번 축하를 한 후, 작별 인사를 했다. 바르브루는 부바르와 작별을 하면서 더욱 섭섭해했다. 그는 일부러 도미노 게임도 져주고, 시골로 만나러 가겠다고 약속도 했다. 그리고 아니스 술을 두 잔 시키고 부바르를 껴안았다.

집으로 돌아오자, 부바르는 공기를 크게 한 숨 들이쉬면서 "드디어" 하고 중얼거렸다. 강가의 불빛이 물속에서 흔들리고 있었고, 합승마차 굴러가는 소리가 멀리 사라지고 있었다. 그는 이 대도시에서 보낸 행복했던 지난날을 회상해보았다. 식당에서 회식을 한 일이며, 저녁에 극장에 갔던 일, 관리인 여자가 들려주던 잡담과 자신의 모든 습관들을 되새겨보았다. 마음이 울적해지는 것을 느꼈지만, 그렇다고 슬프다고 말할 수 있는 것은 아니었다.

페퀴셰는 새벽 두 시까지 방 안을 서성대었다. 더 이상 이곳에 돌아오지 않을 거라니, 얼마나 잘된 일인가! 그렇지만 뭔가 자신의 흔적을 남기기 위해 그는 벽난로의 석고 위에 자기 이름을 새겼다.

큰 짐들은 이미 전날 부쳤다. 원예 기구, 간이침대, 침대 매트, 테이블과 의자, 가열 기구, 욕조, 부르고뉴산 포도주 세 통은 센 강을 따라 르 아브르까지 가서 다시 캉으로 보내질 것이다. 그러면 캉에서 부바르가 기다리고 있다가 물건들을 받아 샤비뇰로 가져오기로 했다. 그러나 부바르 아버지의 초상화, 소파, 리쾨르 술의 저장고, 책과 추시계, 모든 귀중품들은 이삿짐 마차에 실려서 노낭쿠르와 베르뇌유, 팔레즈를 지나 도착하게 된다. 페퀴셰는 그 이삿짐 마차를 타고 가기로 했다.

페퀴셰는 낡은 프록코트에 목도리를 두르고 장갑을 끼고 사무실에서 신던 털신까지 신고는 마부의 옆자리에 앉아서 삼월 이십일 일요일 새벽에 도시를 떠났다.

처음 몇 시간 동안은 이사를 하고 여행을 한다는 새로움으로 마음이 가득 차 있었다. 그런데 말의 속도가 느려지자 그는 마부와 짐수레꾼을 상대로 말다툼을 했다. 마부와 짐수레꾼은 형편없는 여인숙을 숙소로 잡았다. 그들이 모든 것을 책임진다고 했는데도, 조심성이 지나치게 많은 페퀴셰는 같은 숙소에서 잠을 잤다. 그 다음 날은 새벽부터 다시 길을 떠났다. 언제나 똑같은 길이 지평선 끝까지 길게 뻗어 있었다. 자갈길이 계속되고 물이 가득 찬 도랑이 보였으며, 단조롭고 무심한 녹색의 거대한 평면이 시골의 모습을 드러내고 있었다. 하늘에는 구름이 흘러가고, 이따금 빗방울이 떨어지기도 했다. 셋째 날에는 돌풍이 휘몰아쳤다. 짐수레의 덮개가 잘 매어지지 않아서, 돛단배의 돛처럼 바람에 펄럭거렸다. 페퀴셰는 모자를 쓰고 얼굴을 숙이고 있었는데, 코담뱃갑을 열 때마다 눈을 보호하느라고 몸을 완전히 돌려야만 했다. 울퉁불퉁한 길을 달릴 때에는 뒤에 있는 짐들이 모두 덜컹거렸고 그는 계속해서 충고를 했다. 그러나 그러한 충고가 아무 소용이 없다는 것을 깨닫고는 방법을 바꾸어 착한 아이처럼 일꾼들의 환심을 사려고 애를 썼다. 올라가기 힘든 언덕길에서는 다른 일꾼과 함께 수레를 밀기도 하고, 식사 후에는 브랜디를 탄 커피를 사주기까지 했다. 그러자 마부가 더 빨리 속력을 내는 바람에, 고뷔르주 근처에서 차축이 부러져 수레가 기울어지고 말았다. 페퀴셰가 수레 안을 들여다보니, 도자기 잔들이 산산조각이 나 있었다. 그는 기분이 상해서 두 팔을 치켜들고, 바보 같은 마부와 짐수레꾼에게 욕설을 퍼부었다. 다음 날은 짐수레꾼이 술에 취해서 길을 떠날 수 없었다. 그러나 페퀴셰는 너무

나 괴로워서 더 이상 불평할 기운도 없었다.

부바르는 바르브루와 한 번 더 식사를 함께 하느라고, 다음 다음 날에야 파리를 떠났다. 그는 아슬아슬한 시간에 마차역에 도착했는데 깨어보니 루앙 성당 앞이었다. 합승 마차를 잘못 탄 것이다.

그날 저녁, 캉으로 가는 모든 좌석은 예약되어 있었다. 무엇을 해야 할지 몰라 부바르는 예술극장에 가보았다. 그는 주위 사람들에게 웃으면서, 자기는 상업에 종사하다가 은퇴한 사람으로 주변에 땅을 새로 구입했노라고 말했다. 부바르는 금요일에 캉에 도착했는데, 짐은 아직 도착하지 않았다. 그는 일요일에야 짐을 받아서 짐수레에 실어 보내면서, 몇 시간 내로 자기도 뒤따라갈 것이라고 소작인에게 미리 알렸다.

여행한 지 구 일째 되는 날, 페퀴셰는 팔레즈에서 예비마를 타고 해가 질 때까지 길을 갔다. 브레트빌을 지나자, 그는 샤비뇰의 집 지붕이 보인다고 생각하면서 대로에서 벗어나 지름길로 접어들었다. 그런데 수레바퀴 자국은 온데간데없이 사라져버리고, 경작지 한가운데로 들어서게 되었다. 날은 어두워지는데, 어떻게 해야 할까? 마침내 페퀴셰는 수레를 놓아두고, 정찰을 하려고 진창에 빠지면서도 앞으로 나아갔다. 농장에 가까이 가자, 개 짖는 소리가 들렸다. 길을 물어보려고 있는 힘을 다해 소리쳤지만 아무 대답이 없었다. 그는 무서워져서 큰 길로 되돌아왔다. 그때 갑자기 두 개의 불빛이 보였다. 페퀴셰는 마차를 알아보고 뛰어가서 탔다. 마차 안에는 부바르가 타고 있었다.

하지만 이삿짐 마차는 어디에 있는 것일까? 그들은 어둠 속에서 한 시간 동안이나 소리쳐 부르다가 겨우 마차를 다시 찾아내어 샤비뇰에 도착하게 되었다.

덤불과 솔방울이 활활 타고 있는 방 안에는 두 사람 분의 식기가 놓여 있었다. 수레에 실려 도착한 가구들이 현관에 잔뜩 쌓여 있었다. 빠진 것은 아무것도 없었다. 부바르와 페퀴셰는 식탁에 앉았다.

양파 수프, 닭고기, 베이컨과 삶은 계란이 마련되어 있었다. 부엌일을 하는 늙은 하녀가 때때로 맛이 어떤가 물어보곤 했다. 그들은 "아, 아주 좋아요! 아주 좋아요!" 하고 대답했다. 딱딱해서 썰기 힘든 커다란 빵, 크림, 호두열매 등 모든 것이 만족스러웠다! 바닥에 깔린 타일에는 구멍이 나 있었고, 벽에는 습기가 배어 있었다. 그러나 그들은 촛불이 켜진 작은 식탁에 앉아 식사를 하면서, 만족스러운 눈으로 주위를 둘러보았다. 한데 있다 들어와서 그들의 얼굴은 빨갛게 상기되어 있었다. 그들은 배를 내밀고 등받이 의자에 기대어 앉아 삐거덕거리는 소리를 내며 되풀이해서 말했다.

"우리가 드디어 도착했어! 이 행복! 마치 꿈을 꾸고 있는 것 같아."

밤이 깊어 자정이 되었는데도 페퀴셰는 정원을 둘러보자고 했다. 부바르도 마다하지 않았다. 그들은 촛불을 들고 신문으로 바람을 막으면서, 화단을 따라 걸어갔다.

두 사람은 큰 소리로 채소의 이름을 말하며 즐거워했다.

"저런, 홍당무다! 아! 배추다."

그리고 과수장을 살펴보았다. 페퀴셰는 싹을 찾아보려고 애썼다. 이따금씩 벽 위에서는 거미 한 마리가 갑자기 달아나곤 했다. 두 사람의 그림자가 몸짓을 반복하며 벽 위에 크게 나타났기 때문이다. 풀잎에는 이슬이 맺혀 있었다. 칠흑같이 어두운 밤이었다. 한없는 고요와 평온함 속에 모든 것이 잠들어 있었다. 멀리서 닭 우는 소리가 들렸다.

두 개의 침실 사이에는 작은 문이 있었는데, 벽지로 가려져 있었다. 서랍장이 그 문에 부딪혀서 못을 뽑아내자, 문이 열리는 바람에 부바르와 페퀴셰는 깜짝 놀랐다.

그들은 옷을 벗고 침대에 누워, 한참 수다를 떨다가 잠이 들었다. 부바르는 맨머리에 입을 벌리고 반듯이 누워서 자고 있었으며, 페퀴셰는 면으로 된 모자를 쓰고 무릎을 구부려 배에 대고는 오른쪽으로 돌아누워서 자고 있었다. 창문으로 들어오는 달빛 아래에서 둘 다 코를 골며 자고 있었다.

II

다음 날 아침, 잠에서 깨어나면서 그들은 너무나 행복했다! 부바르는 파이프 담배를 피우고 페퀴셰는 코담배를 맡으며, 자신들의 삶에서 최상의 순간이라고 고백했다. 그리고 유리창으로 다가가 경치를 내다보았다.

정면에는 들판이, 오른쪽으로는 헛간과 교회의 종탑이 보였으며, 왼쪽에는 미루나무의 장막이 펼쳐져 있었다.

두 갈래의 길이 십자모양을 이루고 있어서 정원을 넷으로 갈라놓고 있었다. 채소가 심어져 있는 화단에는 여기저기에서 키 작은 실편백과 부들도 보였다. 한쪽으로는 포도나무 언덕 끝에 정자가 보이고, 다른 한쪽에는 과수장의 담벼락이 버티고 서 있었다. 그리고 멀리 떨어진 곳에 살울타리가 들판을 향해 있었다. 담 너머로 과수원이 있었고 소사나무 묘목을 지나서는 작은 숲이 보였으며 살울타리 뒤로는 작은 길이 나 있었다.

그들은 이 모든 경치를 바라보고 있었다. 그때 짧고 검은 외투를 입은, 머리가 희끗희끗한 한 남자가 지팡이로 울타리의 살을 모두 건드리며 오솔길을 따라 걸어가는 것이 보였다. 그 지역에서 유명한 의사인 보코르베유 씨라고 늙은 하녀가 귀띔해주었다.

그 외의 다른 마을 유지로는, 하원의원을 지낸 적이 있고 낙농장으로 잘 알려져 있는 파베르주 백작, 나무와 석고 등 모든 물건을 판매하는 푸로 면장, 공증인 마레스코, 죄프루아 신부, 연금으로 살아가는 과부 보르댕 부인을 꼽을 수 있다고 했다. 늙은 하녀는, 죽은 남편이 제르맹이었기 때문에 사람들이 자기를 제르맹이라고 부른다고 했다. 그 여자는 날품 파는 하녀였는데, 부바르와 페퀴셰의 집에서 일을 하고 싶다고 했다. 그들은 그렇게 하라고 하고는, 일 킬로미터나 떨어진 곳에 있는 농장으로 갔다.

부바르와 페퀴셰가 마당에 들어섰을 때, 소작인 구이는 한 사내아이에게 고래고래 소리를 지르고 있었고, 그의 아내는 나무 걸상에 앉아 두 다리로 칠면조를 꽉 잡고 살찌게 하는 사료로 쓰이는 고기만두를 먹이고 있었다. 낮은 이마에 콧날이 날카롭고 어깨가 건장한 소작인은 시선을 떨어뜨리고 있었다. 그의 아내는 금발로 광대뼈에 주근깨가 박혀 있었으며, 교회의 스테인드글라스에서 볼 수 있는 촌민과도 같은 순박한 태도를 지니고 있었다.

부엌에는 대마단이 천장에 매달려 있었다. 높은 벽난로 위에는 낡은 총 세 자루가 띄엄띄엄 늘어서 있었고, 꽃무늬의 질그릇이 담긴 식기대가 벽 중앙을 차지하고 있었다. 네모난 유리창은 양철과 붉은 동으로 만든 용구 위에 어슴푸레한 빛을 던지고 있었다.

파리 토박이인 두 사람은 농지를 간단히 한번 둘러보고 싶었다. 그런데 구이와 그의 아내가 따라다니면서 연달아 불평을 늘어놓기 시작했다.

수레 창고부터 브랜디 증류소에 이르기까지 모든 건물을 수리해야 했다. 또한 치즈 창고도 짓고, 철제품으로 울타리도 새로 쳐야 하며, 이층도 다시 올리고, 연못도 파야 하고, 안마당의 세 군데에 상당히 많은 사과나무를 다시 심어야 했다.

다음에는 경작지를 가보았다. 구이는 토질이 아주 나쁘다고 헐뜯었다. 비료도 너무 많이 들고 운임도 비싼데다가, 자갈을 골라내기란 불가능하며 나쁜 잡초가 풀밭을 다 망쳐놓는다는 것이다. 땅에 대한 이러한 험담 때문에, 부바르는 그 위를 걷고 있는 기쁨이 경감되었다.

그들은 너도밤나무가 있는 대로(大路)의 아래쪽의 움푹한 길을 거쳐 집으로 돌아왔다. 그쪽에서는 집의 정면과 앞뜰이 보였다.

흰색이 칠해져 있는 집의 정면에는 노란색의 부각 장식이 있었다. 양측면으로 아래쪽 모퉁이에는 헛간과 지하 저장실, 세탁장과 장작 더미가 있었다. 부엌은 작은 방과 통해 있었고,

그 다음으로 현관과 두 번째로 큰 방과 거실이 있었다. 이층에 있는 네 개의 침실은 마당을 향하고 있는 복도 쪽으로 문이 나 있었다. 페퀴셰는 그중 한 방에 수집품을 넣어두었고, 나머지 한 개의 방은 서재로 쓰기로 했다. 장롱 문을 열자 다른 책들도 많이 있었지만, 그들은 책의 제목조차 읽을 생각이 나지 않았다. 가장 다급하게 그들을 사로잡는 것은 정원이었기 때문이다.

소사나무 묘목 옆을 지나가다가, 부바르는 나뭇가지 아래서 석고 여인상을 발견했다. 그 여인상은 무릎을 굽힌 채 두 손가락으로 치마를 벌리고, 사람들에게 들킬까 봐 겁이 난 듯이 머리를 어깨 위로 숙이고 있었다.

"아! 미안해요! 마음 놓고 일 보세요!"

그들은 이 농담이 너무 재미있어서, 그 후 석 주 동안 하루에도 수십 번씩 이 말을 되풀이하곤 했다.

한편, 샤비뇰 사람들은 부바르와 페퀴셰가 어떤 사람들인지 알고 싶어서 살울타리 틈새로 안을 들여다보곤 했다. 그들이 널빤지로 틈을 막아버리자 사람들은 불쾌해했다.

햇볕을 가리기 위해 부바르는 물에 적신 손수건을 터번 모양으로 머리 위에 둘렀고, 페퀴셰는 챙 달린 모자를 썼다. 페퀴셰는 주머니가 앞에 달린 커다란 앞치마를 입고, 주머니 안에는 전지 가위, 머플러, 코담뱃갑을 넣어 두었다. 그들은 나란히 팔을 걷어 올리고 땅을 일구며 잡초를 뽑고 잔가지를 쳐내고 끊임없이 일을 했다. 그리고 식사는 될 수 있는 한 짧은 시간 내에 마쳤다. 하지만 커피를 마실 때에는 전망을 즐기려고 포도나무 언덕으로 올라갔다.

달팽이가 나오면, 두 사람은 가까이 다가가서 입술 끝을 찡그리며 호두 껍데기라도 깨트리듯이 으깨어버렸다. 게다가 언제나 삽을 가지고 다니면서 쇠붙이라도 팔 센티미터쯤은 움푹 팰 만한 힘으로 풍뎅이 애벌레를 두 동강내곤 했다. 그들은 벌레를 쫓아내느라고 나무를 큰 장대로 마구 두들겨댔다.

부바르는 잔디 가운데에 작약을 심고, 정자의 반원형 아치 밑에는 상들리에처럼 열매가 늘어질 거라고 생각하면서 토마토를 심었다.

페퀴셰는 부엌 앞에 커다란 구덩이를 파서 세 칸으로 나누어놓았다. 퇴비를 만들기 위해서였다. 퇴비는 싹이 많이 나오게 할 수 있고 그 싹의 찌꺼기가 또 다른 비료를 만들어냄으로써 더 많이 수확할 수 있게 되며, 계속 그렇게 이어질 것이라고 그는 기대했다. 그는 구덩이 옆에서 산더미 같은 과일과 넘쳐흐르는 꽃과 엄청난 양의 야채를 거둬들이는 미래의 모습을 꿈꿔보았다. 그러나 온상(溫床)에 유익한 말똥을 구하지는 못했다. 농부들은 말똥을 팔지 않았고 여인숙 주인들도 거절했다. 그래서 여러 가지 궁리 끝에 부바르가 말리는데도 불구하고 페퀴셰는 모든 수치심을 버리고 '직접 말똥을 구하기로' 결심했다!

어느 날 페퀴셰가 대로에서 말똥을 줍고 있을 때 보르댕 부인이 다가왔다. 그 여자는 페퀴셰에게 인사를 건네고 부바르에 대해서 물어보았다. 작지만 매우 반짝이는 검은 눈과 혈색 좋고 당당한 그녀의 태도(코 밑에 수염도 약간 있었다)에 페퀴셰는 주눅이 들어서 간단히 대답하고는 돌아서버렸다. 부바르는 그러한 무례함을 나무랐다.

나쁜 날씨가 계속되었다. 눈도 오고 매우 추웠다. 그들은 부엌에 앉아 철망을 짜거나 방 안을 서성대기도 하고 난롯가에서 이야기를 나누거나 비가 내리는 것을 바라보기도 했다.

사순절의 셋째 주 목요일부터는 봄을 기다리며 아침마다 "이제 모든 것이 시작된다"고 되풀이하곤 했다. 그러나 계절의 흐름은 느렸다. 그들은 "모든 것이 시작될 거야"라고 말하면서 조바심을 달랬다.

드디어 작은 완두콩의 싹이 돋아났다. 아스파라거스의 싹은 제법 많이 나왔고 포도나무는 막 싹이 트려 하고 있었다.

그들은 원예에 대해 잘 알고 있었으므로 농업에서도 성공을 거둘 것이라고 확신했다. 밭을 경작하고 싶은 욕망이 그들을 사로잡았다. 상식도 가지고 있고 공부도 했으니까 틀림없이 해낼 수 있을 것이다.

우선 다른 사람들은 어떻게 하는지 살펴볼 필요가 있었다. 그래서 그들은 파베르주 백작에게 그의 경작지를 방문할 수 있도록 허락해달라는 편지를 썼다. 백작은 곧 만날 약속을 해주었다.

한 시간쯤 걸어서, 부바르와 페퀴셰는 오른 계곡을 굽어보고 있는 작은 언덕의 비탈길에 도착했다. 아래쪽에는 구불구불한 강이 흐르고 있었다. 붉은 사암 덩어리가 여기저기 솟아 있었고, 멀리 떨어진 곳에는 큰 바위들이 잘 익은 밀밭 위로 불쑥 튀어나와 마치 절벽처럼 보였다. 맞은편 언덕 위에는 푸른 초목이 우거져 집들도 보이지 않았다. 풀밭 한가운데에 있는 나무들은 더욱 짙은 선을 그리면서 풀밭을 크기가 다른 네 모꼴로 나누어놓고 있었다.

드디어 백작의 영지가 나타났다. 농장의 기와지붕과 그 오른편으로 전면이 흰 성이 보였다. 성 너머로는 숲이 있었고, 줄지어 늘어선 플라타너스가 그림자를 드리우고 있는 강가까지 잔디가 깔려 있었다.

두 사람은 개자리풀을 말리고 있는 곳으로 갔다. 밀짚모자를 쓰거나 인도 여자처럼 머리 수건을 두르거나 종이로 챙을 만들어 쓴 아낙네들이 갈퀴로 땅에 떨어진 건초를 들어 올리고 있었다. 들판의 다른 쪽에서는 사람들이 건초 더미 옆에서 묶어놓은 다발을 세 마리 말이 이끄는 긴 수레 속으로 재빨리 던지고 있었다. 백작이 관리인과 함께 다가왔다.

능직포의 양복을 입고 늘씬한 키에 구레나룻을 기른 백작은 멋쟁이 고급 관리와도 같은 태도를 취하고 있었다. 그의 얼굴 윤곽은 말을 할 때조차 움직이지 않았다.

인사를 나눈 후에, 백작은 사료에 관한 자기의 방법을 설명해주었다. 줄 따라 베어놓은 풀을 사방으로 흩뜨리지 않고 뒤섞어서 원추형으로 쌓아놓고는 바로 그 자리에서 다발로 묶어 열 개씩 쌓아놓는다는 것이었다. 건초를 쓸어 모아 자르는 영국제 기계를 사용하기에는 풀밭이 그다지 고르지 않기 때문이었다.

맨발에 헌 신발을 신고 찢어져서 살이 보이는 누더기 옷을 걸친 한 계집아이가 수확하는 아낙네들에게 능금주를 따라주고 있었다. 백작은 그 아이가 어디서 왔는지 물어보았지만 아무도 알지 못했다. 아낙네들은 그저 수확기에 심부름이나 시키려고 데리고 있었던 것이다. 백작은 어깨를 으쓱하고는, 다른 곳으로 옮겨가면서 농촌 사람들이 부도덕하다고 불평을 늘어놓았다.

부바르는 백작의 개자리풀에 대하여 찬사를 보냈다. 사실 기생식물인 새삼 때문에 피해가 있었는데도 상태가 꽤 양호했다. 그제야 미래의 두 농학자는 새삼이라는 낱말을 알게 되었다. 백작은 가축의 수가 너무 많아서, 인공 풀밭을 가꾸는 데 전념했다. 게다가 그것은 다른 농작물의 수확에도 좋은 선례가 되었다. 언제나 사료용 작물과 함께 다른 농작물을 심었던 것은 아니지만 말이다.

"그렇지만 적어도 나는 의심할 여지가 없다고 생각해요."

"오! 의심할 여지가 없다고요."

부바르와 페퀴셰는 함께 말을 이었다.

그들은 잘 갈아놓은 평평한 밭의 경계선 위에 서 있었다. 사람의 손에 이끌려, 말 한 마리가 세 개의 수레바퀴 위에 올려놓은 큰 통을 끌고 가고 있었다. 수레의 아래쪽에는 도끼가 일곱 개 달려 있어서 가는 이랑을 평행하게 파고 땅에까지 늘어진 관을 통해서 그 이랑 속으로 곡식의 낟알이 떨어졌다.

"여기에는 순무를 심습니다. 순무는 제가 사 년간 계속 경작하는 기본적인 작물이지요."

그리고 백작은 종자에 대한 설명을 늘어놓았다. 그때, 한 하인이 그를 부르러 왔다. 성에서 그를 찾고 있다는 것이었다.

그래서 간사스러운 얼굴에 비굴한 태도를 지닌 관리인이 백작을 대신해서 안내를 맡았다.

관리인은 두 사람을 다른 밭으로 데리고 갔다. 거기서는 윗도리를 벗은 열네 명의 일꾼이 다리를 벌리고 낫으로 호밀을 베고 있었다. 오른쪽으로 쓰러져나가는 볏짚 속에서 낫의 쇠붙이가 씨익씨익 소리를 내고 있었다. 일꾼들은 모두 일직선으로 서서 일제히 커다란 반원을 그리며 동시에 앞으로 나아갔다. 두 파리 토박이는 그들의 팔을 보고 감탄하며 수확이 풍성한 토지에 대하여 거의 종교적인 숭배감을 느끼고 있었다.

그들은 경작중인 몇 군데의 밭을 따라서 걸었다. 어둠이 내리기 시작하자 까마귀들이 밭고랑 사이로 내려앉았다.

그리고 가축 떼도 보였다. 여기저기서 양들이 풀을 뜯어 먹느라고 사각거리는 소리가 계속 들렸다. 목동은 개를 옆에 두고 나무 기둥에 앉아 털양말을 짜고 있었다.

부바르와 페퀴셰는 관리인의 도움을 받아서 울타리를 뛰어넘었다. 그들은 사과나무 아래서 소가 되새김질하고 있는 농장의 풀밭 두 곳을 가로질러 갔다.

농장의 모든 건물은 서로 인접하여 마당의 삼면을 차지하고 있었다. 일부러 우회하도록 만들어놓은 시냇물과 터빈을 사용하는 등 작업은 기계로 이루어지고 있었다. 가죽 끈이 한 쪽 지붕에서 다른 쪽으로 연결되어 있었고, 퇴비 가운데에서 철 펌프가 작동되고 있었다.

관리인은 땅에 닿을락말락 할 정도로 입구가 작은 양의 우리와, 저절로 닫히는 교묘한 문이 달린 돼지우리를 보여주었다.

헛간은 성당처럼 지붕이 둥글고, 돌담 위에 반원형 벽돌이 놓여 있었다.

두 사람을 즐겁게 해주려고, 한 하녀가 귀리쌀을 암탉들 앞으로 던졌다. 압착기의 나무는 거대해 보였다. 부바르와 페퀴셰는 비둘기 집에도 올라가보았다. 그들은 특히 우유 보관소를 보고 감탄했다. 사방의 구석에 있는 수도꼭지에서 충분한 양의 물이 나와 타일을 적셔주기 때문에 들어서면 서늘함을 느낄 수 있었다. 위쪽의 밝은 곳에 일렬로 늘어선 항아리에는 꼭대기까지 우유가 가득 들어 있었고, 조금 얕은 단지에는 크림이 들어 있었다. 마치 구리 기둥 토막과도 같은 버터 덩어리가 계속 이어져 있었고, 방금 땅에 내려놓은 양철 들통에서는 거품이 넘치고 있었다.

그러나 농장의 보물은 무엇보다도 외양간이었다. 나무 창살로 수직이 되게 외양간을 세로로 막아서 두 부분으로 나누어놓았는데, 하나는 가축을 넣어두는 장소로, 다른 하나는 먹이를 주는 장소로 쓰였다. 위험한 가축은 모두 갇혀 있어서 거의 보이지 않았다. 황소들은 사슬에 묶여 먹이를 먹으면서 낮은 천장에 억눌려 열기를 내뿜고 있었다. 그때 구세주가 나타났다. 꼴시렁에 붙어 있는 도랑 속으로 갑자기 물 한 줄기가 쏟아진 것이다. 소 우는 소리가 커지고, 뿔들이 나무 막대기에 부딪히는 소리를 냈다. 소들이 모두 나무 창살 사이로 얼굴을 내밀고 천천히 물을 마셨다.

수레를 끄는 커다란 말 한 쌍이 마당에 들어서자 망아지들이 울어댔다. 일층에서는 두세 개의 램프에 불이 켜졌다가 곧 사라졌다. 일하는 사람들이 자갈 위로 헌 신발을 끌며 지나갔다. 그리고 저녁 시간을 알리는 종소리가 울렸다.

두 방문객은 돌아갔다.

부바르와 페퀴셰는 그들이 본 모든 것에 매료되었다. 그리하여 곧바로 결정을 내렸다. 그날 저녁부터 그들은 서재에서 《농촌 가옥》이라는 네 권의 책을 꺼내어 봤고, 가스파랭[8]의 강의록을 구해 읽었다. 그리고 농업 잡지를 구독 신청했다.

그들은 좀더 편하게 장보러 다니려고 작은 이륜마차를 샀고 부바르가 마차를 몰았다.

푸른 작업복에 챙 넓은 모자를 쓰고 무릎까지 각반을 댄 채, 마치 마필 매매상처럼 손에 막대기를 들고서, 그들은 가축 주위를 맴돌기도 하고 일꾼들에게 질문을 던지기도 했다. 그리고 모든 농사 공진회에 빠짐없이 참석했다.

그들은 주로 휴한 체계를 불만스럽게 생각하여 충고를 함으로써 곧 소작인 구이를 성가시게 만들었다. 그러나 소작인은 자기의 방식을 고집했다. 그리고 우박을 핑계 삼아 지불 기일을 연기해줄 것을 요청했다. 게다가 소작료는 한 푼도 지불하지 않았다. 너무나 당연한 청구에 대하여 소작인의 아내는 소리를 질렀다. 마침내 부바르는 임대차 계약을 갱신하지 않겠노라고 선언하게 되었다.

그때부터 구이는 비료도 안 쓰고 잡초를 자라게 내버려두어 토지를 훼손시켰다. 그리고 복수하겠다고 벼르면서 화를 내고 나가버렸다.

부바르는 소작료의 네 배가 넘는 이만 프랑이면 직접 농사를 시작하기에 충분할 거라고 생각했다. 파리의 공증인이 이만 프랑을 보내주었다.

그들이 경작해야 할 것은 마당과 풀밭 십사 헥타르, 경작지 이십삼 헥타르, 그리고 작은 언덕이라고 부르는 자갈로 덮인 작은 산 위의 황무지 오 헥타르였다.

그들은 필요한 모든 장비와 말 네 마리, 암소 열두 마리, 돼지 여섯 마리, 양 백육십 마리를 마련했다. 일꾼들로는 짐수레꾼 두 명, 하녀 둘, 하인 하나에 양치기와 커다란 개 한 마리를 준비했다.

빨리 돈을 마련하기 위해 부바르와 페퀴셰는 사료를 팔았다. 사람들은 부바르와 페퀴셰의 집에서 값을 치렀다. 귀리 궤짝 위에서 세어보는 나폴레옹 금화는 다른 어느 것보다도 더 반짝이고 귀하고 훌륭하게 보였다.

십일월에는 능금주를 양조했다. 부바르는 말을 채찍질하고, 페퀴셰는 물통 속에 들어가 삽으로 찌꺼기를 휘저었다. 그들은 숨을 헐떡이며 나사못을 죄고 양조통에서 국자로 거품을 떠냈다. 그리고 마개를 잘 살펴본 후에 무거운 신발을 신은 채 매우 즐거워했다.

지나치게 많은 양의 밀은 필요 없다고 생각해서, 그들은 인공 풀밭의 약 반을 없앴다. 그리고 비료가 없었기 때문에 빻지도 않고 묻어놓은 깻묵을 사용했다. 그 결과 수확고는 형편없었다.

다음 해에는 아주 빽빽하게 씨를 뿌렸다. 그런데 천둥을 동반한 심한 비바람이 몰아치자 이삭이 다 쓰러지고 말았다.

그래도 그들은 밀에 열성을 기울였다. 작은 언덕의 돌을 없애고 광주리로 자갈을 날랐다. 일 년 내내, 아침부터 저녁까지, 비가 오나 해가 비치나, 똑같은 사람과 똑같은 말과 한결같은 광주리가 작은 언덕을 오르내리는 것을 볼 수 있었다. 이따금 부바르는 이마의 땀을 닦느라고 산 중턱에서 쉬다가 뒤에 처져서 걸어갔다.

그들은 아무도 믿지 않았으므로, 직접 동물을 돌보았다. 깨끗이 씻어내고 관장도 시켜주었다.

그런데 매우 난잡한 일이 생겼다. 가축 사육장의 하녀가 임신을 한 것이다. 그래서 결혼한 사람을 고용했더니 이번에는 아이들과 사촌, 삼촌, 시누이들이 급속도로 불어났다. 한 무리의 유목민이 그들의 신세를 지며 살게 된 것이다. 결국 부바르와 페퀴셰는 자기들이 직접 번갈아 농장에서 자기로 했다.

그러나 저녁이 되자 그들은 서글펐고 방이 더러워서 불쾌했다. 식사를 날라오는 제르맨도 올 때마다 투덜거렸다. 사람들은 온갖 수단을 동원해서 그들을 속였다. 마당질꾼[9]은 자기의 물병 속에 밀을 쑤셔 넣었다. 페퀴셰가 현장에서 한 사람을 붙잡아서 어깨를 치며 밖으로 밀어내고 소리쳤다.

"비열한 놈! 너 같은 놈이 태어났다는 건 우리 마을의 수치다!"

페퀴셰는 전혀 존경을 받지 못했다. 게다가 그는 정원에 미련을 가지고 있었기 때문에 정원을 훌륭하게 가꾸려면 모든 시간을 투자해도 지나치지 않을 거라고 생각했다. 농장은 부바르가 맡으면 될 것이다. 그리하여 그들은 그렇게 하기로 결정하고 준비했다.

첫 단계는 좋은 온상을 만드는 것이었다. 페퀴셰는 벽돌로 온상 하나를 만들었다. 틀도 직접 칠하고, 강한 태양 빛을 막기 위해 모든 유리 뚜껑에 분필로 마구 칠을 해놓았다.

그는 꺾꽂이를 하려고 잎이 달린 윗부분을 잘라냈다. 그리고 휘묻이에도 열성을 기울여 피리형 접목, 관접(冠接), 아접(芽接), 풀의 접목, 영국식 접목 등 여러 가지의 접목을 시도해 보았다. 두 개의 속껍질을 꼭 맞추려고 얼마나 많은 정성을 들였던가! 얼마나 단단히 동여매고 얼마나 많은 연고를 발라주었던가!

하루에 두 번, 그는 마치 향로를 흔들어 향을 뿌리듯이 물뿌리개를 들고 식물 위에서 흔들었다. 가늘게 뿌려지는 물을 받아 식물이 푸르러지자, 그는 마치 자기 자신이 목을 축이는 것 같았고 식물과 함께 다시 태어나는 듯했다. 그러다가 흥분해서 물뿌리개의 둥근 꼭지를 빼고 잔뜩 물을 부어주었다.

여인의 석고상이 있는 소사나무 가로수 끝에는 통나무로 지은 오두막집 같은 것이 있었다. 페퀴셰는 여기에 도구를 넣어두고는 씨앗의 껍질을 벗기고 분류표를 작성하거나 작은 단지를 정리하면서 즐거운 시간을 보내곤 했다. 좀 쉬려고 문 앞에 있는 의자에 앉아 있다가 그는 정원을 예쁘게 꾸밀 계획을 세웠다.

그리하여 층계 밑에 둥근 제라늄 화단을 두 개 만들었다. 실편백과 부들 사이에는 해바라기를 심었다. 화단에는 금빛 봉오리가 가득하고 통로마다 새 모래가 깔려 있어서 정원은 풍부한 노란색으로 눈부시게 빛났다.

그러나 온상에는 벌레가 득실거렸다. 낙엽으로 만든 새 퇴비를 썼는데도, 페인트칠한 틀과 유리 뚜껑 밑에서는 병든 식물만 돋아났다. 꺾꽂이한 것은 뿌리를 박지 못하고 접목한 것도 떨어져나갔다. 휘묻이한 가지는 수액이 흐르지 않아 나무뿌리가 하얗게 되고 말았다. 씨 뿌린 밭도 처참한 꼴이었다. 강낭콩 덩굴에 세워준 섶[10]은 바람에 날아가버리고, 딸기는 인분 비료가 너무 많아 망쳤으며, 토마토에는 순자르기가 부족했다.

모란채, 가지, 순무, 나무 통에 기르려고 한 물냉이 재배에도 실패했다. 해빙이 되자 아티초크[11]도 모두 못 쓰게 되고 말았다.

양배추만이 위안이 되었다. 특히 양배추 하나가 희망을 주었다. 그것은 꽃이 피고 자라더니 대단히 크게 되어서 식용으로는 결코 적당치 못한 것이 되어버렸다. 그러나 아무려면 어떤가! 페퀴셰는 거대한 생물을 갖게 된 것에 만족했다.

그 후, 페퀴셰는 최고의 기술이라고 생각되는 일을 시도했다. 그것은 멜론을 기르는 일이었다.

그는 온상에서 파낸 부식토를 접시에 가득 담고 여러 가지 다양한 씨앗을 뿌렸다. 그리고 다른 온상을 하나 만들어서 그 온상이 열기를 발할 즈음, 가장 예쁜 새싹을 모종하고 그 위에 유리 뚜껑을 덮어주었다. 훌륭한 원예사의 가르침을 따라 모두 가지치기를 해주고 꽃을 잘 보존하여 열매가 맺히게 했으며 그중 각 가지에서 하나씩만 선택하고 나머지는 모두 제거했다. 열매가 호두알만큼 굵어지자, 가축의 똥에 닿아 썩는 것을 방지하려고 껍질 밑으로 작은 나무판자를 넣어주었다. 그는 물을 축여주고, 환기를 시켜주었으며, 손수건으로 유리 뚜껑의 안개를 걷어주었다. 날씨가 흐릴 때에는 재빨리 밀짚을 가져왔다. 밤에는 제대로 잠도 자지 못했다. 몇 번씩이나 다시 일어나서 맨발에 장화를 신고 셔츠 바람으로 추위에 떨면서 방수포 위에 자기의 침대 커버를 덮어주려고 정원을 가로질러 가곤 했다.

고급 멜론이 무르익었다.

부바르가 하나를 먹어보고 얼굴을 찡그렸다. 두 번째도, 세 번째도 좋지 않았다. 페퀴셰는 그때마다 새로운 핑계를 찾았으나 마지막 멜론에까지 이르자 도무지 이해할 수가 없다고 하면서 창밖으로 던져버렸다.

사실 서로 다른 종류를 가까이에서 키웠기 때문에 단 멜론과 야채의 맛이 뒤섞이고, 굵은 포르투갈산과 커다란 무갈산이 뒤섞이게 된 것이었다. 게다가 토마토까지 근처에 있어서 혼란을 더하여, 결국 서양 호박의 맛이 나는 고약한 잡종을 만들어내는 결과를 초래하고 말았다.

그래서 페퀴셰는 꽃으로 관심을 돌렸다. 그는 소관목과 종자를 얻으려고 뒤무셸에게 편지를 쓰고 히스 부식토를 충분히 사서 용감하게 작업에 착수했다.

그러나 꽃시계 덩굴은 그늘에 심고 팬지는 햇빛에 심었으며, 히아신스는 퇴비로 덮고 백합은 꽃이 핀 후에 물을 뿌려주었다. 만병초는 너무 많이 베어내어 망쳐버렸고, 수령초는 아교 때문에 자극을 받았고, 석류는 부엌의 불에 노출되어 시들어버렸다.

날씨가 추워지자 그는 밀랍을 많이 칠한 종이 덮개로 들장미를 덮어주었다. 그것은 마치 막대기에 받쳐서 공중에 떠 있는 설탕 덩어리들 같았다. 달리아의 버팀 막대는 굉장히 커서 그 곧은 선 사이로 자라지도 시들지도 않은 채 그대로 남아 있는 일본산 회화나무의 꼬부라진 잔가지가 보였다.

그렇지만 아주 희귀한 나무들은 도시의 정원에서도 순조롭게 잘 자라니까 샤비뇰에서도 틀림없이 성공할 수 있지 않을까? 그래서 페퀴셰는 인도 라일락, 중국 장미, 당시 새로운 인기를 얻고 있던 유칼리나무를 구입했다. 그러나 모든 시도에 실패했고 그는 그때마다 매번 놀랐다.

부바르도 페퀴셰처럼 많은 난관에 부딪혔다. 그들은 서로 상의도 하고 이 책 저 책을 뒤적여보았지만 여러 가지 상반되는 의견들 앞에서 아무것도 결정할 수가 없었다.

이를 테면, 이회토(泥灰土)에 관해서 퓌비는 권장하는 데 반하여 로레의 개론서에서는 반대하고 있다.

석고에 대해서도, 프랭클린의 예가 있는데도 불구하고 리펠과 리고는 별로 중요하게 생각하지 않는 것으로 보인다.

부바르는 휴한이란 시대에 뒤떨어진 편견이라고 생각하고 있었다. 그러나 르클레르크는 휴한이 꼭 필요한 경우들을 기술하고 있다. 또 가스파랭은 같은 밭에서 반세기 동안 곡식을 경작한 한 리용 사람을 예로 들고 있는데, 이것은 윤작 이론에 어긋나는 것이다. 튈은 비료를 많이 사용하여 경작을 증대시킬 수 있다고 하는데 비료를 사용하지 않고도 경작을 한 비트슨 장교도 있지 않은가!

날씨의 징후를 알아보기 위하여 그들은 루크 하워드 분류체계에 따라 구름에 대해 공부했다. 말갈기처럼 늘어선 구름, 섬처럼 생긴 구름, 눈 덮인 산처럼 보이는 구름들을 바라보았다. 비구름과 권운, 층운과 뭉게구름을 구별해보려고 하는 동안 그들이 채 이름을 알아내기도 전에 구름은 벌써 그 형태를 바꾸어버렸다.

기압계는 맞지 않았고, 온도계로는 아무것도 알 수 없었다.

그들은 루이 15세 때 투랜 사제가 생각해낸 방법을 이용했다. 표본병 속에 거머리를 넣어두면 비가 올 때는 위로 올라오고, 날씨가 좋을 때는 바닥에 달라붙어 있으며, 태풍의 위협이 있을 때는 심하게 움직인다는 것이다. 그러나 날씨는 거의 언제나 거머리와 맞지 않았다. 거머리 세 마리를 더 넣어보았더니, 네 마리가 모두 다르게 움직였다.

심사숙고한 끝에, 부바르는 자기가 틀렸다는 것을 깨달았다. 그 분야는 대규모 농업과 집중적인 체계를 요구하는 것이다. 그래서 그는 쓸 수 있는 현금 중에서 그에게 남아 있는 삼만 프랑을 투자하기로 했다.

페퀴셰가 부추긴 탓에 부바르도 비료에 대한 열정을 갖게 되었다. 나뭇가지, 피, 내장, 깃털 등 찾아낼 수 있는 모든 것을 퇴비 구덩이에 모아 놓았다. 그는 벨기에산 용액, 스위스산 분뇨, 알칼리성 용액 다 올미, 훈제 청어, 해조류, 헌 옷 등도 사용하고 인조 질소 비료도 가져오게 하여 비료를 만들려고 애썼다. 책 속의 이론을 끝까지 밀고 나가다 보니 오줌도 결코 놓칠 수 없었다. 그래서 그는 화장실을 없애버렸다. 동물의 시체를 마당으로 가져와서 그것을 토지에 비료로 주기도 했다. 즉 짐승의 썩은 시체를 갈아서 들판에 뿌리는 것이다. 그러한 악취 속에서도 부바르는 미소 짓고 있었다. 덤프차에 달린 펌프에서 오줌이 섞인 액체 비료가 농작물 위로 쏟아졌다. 사람들이 더러워하는 태도를 보이면, 그는 "이건 금이에요! 금이라고"라고 말했다. 그는 더 많은 퇴비가 없는 게 안타까웠다.

새똥이 가득한 자연 동굴이 있는 고장이라면 얼마나 좋을까!

유채는 빈약했고 귀리도 좋지 않았으며, 밀은 냄새 때문에 거의 팔리지 않았다. 이상하게도 황무지 언덕의 돌을 다 없앴건만 예전보다 수확량이 더 줄었다.

부바르는 자재를 새로 장만하는 게 좋겠다고 생각했다. 흙 고르는 기구인 기욤, 발쿠르 제초기, 영국제 파종기와 마티외 드 동바슬이라는 바퀴 없는 커다란 쟁기를 샀다. 마차꾼이 쟁기가 나쁘다고 했다.

"사용법을 배우도록 해!"

"그럼, 직접 시범을 보여주시죠!"

부바르는 시범을 보여주려고 했지만, 잘 되지 않아 농부들의 비웃음만 샀다.

농부들은 결코 미련한 부바르의 명령에 복종하지 않았다. 그는 끊임없이 뒤에서 소리치고 이쪽저쪽으로 뛰어다니고, 관찰한 것을 수첩에 메모하고 만날 약속을 하곤 했지만, 이제는 더 이상 생각하지 않기로 했다. 새 사업에 대한 착상으로 머릿속이 꽉 차 있기 때문이었다. 그는 양귀비를 길러서 아편을 만들고, 특히 자운영을 키워서 '가족 카페'라는 이름으로 팔기로 결심했다.

소를 좀더 빨리 살찌우기 위해서, 보름마다 소의 피를 뽑았다.

돼지는 한 마리도 죽이지 않고 소금에 절인 귀리를 잔뜩 먹였다. 곧 돼지우리가 좁아졌다. 그리하여 돼지들이 마당을 가로막고 울타리를 부수고 사람들을 물었다.

무더위가 계속되는 동안 양 스물다섯 마리의 상태가 나빠지기 시작하더니 얼마 못 가 죽어버렸다.

또 그 주에 부바르가 방혈한 것 때문에 소 세 마리가 죽었다.

부바르는 풍뎅이의 유충을 없애려고 바퀴 달린 우리에 암탉을 가두고 페퀴셰와 함께 쟁기 뒤에서 밀기로 했다. 그 결과 암탉의 다리가 부러지고 말았다.

어린 떡갈나무 잎으로 맥주를 만들어서 능금주 대신에 일꾼들에게 주었더니 일꾼들이 복통을 일으켰다. 아이들은 울고 여자들은 앓는 소리를 내며 남자들은 미친 듯이 화를 냈다. 일꾼들이 모두 나가버리겠다고 협박을 해서 부바르는 굴복하고 말았다.

그러나 그 음료가 무해하다는 것을 보여주려고, 부바르는 일꾼들 앞에서 몇 병을 마셨다. 그는 속이 거북했지만 쾌활한 태도로 고통을 감추었다. 그리고 그 고약한 음료를 집으로까지 가져와서 저녁에 페퀴셰와 같이 마셨다. 두 사람은 맛이 좋다고 생각하려고 애를 썼다. 게다가 그 음료를 다 버릴 수도 없는 노릇이었다.

부바르의 복통이 너무 심해지자, 제르맨은 의사를 불러왔다.

이마가 튀어나온 의사는 사려 깊은 사람이었는데, 환자에게 겁을 주기 시작했다. 부바르의 가성 콜레라는 틀림없이 동네 사람들이 이야기하는 그 맥주 때문이라는 것이었다. 의사는 맥주의 구성 성분을 물어보더니, 어깨를 으쓱거리며 과학적인 용어로 그것을 비난했다. 조제법을 알려주었던 페퀴셰는 괴로웠다.

독성이 강한 석회수에도 담그고 잡초를 제거하기 위한 이듬도 하지 않았으며 적당하지 않은 때에 엉겅퀴를 뽑았는데도, 부바르는 다음 해에 많은 양의 밀을 수확했다. 그는 클랍메이어의 방법으로 네덜란드식 발효를 시켜서 밀을 건조시키기로 했다. 즉 밀을 단번에 쓰러뜨려 쌓아놓고, 쌓아놓은 더미에서 가스가 나와 가라앉으면 바람을 쐬도록 펼쳐놓는 것이다. 부바르는 밀을 쌓아놓은 후에 걱정하지 않고 집으로 돌아갔다.

다음 날 저녁을 먹고 있을 때 울타리 밑에서 북 치는 소리가 들렸다. 제르맨이 무슨 일인가 나가보았지만, 이미 북치는 사람은 멀리 가버린 뒤였다. 그런데 곧바로 교회의 종소리가 사납게 울렸다.

부바르와 페퀴셰는 불안했다. 그들은 무슨 일인지 알려줄 때까지 참을 수가 없어서 일어나서 모자도 쓰지 않은 채 마을 쪽으로 가까이 갔다.

한 노파가 지나갔다. 그 노파는 아무것도 알지 못했다. 한 사내아이를 붙잡고 물어보았다.

"불이 난 것 같은데요?"

북 치는 소리가 계속 나고 종소리도 더욱 세게 울렸다. 드디어 그들은 집이 몇 채 있는 마을의 입구에 도착했다. 식료품 가게 주인이 멀리서 소리쳤다.

"댁에서 불이 났어요!"

페퀴셰는 뛰어가며, 옆에서 같은 속도로 보조를 맞추어 뛰고 있는 부바르에게 말했다.

"하나, 둘, 하나, 둘, 뱅센의 저격병처럼 보조를 맞춰!"

그들이 지나는 길은 계속 오르막길이어서 경사지 때문에 시야가 막혀 있었다. 작은 언덕 가까이의 높은 곳에 오르자 참담한 모습이 한눈에 들어왔다.

어둠의 정적 속에서, 황량한 들판의 여기저기에 건초 더미가 화산처럼 불타고 있었다.

제일 큰 건초 더미 주위에 한 삼백 명의 인파가 모여 있었다. 삼색 머플러를 두른 면장 푸로의 지시에 따라, 남은 것을 건지려고 청년들이 장대와 갈고리를 가지고 꼭대기의 밀짚을 끌어내리고 있었다.

부바르는 흥분하여 그곳에 있던 보르댕 부인을 넘어뜨릴 뻔했다. 그때 한 하인이 오는 것을 보고 부바르는 자기에게 알리지 않았다고 욕설을 퍼부었다. 그러나 그 하인은 최선을 다했다. 우선 집으로 뛰어갔다가 교회로, 다시 주인집으로 갔다가 다른 길로 돌아오는 중이었다.

부바르는 이성을 잃고 있었다. 하인들은 그를 둘러싸고 일제히 떠들어댔다. 그는 건초 더미를 무너뜨리는 것을 반대하며 자기를 도와달라고 부탁했다. 물을 가져오라고 하고 소방대의 도움을 청했다!

"소방대가 있어야지요!"

면장이 소리쳤다.

"그건 당신 잘못이오!"

부바르가 대답했다. 그는 화가 나서 욕설을 퍼부었다. 사람들은 모두 푸로의 참을성에 감탄했다. 사실 두터운 입술이나 불도그같이 생긴 턱으로 알 수 있듯이 푸로는 난폭한 사람이었기 때문이다.

건초 더미의 열기가 더욱 강해져서 더 이상 가까이 다가갈 수가 없었다. 타오르는 불꽃 속에서 밀짚이 탁탁 소리를 내며 비틀리고 납 알갱이 같은 밀알이 얼굴을 후려쳤다. 건초 더미가 벌겋게 달아서 바닥으로 무너져내리고 불똥이 날아올랐다. 새빨간 장밋빛과 응고된 핏빛 같은 갈색이 뒤섞여 있는 붉은 덩어리 위에 물결무늬가 파동 쳤다. 밤은 깊어갔다. 바람이 불자 연기의 소용돌이가 사람들을 에워쌌다. 이따금씩 불티가 검은 하늘 위로 스쳐갔다.

부바르는 조용히 울면서 화재를 바라보고 있었다. 그의 눈은 부풀어 오른 눈꺼풀 때문에 보이지 않았고, 얼굴은 온통 고통으로 부은 것 같았다. 보르댕 부인이 녹색 숄의 술 장식을 만지작거리면서 "가엾은 분"이라고 하며 위로하려고 애썼다. 어쩔 도리가 없었으므로 단념할 수밖에 없었다.

페퀴셰는 울지 않았다. 창백하다기보다는 납빛인 얼굴로 입을 벌리고 있었고, 머리카락은 식은땀으로 달라붙어 있었다. 그는 혼자 떨어져서 생각에 잠겨 있었다. 그때 신부가 불쑥 나타나서 상냥한 어조로 중얼거렸다.

"아! 이 무슨 불행입니까, 정말! 비참한 일이군요! 진심으로 저도 마음이 아픕니다!"

다른 사람들은 전혀 슬픈 표정을 짓지 않았다. 그들은 불 쪽으로 손을 내밀고 웃으면서 이야기하고 있었다. 어떤 노인은 불타는 잔가지를 주워서 파이프에 불을 붙였다. 아이들은 춤추기 시작했다. 어떤 개구쟁이는 아주 재미있다고 떠들어대기까지 했다.

"그래! 좋지, 재미있고 말고!"

그 소리를 들은 페퀴셰가 대답했다.

불이 사그라지고 짚더미도 내려앉았다. 한 시간이 지나자 잿더미만 남아서 들판 위에 둥글고 검은 표시밖에 남지 않았다. 모두들 돌아갔다.

보르댕 부인과 죄프루아 신부가 부바르와 페퀴셰를 집까지 바래다주었다.

돌아오는 길에 보르댕 부인은 그들이 비사교적이라고 애정 어린 비난을 했다. 그리고 신부는 그렇게 품위 있는 본당 주민을 지금까지 모르고 지낸 것에 대해서 무척 놀라워했다.

부바르와 페퀴셰는 각자 화재의 원인을 찾아보았다. 다른 사람들은 젖은 짚단에서 저절로 불이 난 것이라고 생각했지만 그들은 누군가가 복수를 한 것일지도 모른다고 의심했다. 아마도 구이의 짓이거나 어쩌면 두더지 잡는 사람의 짓일지도 모른다. 여섯 달 전에 부바르가 그의 도움을 거절한 일이 있고, 게다가 사람들이 모인 자리에서 두더지를 잡는 일은 해로운 일이므로 정부에서 이를 금지시켜야 한다고 주장하기까지 했기 때문이다. 그 뒤로 그 사람은 근처를 배회하고 다녔다. 그의 얼굴은 온통 수염으로 덮여 있어서, 특히 저녁때 두더지가 매달린 긴 장대를 흔들면서 마당가에 나타날 때에는 부바르와 페퀴셰에게 겁을 주려는 것처럼 보였다.

피해액은 상당했다. 정확한 상황을 알아보기 위해 페퀴셰는 일주일 동안 부바르의 장부를 정리했다. 부바르에게는 장부가 '완전한 미로' 처럼 보였기 때문이다. 연필로 메모한 것과 참조 기호가 가득 적힌 큰 책 그리고 편지와 일지를 대조해본 결과, 그들은 팔 물건도 없고 받을 어음도 없으며 현금이 하나도 없다는 사실을 알게 되었다. 삼만 삼천 프랑의 적자를 본 것이다.

부바르는 아무것도 믿고 싶지 않았다. 그들은 수십 번도 넘게 계산을 다시 해보았으나 결론은 같았다. 이 년 동안, 그와 같은 농업을 하는 데 재산을 다 써버린 것이다!

유일한 방법은 매각하는 것뿐이었다.

어쨌든 공증인에게 의논을 해야 했다. 그것은 과정이 매우 복잡한 일이어서 페퀴셰가 맡아서 하기로 했다.

마레스코의 의견으로는 벽보를 만들지 않는 것이 더 좋을 거라고 했다. 믿을 만한 고객들에게 농장에 대해 이야기한 후에 그들이 제안해올 때까지 기다리자는 것이다.

"좋아! 시간이 있으니까!"

부바르가 말했다. 그는 소작인을 한 사람 구한 후에 일단 두고 볼 심산이었다.

"전보다 더 불행해지지는 않을 거야! 단지 우리가 절약하기만 하면 되는 거야!"

정원을 가꾸는 일 때문에 페퀴셰는 절약을 해야 한다는 것이 마음에 걸렸다. 그래서 며칠 후에 그가 말했다.

"우리 수목 재배에만 전념하기로 하자. 취미가 아니라 투기로서 말이야! 삼 수의 비용이 드는 배가 도시에서는 때때로 오 프랑이나 육 프랑으로까지 팔리잖아! 정원사들은 살구를 가지고 이만 오천 리브르의 수익을 올린대! 페테르스부르크에서는 겨울에 포도 한 송이를 사려면 나폴레옹 금화 하나가 있어야 한다는 거야! 이거야말로 좋은 사업이 아닌가, 자네도 인정할 거야! 게다가 비용이 얼마나 드는지 아나? 잘 보살펴주고, 비료를 주고, 낫질만 해주면 된다네!"

그는 부바르의 상상력을 부추겨서, 곧바로 사야 할 식물의 목록을 책에서 찾아보았다. 진귀하게 보이는 이름을 골라서 팔레즈의 종묘업자에게 주문을 했더니, 팔리지 않던 묘목 삼백 그루를 서둘러 보내주었다.

그들은 자물쇠공을 불러 지주를 세우고, 철물장수에게 철선을 팽팽하게 조절하도록 했으며, 목수에게 받침대를 만들게 했다. 나무의 형태가 미리 그려진 셈이다. 벽 위에는 가느다란 각재로 촛대 모양의 가지 시렁을 만들어놓았다. 화단 끝에 있는 두 개의 말뚝에는 철사줄을 세로로 감아놓았다. 과수원에 있는 둥근 테는 항아리 모양이었고, 원추형의 나무 막대는 피라미드처럼 보였다. 그래서 집에 들어서게 되면 뭔지 알 수 없는 어떤 기계 조각이나 혹은 불꽃놀이의 잔해를 보고 있는 것처럼 생각되었다.

부바르와 페퀴셰는 구덩이를 파고 좋은 것이나 나쁜 것이나 가리지 않고 모두 뿌리 끝을 잘라서 퇴비를 잔뜩 넣어 묻었다. 여섯 달 후, 그것은 모두 죽어버렸다. 그들은 종묘업자에게 새로 주문을 해서 더 깊은 구덩이에 다시 심었다! 그러나 비가 와서 땅이 물에 잠기고, 접목한 것은 저절로 파묻혀 남아 있는 나무가 없었다.

봄이 되어 페퀴셰는 배나무의 가지치기를 시작했다. 그는 곧은 가지는 쳐내지 않았고, 열매 눈이 붙어 있는 작은 가지도 건드리지 않았다. 배나무는 한쪽으로만 일직선을 이루어야 하는데 직각으로 휘묻이하려고 고집을 부리며 계속 꺾고 뽑아내곤 했다. 복숭아나무에 관해서는 기준이 되는 가지보다 위에 있는 가지, 기준 가지보다 밑에 있는 가지, 더 밑에 있는 가지 등의 설명으로 머리가 복잡해졌다. 그리고 가지가 없는 것과 가지가 너무 많은 것이 언제나 있어서는 안 되는 곳에 나타났다. 그래서 과수장에서는 오른쪽으로 여섯 개의 가지, 왼쪽으로 여섯 개의 가지가 달린 완전한 직사각형의 모양을 만들기는 불가능한 일이었다. 주된 두 개의 가지를 제외하고는 모두가 생선 가시처럼 되고 말았다.

부바르는 살구나무를 손보려고 했는데, 뜻대로 잘되지 않았다. 줄기를 땅에 닿을락말락 하게 잘라내자 어떤 것에서도 새로 싹이 나오지 않았다. 벚나무는 부바르가 파놓은 흠집 때문에 병에 걸려 고무 같은 물질이 나왔다.

처음에는 너무 길게 잘라내서 밑동의 눈을 다 없애버렸고, 다음에는 너무 짧게 잘라서 필요 없는 잔가지가 너무 많아졌다. 때로는 나무의 눈과 꽃의 눈을 구별할 줄 몰라서 주저하기도 했다. 꽃이 피게 되었다고 기뻐하다가 꽃눈이 아니라는 것을 알고는 나머지가 더 잘 자라도록 사분의 삼 정도는 뽑아버렸다.

그들은 식물의 수액, 부름켜, 덩굴을 벽에 기어오르도록 고정시키는 일, 분쇄하는 일, 소용없는 잔가지를 쳐내는 일에 대해 끊임없이 이야기했다. 그들은 기르고 있는 나무의 목록을 작성하고 번호를 매긴 후, 액자에 넣어 식당 한가운데에 걸어놓았다. 그리고 정원에도 작은 나뭇조각에 그 번호를 써서 나무의 발밑에 꽂아두었다.

골풀 바구니를 허리에 차고서, 두 사람은 새벽부터 밤까지 일했다. 봄날의 아침 나절은 쌀쌀했으므로, 부바르는 작업복 속에 털 스웨터를 입고 페퀴셰는 앞치마 속에 낡은 외투를 입었다. 살울타리를 따라 지나가던 사람들은 그들이 안개 속에서 기침하는 소리를 들을 수 있었다.

이따금 페퀴셰는 주머니에서 입문서를 꺼내 속표지에 그려져 있는 정원사와 같은 포즈로 삽을 옆에 놓고 서서 책을 읽곤 했다. 그렇게 정원사를 흉내 내는 것이 기분이 아주 좋았다. 그리고 책의 저자를 더 높이 평가하게 되었다.

부바르는 피라미드 모양의 나무 막대 앞에 높은 사다리를 놓고 줄곧 그 위에 올라가 있었다. 하루는, 현기증이 나서 내려올 엄두도 못 내고 페퀴셰에게 도와달라고 소리쳤다.

드디어 배나무에 배가 열리고 과수원에는 자두도 열렸다. 그래서 그들은 새를 쫓으려고 좋다고 하는 모든 방법을 총동원했다. 그렇지만 거울 조각이 번쩍거려 눈이 부시고 풍차에 매달린 방울 때문에 한밤중에도 잠이 깨곤 했다. 게다가 참새들은 허수아비 위에도 내려앉았다. 그들은 허수아비를 두세 개 더 만들어보고 옷도 갈아입혀 보았지만 소용이 없었다.

그래도 몇 가지 과일은 얻을 수 있으리라 기대하고, 페퀴셰는 메모를 해서 부바르에게 건네주었다. 그런데 그때 갑자기 천둥이 치고 비가 쏟아졌다. 굉장한 폭우였다. 때때로 바람이 불어 과수장의 표면을 전부 휩쓸고 지나갔다. 버팀 막대가 하나씩하나씩 쓰러지고, 바람에 흔들리는 애꿎은 부들이 배에 부딪혔다.

소나기에 놀란 페퀴셰는 오두막집으로 피했다. 부바르는 부엌에 서 있었다. 눈앞에서 나뭇조각, 나뭇가지, 석반석이 소용돌이쳤다. 거기서 백 리쯤 떨어진 언덕길에는, 뱃사람의 아낙네들이 가슴 졸이며 긴장된 눈으로 바다를 바라보고 있었다. 그때 갑자기 이중 과수 울타리의 버팀목과 막대가 철망과 함께 화단 위로 무너져내렸다.

피해를 조사해보았을 때, 그 처참한 광경이라니! 버찌와 자두는 다소 녹은 우박알과 뒤섞여 풀밭을 뒤덮고 있었다. 콜마르산 배는 다 없어졌고, 베지 배나 트리옹프 드 조두아뉴 종류도 마찬가지였다. 사과 중에 좀 단단한 것이 겨우 몇 개 남아 있는 정도였다. 열두 개의 수밀도와 복숭아들은 모두 뿌리 뽑힌 회양목 옆의 물구덩이에서 나뒹굴고 있었다.

저녁을 먹은 후에(거의 먹지도 않았지만) 페퀴셰가 조용히 말했다.

"농장에는 별일 없는지 보러 갈까?"

"체, 뭣 하러! 끔찍한 모습을 또 보려고?"

"어쩌면, 우리는 이렇게도 운이 없을까!"

그들은 하느님과 자연의 조화를 원망했다.

부바르는 팔꿈치를 식탁에 대고 앉아, 조그맣게 중얼거렸다. 온통 고통에 사로잡혀 있는 가운데, 농업에 관한 예전의 계획, 특히 전분 제조소와 새로운 종류의 치즈에 관한 기억이 되살아났다.

페퀴셰는 큰 소리로 한숨을 내쉬었다. 그는 한 줌의 코담배를 코에 갖다 대며 운이 좋았다면 지금쯤 농업 단체의 회원이 되고 품평회에서도 뛰어난 성과를 올려서 신문지상에 이름이 오르내렸을 거라는 생각을 했다.

부바르는 슬픔에 잠긴 눈으로 주위를 둘러보았다.

"정말이지, 이 모든 것에서 벗어나서 다른 곳으로 이사를 가버리면 좋겠어!"

"좋을 대로."

페퀴셰가 말했다. 그리고 잠시 후에 다시 말을 이었다.

"책에서는 곧은 맥관을 모두 없애버리라고 했는데, 그 때문에 식물의 수액이 방해를 받아서 결정적으로 나무에 피해가 생긴 거야. 나무가 잘 자라려면 열매가 맺히지 않아야 한다고 했지. 그렇지만 잔가지를 쳐주지도 않고 비료도 주지 않은 나무에서 열매가 맺힌다니. 게다가 더 작고 더 맛이 좋은 열매가 말이야. 합리적인 해명을 듣고 싶군그래! 게다가 종류마다 보살펴주는 방법이 다를 뿐만 아니라, 개체에 따라 기후와 온도와 그 모든 것이 다르다니! 도대체 원칙이란 게 어디 있단 말이야? 성공하거나 이익을 올린다는 희망을 어떻게 가질 수 있지?"

부바르가 대답했다.

"자네도 알다시피 가스파랭은 이익이란 원금의 십분의 일을 초과할 수 없다더군. 그러면 차라리 은행에 넣어두는 게 낫겠어. 십사 년 후에는 이자가 늘어서 날씨와 씨름하지 않고도 두 배는 얻을 수 있을 테니까."

페퀴셰는 고개를 숙였다.

"수목 재배라는 건 말짱 거짓말인가?"

"농업도 마찬가지야!"

그들은 열성이 지나쳤던 것을 스스로 인정하고 앞으로는 돈과 노력을 아끼기로 결심했다. 과수원은 이따금씩 소용없는 잔가지를 쳐주는 것으로 충분할 것이다. 그들은 이중 과수 울타리를 없애고 죽은 나무는 교체하지 않았다. 죽은 나무는 살아남은 다른 나무에 피해를 주지는 않는다고 하더라도, 그렇게 보기 흉한 모습을 드러내고 있게 될 것이다. 어떻게 해야 할 것인가?

페퀴셰는 수학 용구 상자를 이용해서 몇 가지 기하학적 도식을 만들고, 부바르는 조언을 해주었다. 그러나 만족할 만한 것은 아무것도 없었다. 다행히 그들은 서재에서 《정원 건축》이라는 제목의 부아타르의 저서를 찾아냈다.

그 책의 저자는 무한히 많은 종류로 정원을 나누었다. 우선 우울하고 낭만적인 정원으로서, 그것은 에델바이스, 폐허, 무덤 같은 것들로 특기되며 영주가 암살자의 칼에 쓰러진 장소를 가리키는 곳에 성모상과 봉납물을 놓아둔다. 무시무시한 분위기의 정원은 바위를 매달아놓고, 부러진 나무와 불에 탄 정자로 구성하며, 이국적인 정원에는 개척자나 여행자에게 많은 추억을 불러일으키도록 페루산 선인장을 심어놓는다. 근엄한 분위기의 정원은 에름농빌[12)]처럼 철학적인 성전을 보여주어야 한다. 오벨리스크나 개선문은 장중한 정원을, 이끼와 동굴은 신비스러운 정원을, 호수는 명상적인 정원을 나타내준다. 심지어 환상적인 정원도 있는데, 예전의 뷔르템베르크 정원에서 가장 아름다운 전형을 찾아볼 수 있다. 거기에서는 멧돼지, 은둔자, 몇 개의 무덤 등을 차례로 볼 수 있고, 작은 배가 물가에서 흘러 다니며 규방으로 안내하면, 규방에서는 소파에 앉을 때 분수에 몸을 적시게 되어 있었다.

이처럼 놀라운 경지에, 부바르와 페퀴셰는 감탄했다. 환상적인 정원은 왕자들에게나 적당한 것으로 보였고, 철학적인 성전은 좀 거북할 것 같았다. 성모상에 바치는 봉납물은 암살자가 없기 때문에 아무 의미가 없었고, 개척자와 여행자를 위한 것도 아메리카 식물이 너무 비싸서 낭패였다. 그러나 바위와 부러진 나무, 에델바이스와 이끼는 쉽게 구할 수 있다. 그들은 한참을 망설인 후에 점차 열성을 가지게 되었다. 그리하여 하인의 도움을 받아 최소한의 돈을 들여, 그 지역에서는 유사한 모습을 찾아볼 수 없는 주거지를 만들었다.

작은 숲속에는 이리저리 가지가 벌어진 가로수 사이로 미로처럼 구불구불한 오솔길이 가득했고, 그 숲 위로 햇빛이 비치고 있었다. 과수장의 벽에는 반원형 아치를 만들어 그 아래로 전망이 잘 보이도록 하고 싶었다. 그런데 담벼락 위의 관석(冠石)이 잘 매달려 있지 못해서, 땅에 떨어져 무너지고 벽에 커다란 구멍을 뚫어놓고 말았다.

그들은 아스파라거스를 없애고 그 자리에 에트루리아식 무덤, 즉 높이가 육 피트 되는 개집 모양의 사변형을 검은 석고로 만들어놓았다. 그 무덤 옆에는 모퉁이에 네 그루의 가문비나무를 심고, 위에는 이끼류를 덮어놓고 비문으로 장식을 했다.

채소밭의 한쪽에는 연못 위로 베네치아의 리알토 다리와 같은 대리석 다리를 만들어놓고 가장자리에 조개껍질 장식을 박아 넣었다. 그런데 땅이 연못의 물을 다 흡수해버리고 말았다. 하지만 상관없었다! 바닥에 진흙을 깔면 물이 고이게 될 테니까 말이다.

오두막집은 색유리를 이용해서 시골풍의 정자로 바꾸어놓

았다. 포도나무 언덕 꼭대기에는 사각으로 깎아 놓은 여섯 그루의 나무 위에 끝이 접힌 양철 모자를 씌워놓았다. 그것은 중국의 파고다처럼 보였다.

그들은 오른 강가에서 화강암을 골라 깨뜨리고 번호를 매긴 후 직접 수레에 실어 와서, 시멘트 조각과 섞은 후에 차곡차곡 쌓아놓았다. 그리하여 잔디밭 가운데에는 거대한 감자처럼 생긴 바위가 우뚝 솟아났다.

조화를 이루려면, 그 외에도 뭔가 부족한 것이 있었다. 그들은 가로수 중에 제일 굵은 보리수(게다가 사분의 삼쯤은 죽은 것이었다)를 쓰러뜨려 정원에 길게 눕혀놓았다. 그것은 마치 급류에 떠내려 왔거나, 벼락을 맞아 쓰러진 것처럼 보였다.

작업이 끝나자, 부바르가 층계 위에서 멀리 소리쳤다.

"여기서는! 더 잘 보이는데!"

"더 잘 보이는데!"

허공에서 메아리가 울렸다.

페퀴셰가 대답했다.

"거기로 갈게!"

"거기로 갈게!"

"아니! 메아리다!"

"메아리다!"

그때까지는 보리수가 가로막고 있어서 메아리가 생기지 않았던 것이다. 게다가 이제는 헛간과 마주하고 있는 파고다의 박공이 가로수보다 더 높이 솟아 있어서 메아리가 더 잘 생기게 된 것이다.

메아리의 반향을 실험해보느라고, 그들은 농담을 던지며 서로 즐거워했다. 부바르는 외설스러운 음담패설까지 늘어놓았다.

부바르는 돈을 받으러 간다며 팔레즈에 몇 번 갔었다. 돌아올 때는 항상 작은 꾸러미를 가지고 와서 장 속에 감춰두었다. 페퀴셰는 브레트빌에 간다고 아침에 떠났다가 아주 늦게 바구니 하나를 가지고 돌아와서 침대 밑에 감추었다.

다음 날, 잠에서 깼을 때 부바르는 깜짝 놀랐다. 큰 오솔길에 있는 등화대 두 개(전날 저녁에만 해도 둥근 것이었는데)가 공작 모양을 하고 있었기 때문이다. 도자기 단추 두 개와 원뿔 모양으로 부리와 눈도 만들어져 있었다. 페퀴셰는 새벽부터 일어나서 들키지 않도록 조심하면서, 뒤무셸이 보내준 책자에 따라 나무 두 그루를 잘랐다. 그는 여섯 달 전부터 그 책을 참고로 하여 피라미드, 직사각형, 원기둥, 사슴 또는 안락의자 모양을 흉내 내어 만들어 보곤 했다. 그러나 공작 모양에 필적할 만한 것은 아무것도 없었다. 부바르는 칭찬을 아끼지 않았다.

그는 삽을 두고 왔다는 핑계를 대고, 페퀴셰를 구불구불한 길로 데리고 갔다. 페퀴셰가 없는 틈을 타서 부바르도 역시 뭔가 놀라운 것을 만들어놓은 것이다.

밭의 출입구에는 석고가 한 층 칠해져 있었는데, 그 위에 아브 델 카데르,[13] 흑인, 알제리 저격병, 나체의 여인, 말발굽,

죽은 자의 머리를 그려놓은 파이프 담배통 오백 개가 보기 좋게 정렬되어 있었다!

"내가 지금까지 이걸 숨기고 참느라고 얼마나 힘들었는지 알겠나!"

"아무렴, 알고 말고!"

그들은 감격하여 서로 부둥켜안았다.

모든 예술가들이 그렇듯이, 그들은 다른 사람들로부터 찬사를 받고 싶었다. 그래서 부바르는 만찬을 베풀자고 했다.

"조심하게! 자네는 사람들의 모임에 정신을 빼앗기게 될지도 몰라. 그렇게 되면 파멸이야!"

페퀴셰가 말했다.

그러나 만찬은 결정되었다.

그들은 그 고장에 살면서 사람들과 어울리지 않고 지내왔다. 그래서 모두들 그들이 어떤 사람인지 알고 싶은 호기심에 초대에 응했다. 다만 파베르주 백작은 일 때문에 도시에 가야 해서 그의 집사인 위렐이 대신 오는 것으로 만족해야 했다.

리지외에서 부대장을 지낸 적이 있는 여인숙 주인 벨장브는 몇 가지 요리를 준비할 생각이었다. 그는 하인도 보내주었다. 제르맨은 가금 사육장에 있는 하녀도 불러달라고 했다. 보르댕 부인의 하녀인 마리안도 오기로 했다. 네 시부터 울타리의 살문을 활짝 열어놓고, 두 집주인은 초조하게 손님들을 기다리고 있었다.

위렐은 너도밤나무 숲에 멈춰 서서 외투를 고쳐 입었다. 신부는 새 사제복을 입고 왔고, 잠시 후 벨벳 조끼를 입은 푸로가 왔다. 의사는, 양산으로 몸을 가린 채 힘없이 걷는 그의 부인과 팔짱을 끼고 있었다. 그들 뒤로 여러 개의 붉은 리본이 흔들리고 있었다. 그것은 비둘기색의 아름다운 명주 옷을 입은 보르댕 부인의 모자였다. 보르댕 부인의 가슴 위에서는 시계의 금줄이 부딪히고 있었고, 검은 장갑을 낀 두 손에서는 반지가 빛나고 있었다. 마지막으로 머리에 파나마 모자를 쓰고 눈에는 코안경을 걸친 공증인이 나타났다. 법원 부속의 공직자라고 해서 그의 마음속에 사교계 사람으로서의 기질이 사라진 것은 아니었다.

거실은 서 있을 수가 없을 정도로 밀랍 칠이 잘 되어 있었다. 유트레히트[14]산 소파 여덟 개가 벽에 길게 붙여져 있었고, 가운데에는 둥근 테이블 위에 술통이 놓여 있었다. 벽난로 위에는 부바르 부친의 초상화가 있었다. 초상화의 낡은 색이 역광선을 받아, 입은 씰그러지고 눈은 사팔뜨기처럼 보였다. 게다가 광대뼈에 약간의 곰팡이가 생겨서 콧수염이 있는 것 같은 착각을 일으키게 했다. 손님들은 부바르가 부친을 닮았다고 했다. 보르댕 부인은 부바르를 바라보면서, 부친이 틀림없이 굉장히 멋진 분이었을 거라고 덧붙였다.

한 시간쯤 기다리자 페퀴셰가 홀로 안내했다.

거실의 커튼과 마찬가지로, 가장자리가 붉은 흰색 옥양목 커튼이 창문 앞에 쳐져 있었다. 커튼을 통해 들어오는 햇빛이, 순전히 장식용으로 기압계를 올려놓는 대리석 판 위로 황금

색 빛을 던지고 있었다.

부바르의 양 옆에는 두 부인이 앉고, 페퀴셰의 왼쪽에는 면장이, 오른쪽에는 신부가 앉았다. 그들은 먼저 굴을 먹기 시작했다. 굴에서는 진흙 냄새가 났다. 부바르는 미안해서 변명을 늘어놓고, 페퀴셰는 일어나서 벨장브에게 따지러 부엌으로 갔다.

고기 파이와 가자미 요리, 스튜로 만든 새 요리로 준비된 전식이 제공되는 동안, 능금주를 만드는 방법에 대한 이야기가 계속되었다. 그러고 나서 소화가 잘 되는 음식과 소화가 잘 안 되는 음식에 대한 화제로 흘렀다. 자연히 의사에게 물어보게 되었다. 의사는 과학을 매우 잘 알고 있지만 어떠한 반론도 용납하지 않는 사람으로서, 모든 것을 회의적으로 판단했다.

소 등심 요리와 함께 부르고뉴산 포도주가 나왔다. 포도주가 탁했다. 부바르는 병을 잘 헹구지 않아서 그런 것이라고 하면서, 다른 병을 세 병이나 맛보았지만 마찬가지였다. 게다가 생 쥘리앵 술을 따라 주었는데, 그것은 너무 덜 익은 것이었다. 하지만 손님들은 모두 잠자코 있었고, 위렐은 계속 웃고 있었다. 하인의 무거운 발소리만이 타일 바닥에 부딪혀 울렸다.

땅딸막하고 퉁명스러운 태도를 보이는(더구나 그녀는 만삭이었다) 보코르베유 부인은 꿀 먹은 벙어리처럼 말이 없었다. 부바르는 그녀에게 무슨 말을 해야 할지 몰라서 캉의 극장에 대해 이야기를 꺼냈다.

"제 아내는 공연을 보러 가는 일이 없답니다."

의사가 대답했다.

마레스코는 파리에 있을 때 이탈리아 연극만 자주 보러 갔었다고 했다.

"저는 가끔 재미있는 이야기를 들으려고 보드빌[15)]의 입장권을 사곤 했지요!"

부바르가 말했다.

푸로는 보르댕 부인에게 농담을 좋아하는지 물어보았다.

"그건 농담의 종류에 따라 다르지요."

보르댕 부인이 대답했다.

면장이 짓궂은 농담을 던지자 보르댕 부인은 맞받아 응수했다. 그러고 나서 그 여자는 작은 오이의 요리법을 알려주었다. 사실 가사에 관한 보르댕 부인의 솜씨는 평판이 나 있던 터이고, 게다가 그녀는 훌륭히 가꾸어놓은 작은 농장도 소유하고 있었다.

푸로가 부바르에게 물었다.

"소작지를 팔 생각이 있으시다고요?"

"아, 지금으로서는 그렇지만, 글쎄요……."

"뭐라고요! 에칼르의 토지까지도 말입니까? 그건 부인 마음에 꼭 들 겁니다, 보르댕 부인."

공증인이 다시 말했다.

보르댕 부인은 일부러 미소를 띠우며 대답했다.

"부바르 씨가 요구하는 가격은 너무 엄청난 것이겠지요?"

어쩌면 깎을 수도 있었다.

"저는 자신이 없는데요!"

"뭐! 포옹이라도 해드리면 어떨까요?"

"그럼 해봅시다!"

부바르가 말했다. 그리고 그는 보르댕 부인의 두 뺨에 키스를 하고, 일동은 박수를 쳤다.

곧이어 샴페인을 터뜨리고, 그 때문에 한층 즐거운 분위기가 되었다. 페퀴셰가 신호를 하자, 커튼이 걷히고 정원이 나타났다.

어둑어둑하게 땅거미가 지는 속에서, 정원은 다소 무시무시하게 보였다. 잔디밭에는 산처럼 우뚝 솟은 바위가 있었고, 시금치밭 가운데 있는 무덤은 직사각형을 이루고 있었다. 베네치아 다리는 완두콩 위로 악상 시르콩플렉스[16]처럼 솟아 있었다. 게다가 그 앞에 있는 오두막집은 좀더 시적인 분위기로 만든다고 지붕을 태워놓아서 거대한 검은 점처럼 보였다. 가로수 길에서부터 반원형 아치까지 벼락 맞은 것처럼 비스듬히 나무가 쓰러져 있었고, 그 나무가 있는 곳에 이르기까지 사슴이나 안락의자 모양의 등화대가 이어져 있었다. 그리고 반원형 아치에는 토마토가 종유석처럼 매달려 있었다. 해바라기는 여기저기에서 노란 원반처럼 꽃잎을 펼치고 있었다. 붉은 칠을 해놓은 중국식 파고다는 포도나무 언덕 위에서 마치 등대처럼 보였다. 공작의 부리는 태양 빛을 받아 서로 불을 뿜는 것 같았고, 널빤지를 치워놓은 살울타리 뒤로 평평한 들판이 지평선 끝까지 뻗어 있었다.

손님들이 놀라는 것을 보고 부바르와 페퀴셰는 진정 기쁨을 느꼈다.

보르댕 부인은 특히 등화대의 공작 모양을 칭찬했다. 그러나 무덤도, 불에 탄 정자도, 폐허의 담벼락도 이해하지 못했다. 차례차례 그들은 연못 위를 지나갔다. 연못에 물을 채우려고 부바르와 페퀴셰는 아침 내내 물을 실어 날랐다. 그런데 바닥의 자갈이 아귀가 맞지 않아서, 그 틈새로 물이 스며들어가는 바람에 진흙이 자갈을 덮어버렸다.

모두들 산책을 하면서 정원에 대해 비판을 했다.

"나라면 이렇게 했을 텐데요." "그린피스는 너무 늦었어요." "이 모퉁이는 솔직히 깨끗하지 못하군요." "가지치기를 이렇게 하면 절대로 열매가 생기지 않을 거예요."

부바르는 열매 따위는 아랑곳하지 않는다고 대답할 수밖에 없었다.

소사나무 묘목을 지나다가 그는 짓궂은 어조로 말했다.

"아! 저기 있는 부인께 방해가 되었군요! 정말 죄송해요!"

이 농담은 통하지 않았다. 모든 사람들이 석고의 여인상을 이미 알고 있었던 것이다!

정원의 구불구불한 길을 몇 바퀴 돈 후에, 파이프 담배통이 있는 문 앞에 도착했다. 어리둥절한 시선들이 서로 교환되었다. 부바르는 손님들의 얼굴을 살펴보며 그들의 의견을 알고 싶어 초조해했다.

"어떻게 생각하세요?"

보르댕 부인이 웃음을 터뜨리자 모두들 웃어댔다. 신부는 껄껄대고 소리를 냈다. 위렐은 기침을 하며 웃고, 의사는 눈물을 흘리며 웃고, 그의 아내는 신경발작까지 일으켰다. 푸로는 스스럼이 없는 사람이라, 아브 델 카데르가 그려진 담배통을 하나 깨뜨려서 기념으로 주머니에 집어넣었다.

소사나무 가로수 길을 벗어나자, 부바르는 메아리로 손님들을 깜짝 놀라게 해주려고 있는 힘을 다해서 소리쳤다.

"하인이외다! 마님들!"

그러나 아무 반응이 없었다! 메아리가 생기지 않은 것이다. 헛간을 수리하느라 박공과 지붕을 허물어버렸기 때문이었다.

커피는 포도나무 언덕에서 마셨다. 남자들은 나무 공으로 게임을 하기 시작했다. 그때 누군가가 울타리 뒤에서 쳐다보고 있는 것이 보였다.

그 사람은 마른 체격에 얼굴은 검게 탔으며, 붉은색의 누더기 같은 바지를 입고, 셔츠는 입지 않은 채 푸른 웃옷을 입고 있었으며, 수염은 짧게 깎여 있었다. 그는 쉰 목소리로 말했다.

"포도주 한 잔만 주세요!"

면장과 죄프루아 신부는 곧 그를 알아보았다. 그는 샤비뇰의 옛 목수였다.

"자, 고르귀! 저리 가. 구걸하러 다니지 말고."

푸로가 말했다.

"내가? 구걸을요! 나는 아프리카에서 칠 년 동안 참전했어요! 그리고 병원에서 나왔는데 일자리가 없다고요! 강도짓이라도 해야 한단 말입니까? 빌어먹을!"

고르귀가 흥분하여 소리쳤다. 그의 노여움은 저절로 가라앉았다. 그는 두 주먹을 허리에 대고, 침울하고 비웃는 태도로 부르주아들을 바라보고 있었다. 야숙에서 오는 피곤함과 고통, 열병, 비참함과 방탕자의 모든 모습이 흐릿한 그의 눈에 서려 있었다. 핏기 없는 그의 입술은 잇몸을 드러내며 떨리고 있었다. 저녁노을에 물든 자줏빛 하늘이 핏빛으로 그를 에워쌌다. 고르귀가 그곳에 계속 버티고 있으려고 고집을 부리는 바람에 모두들 공포 비슷한 것을 느꼈다.

부바르는 사태를 수습하려고 병에 남은 술을 찾으러 갔다. 그 부랑자는 게걸스럽게 마셔버리고는, 끊임없이 몸짓을 해대며 귀리 밭 속으로 사라졌다.

그러자 사람들은 부바르를 비난했다. 그러한 호의는 무질서를 조장할 뿐이라는 것이다. 그러나 정원의 실패로 화가 난 부바르는 민중을 옹호하고 나섰다. 모두들 동시에 떠들어댔다.

푸로는 정부를 찬양했다. 위렐은 이 세상에서 아는 것이라곤 부동산 소유권밖에는 없었다. 죄프루아 신부는 사람들이 종교를 보호해주지 않는다고 불평했다. 페퀴셰는 세금에 대해 강력한 이의를 제기했다. 보르댕 부인은 때때로 "나는, 무엇보다도, 공화국을 싫어해요"라고 소리쳤다. 의사는 진보를 찬성했다.

"왜냐하면 결국은, 개혁이 필요하기 때문이지요."

"그럴 수도 있죠! 그러나 그러한 생각들은 공무에 방해가

됩니다."

푸로가 대답했다.

"나는 공무 같은 것은 개의치 않아요!"

페퀴셰가 소리쳤다.

보코르베유는 말을 이었다.

"적어도 유능한 사람들은 투표에 참가시켜야 합니다."[17)]

부바르는 그렇게까지 생각하지는 않았다.

"그게 당신 생각이오? 당신 형편없는 사람이군! 안녕히 계시오! 큰 홍수가 나서 당신의 연못에서 배를 타고 항해하게 되기를 바라겠소이다!"

의사가 말했다.

"나도 가겠어요."

잠시 후 푸로가 말했다. 그는 아브 델 카데르가 들어 있는 주머니를 가리키며 다시 말을 이었다.

"또 필요하면 다시 오지요."

신부는 가기 전에, 야채밭 가운데에 무덤 모양이 있는 것은 적당하지 않은 것 같다고 페퀴셰에게 머뭇거리며 말했다. 위렐은 돌아가면서 일동에게 허리를 많이 숙여 인사했다. 마레스코는 후식을 먹은 후에 돌아갔다.

보르댕 부인은 작은 오이의 요리법에 관한 자세한 이야기를 다시 시작했고, 플럼주를 만드는 방법도 알려주겠다고 약속했다. 그리고 가로수 길을 다시 세 바퀴 돌았다. 그런데 보리수나무 옆을 지나다가 보르댕 부인의 치맛자락이 나무에 걸리고 말았다. 그녀가 중얼거리는 소리가 들렸다.

"어머나! 망할 놈의 나무 같으니라고!"

자정이 될 때까지 두 집주인은 아치 밑에서 노여움을 터뜨렸다.

아마도, 저녁 식사에 대해서는 몇 가지 사소한 것들을 비난할 수도 있을 것이다. 그렇지만 손님들이 대식가들처럼 배불리 먹었으니까, 그렇게 나쁘지는 않았다는 증거가 된다. 하지만 정원에 대해서 그토록 많이 비난한 것은 비열한 질투에서 나온 것이리라. 두 사람은 흥분해서 말했다.

"아! 연못에 물이 없었지! 기다리면 돼. 백조와 물고기까지도 보게 될 거야!"

"파고다는 거의 알아보지도 못했어!"

"폐허를 보고 깨끗하지 못하다고 주장하다니, 어리석기는!"

"게다가 무덤이 적당하지 않다고! 왜 적당치 않아? 자기 집에 그런 것 하나 만들어놓을 권리가 없단 말인가? 나는 그 속에 기꺼이 묻히기라도 하겠네!"

"그런 말은 하지 말게!"

페퀴셰가 말했다.

그들은 손님으로 왔던 사람들을 다시 떠올려보았다.

"의사는 그럴싸하게 잘난 체하는 사람 같더군!"

"초상화 앞에서 마레스코가 비웃는 걸 봤나?"

"면장은 얼마나 무례한 놈인가! 집에서 저녁 먹을 때 심술

궂은 꼴이라니! 진귀한 물건에 대한 취미는 존중할 만하지만 말이야."

"보르댕 부인은?"

부바르가 말했다.

"아! 그 여자는 모사꾼이야! 더 말하고 싶지 않네."

그들은 모든 사람들이 싫어져서 더 이상 아무도 만나지 않고, 집에서 자기들끼리만 지내기로 했다.

두 사람은 병의 물때를 벗기느라고 지하실에서 며칠을 보내기도 하고, 모든 가구에 다시 밀랍칠을 하고, 방에 윤을 내기도 했다. 매일 저녁 장작이 타는 것을 바라보면서 가장 좋은 난방법에 대해 논의하기도 했다.

절약을 하느라 햄을 훈제하기도 하고, 빨래를 직접 양잿물에 삶아 빨려는 시도도 했다. 부바르와 페퀴셰 때문에 방해를 받자 제르맨은 어깨를 으쓱했다. 잼을 만들 때는 제르맨이 화를 내는 바람에 그들은 세탁장에 자리를 잡았다.

그곳은 전에 세탁소로 쓰던 곳인데, 거기에는 나뭇단 밑에 그들의 계획에 아주 걸맞은 큰 통이 있었다. 그들은 통조림을 만들고 싶은 야심이 생겼다.

그들은 열네 개의 저장용 병에 토마토와 그린피스를 가득 채웠다. 생석회와 치즈로 병마개를 봉하고, 가장자리에 무명베 띠를 붙이고는 끓는 물 속에 넣었다. 물이 증발해서 찬 물을 부었더니, 온도의 차이 때문에 병이 깨져버렸다. 겨우 세 개만 건질 수 있었다.

그들은 또 낡은 정어리 통조림 통을 구해다가, 송아지 등살을 넣어서 중탕 냄비에 집어넣었다. 공처럼 둥글게 내용물이 삐져나왔지만, 식으면 납작하게 될 거라고 생각했다. 실험을 계속하기 위해, 다른 통에는 계란, 풀상추, 바다가재, 생선 스튜, 진한 수프를 가득 채웠다! 아페르[18]의 말처럼, '계절을 붙잡아놓았다' 고 그들은 기뻐했다. 페퀴셰는 이와 같은 발견은 정복자의 수훈보다 더 귀한 것이라고 했다.

그들은 식초에 후추를 가미해, 보르댕 부인이 말한 설탕초로 절인 음식을 제조했다. 그들의 플럼주는 더 훌륭했다! 그들은 과실주를 담가서 나무딸기 술과 압생트를 얻었다. 또 꿀과 안젤리카[19]를 바놀[20] 산 통에 넣어, 말라가[21]산의 포도주를 만들고 싶었다. 그런데 샴페인을 만드는 것과 똑같은 방법으로 시도한 것이다! 샤블리산의 백포도주 병은 포도즙을 섞었더니 저절로 폭발해버렸다. 그 당시 그들은 성공을 더 이상 의심치 않았다.

그들의 연구는 날로 발전하여 그들은 모든 식료품에 부정행위가 있다고 의심하게 되었다.

빵집 주인에게 빵의 색깔에 대해 트집을 잡기도 했고, 식료품 장수가 초콜릿을 위조했다고 주장해 그의 원한을 사기도 했다. 그들은 대추를 구하러 팔레즈에 가기도 했다. 그리고 약사가 보는 앞에서 연고를 물로 시험해보기도 했다. 연고는 젤라틴이라고 표시되어 있었으나 돼지비계 껍데기처럼 보였다.

이 승리로 인해, 부바르와 페퀴셰는 의기양양해져서 파산한 증류주 제조인으로부터 자재를 사들였다. 곧이어 여과기, 큰 통, 깔때기, 거품 떠내는 국자, 여과용 헝겊과 저울이 집에 배달되었다. 이외에도 석탄통과 둥근 뚜껑이 달린 증류기도 있었는데, 그 증류기에는 벽난로의 굴뚝 구멍과 반사 장치가 달린 화덕이 필요했다.

그들은 설탕 정제 방법과, 열처리에 따른 다양한 종류의 설탕, 즉 굵은 설탕과 가는 설탕, 거품이 나기 시작하는 시럽 상태, 거품이 많이 나는 시럽 상태, 풀처럼 끈적끈적한 상태, 캐러멜 상태에 대해 알게 되었다. 그러나 그들은 한시바삐 증류기를 사용하고 싶어서, 아니스 술부터 시작해서 고급 주류의 제조에 착수했다. 대부분 액체와 함께 내용물이 없어져버리거나 혹은 내용물이 바닥에 달라붙어버렸다. 어떤 때에는 배합을 잘못하기도 했다. 두 사람의 주변에는 커다란 구리 냄비가 반짝이고 있었고, 목이 긴 플라스크가 뾰족한 주둥이를 내밀고 있었다. 그리고 벽 위에는 작은 냄비들이 걸려 있었다. 때때로 한 사람이 테이블 위에서 풀을 고르는 동안, 다른 사람은 매달아놓은 통 속의 석탄 알을 흔들기도 했다. 그들은 숟가락으로 휘저어서 혼합물의 맛을 보았다.

항상 땀을 흘리는 부바르는 셔츠만 입고, 바지는 짧은 멜빵으로 명치까지 끌어 올리고 있었다. 그러나 건망증이 심해서 증류기의 칸막이 판을 잊어버리거나 불을 세게 하곤 했다. 페퀴셰는 어린아이 작업복처럼 생긴 소매 달린 긴 겉옷을 입고 중얼거리며 계산을 했다. 그들은 스스로를 유익한 일에 몰두하는 매우 훌륭한 사람이라고 생각했다.

마지막으로 그들은 다른 어떤 것보다 더 좋은 크림을 만들고자 했다. 그래서 퀴멜 술에 넣는 고수,[22] 마라스캥[23]에 넣는 버찌 술, 샤르트뢰즈[24]에 넣는 박하과 식물 히숍, 정장용(整腸用) 약주에 넣는 사향 냄새가 나는 열매, 크람밤불리[25]에 넣는 향기 나는 종려를 넣었다. 그리고 자단나무로 붉은색을 낼 것이다. 그런데 어떤 이름으로 판매를 해야 할 것인가? 기억하기 쉬우면서도 특이한 이름이 필요했다. 오랫동안 고심한 끝에 그들은 '부바린'이라고 부르기로 결정했다!

가을이 끝나갈 무렵, 통조림 병 세 개에 반점이 나타났다. 토마토와 그린피스는 썩어버렸다. 밀폐한 것 때문에 그렇게 된 것일까? 그리하여 밀폐의 문제로 그들은 고민했다. 새로운 방법을 시도해보자니 돈이 없었다. 그리고 농장은 골칫거리였다.

몇 번인가 소작인을 자청하고 나선 사람도 있었지만, 부바르는 그것을 원치 않았다. 처음에는 심부름꾼이 부바르의 지시에 따라 경작했는데, 지나치게 절약을 하는 바람에 수확량이 줄어들고 모든 것이 악화되고 말았다. 부바르와 페퀴셰가 난처한 상황에 대해 의논하고 있을 때, 머뭇거리며 뒤에 서 있는 부인을 대동하고 구이가 실험실에 나타났다.

손질을 많이 한 덕분에 토질이 좋아지자, 농장일을 다시 하려고 찾아온 것이었다. 하지만 구이는 농장을 좋게 평가하지는 않았다. 부바르와 페퀴셰가 온갖 노력을 다했지만 수익은 불확실하다는 것이었다. 요컨대 그가 농장일을 원하는 것은 그 고장을 사랑해서이고 좋은 주인들이 그리웠기 때문이라고 했다. 부바르와 페퀴셰는 구이를 냉정하게 내쫓았다. 구이는 그날 저녁 다시 찾아왔다.

페퀴셰가 부바르에게 잔소리를 늘어놓아서 그들은 점차 마음이 수그러들었다. 구이는 소작료를 깎아달라고 했다. 부바르와 페퀴셰가 거절하자, 구이는 신에게 맹세를 하기도 하고 어려운 처지를 늘어놓기도 하고 자기의 장점을 과장하기도 하면서 말한다기보다는 아예 고함을 질렀다. 가격을 말해보라고 하자 그는 대답 대신 머리를 숙였다. 그때 문 옆에서 무릎 위에 커다란 바구니를 놓고 앉아 있던 구이의 아내가 상처 입은 암탉처럼 날카로운 목소리로 투덜대면서 똑같은 항의를 다시 시작했다.

드디어 이전보다 삼분의 일이 깎인 일 년에 삼천 프랑이라는 조건으로 임대차 금액이 정해졌다.

그러자 곧바로 구이가 기자재를 사겠다고 해서 협상이 다시 시작되었다.

구이는 물건들이 채 이 주일도 가지 못할 거라고 평가했다. 부바르는 피곤해서 죽을 지경이었다. 부바르가 아주 보잘것없는 가격에 모든 것을 양보하자, 구이는 처음에는 눈을 크게 뜨다가 "결정됐어요"라고 소리치며 악수를 했다.

그러고 나서 관습에 따라 주인들은 집에서 간단한 식사를 대접했다. 페퀴셰는 인심이 후해서라기보다는 찬사를 듣고 싶어서, 말라가 포도주 병 하나를 열었다.

그러나 소작인은 얼굴을 찌푸리면서 "감초 시럽 같군요"라고 말했다. 그의 아내는 입가심할 물을 한 잔 달라고 했다.

부바르와 페퀴셰는 더 중대한 일에 몰두하고 있었다! '부바린'의 모든 성분이 드디어 다 모인 것이다.

그들은 그것을 증류병에 채워 넣은 후, 알코올로 불을 붙이고 기다렸다. 기다리는 동안, 말라가 술의 실패 때문에 기분이 상한 페퀴셰는 장 속에서 양철통을 꺼내어 뚜껑을 하나 땄다. 두 번째, 세 번째 통까지 뚜껑을 땄다. 그는 화가 나서 양철통을 내던지고 부바르를 불렀다.

부바르는 증류기 나선관의 꼭지를 잠그고 통조림 있는 곳으로 갔다. 매우 실망스러운 상황이었다. 송아지 고기 조각은 삶아놓은 구두창 같았고, 바다가재의 통에는 더러운 액체가 가득 차 있었다. 생선 스튜는 더 이상 찾아볼 수도 없었다. 버섯은 포타주[26] 수프의 위로 솟아 있었고, 실험실에 참을 수 없는 악취가 풍기고 있었다.

갑자기 폭음과 함께 증류기가 산산조각이 났다. 부서진 조각들이 천장에까지 튀어 오르고, 냄비에는 구멍이 뚫렸다. 거품 떠내는 국자도 부서지고, 유리잔들도 깨졌다. 석탄이 사방으로 흩어지고, 화덕이 무너졌다. 다음 날 제르맨은 마당에서 얇은 주걱을 찾아낼 수 있었다.

증류 솥의 뚜껑을 볼트로 죄어놓았기 때문에 증기의 힘에 기구가 깨진 것이었다.

곧바로 페퀴셰는 큰 통 뒤에 웅크렸고, 부바르는 걸상 위에 무너지듯 쓰러졌다. 그들은 깨진 조각들 속에서 공포에 질려, 움직일 엄두도 못 내고 십여 분 동안 같은 자세로 꼼짝 않고 있었다. 정신을 차리자 그들은 이와 같은 실패, 특히 마지막 실패의 원인이 무엇인가를 자문해보았다. 자기들이 죽을 뻔 했다는 것 이외에는 아무것도 알 수가 없었다. 페퀴셰는 이렇게 결론을 내렸다.

"아마 우리가 화학을 몰랐기 때문일 거야!"

III

화학을 알기 위해 부바르와 페퀴셰는 레그노[27]의 강의록을 구했다. 우선 '원소는 합성된 것일지도 모른다'는 이론을 배웠다.

원소는 비금속과 금속으로 나뉘는데, 절대적인 차이점은 아무것도 없다고 저자는 말했다. 산과 염기도 마찬가지여서, 한 물체가 상황에 따라서 산으로도 혹은 염기로도 작용할 수 있다.

화학기호는 괴상하게 보였고, 배수비례의 법칙 때문에 페퀴셰는 혼란스러웠다.

"예를 들어 A라는 분자가 B의 여러 부분으로 이루어져 있다면, 마찬가지로 그 분자는 그러한 부분들로 분해되어야 할 것 같은데, 하지만 분해되면 통일성을 잃어버리고 더 이상 처음의 분자가 되지 않는단 말이지. 뭐가 뭔지 하나도 모르겠군.”

“나도 그래!”

부바르가 말했다.

그들은 좀 쉬운 지라르댕의 저서를 읽어보았다. 그 책을 통해, 공기 십 리터는 백 그램이며, 연필에는 납을 넣지 않고, 다이아몬드는 탄소에 불과하다는 것을 확실히 알게 되었다.

무엇보다도 그들을 어리둥절하게 만든 것은 원소로서의 땅이 존재하지 않는다는 사실이었다.

그들은 취관(吹管)의 조작법, 금, 은, 빨래의 알칼리성 용액, 냄비의 주석 도금에 대해서 알게 되었다. 조금도 망설이지 않고 부바르와 페퀴셰는 유기화학에 몰두했다.

광물의 구성 물질과 똑같은 물질을 생물체에서도 볼 수 있다니 얼마나 신기한 일인가! 그럼에도 불구하고, 인간이 성냥처럼 인(燐)을, 계란 흰자처럼 단백질을, 가로등처럼 수소 가스를 지니고 있다는 생각에 일종의 모욕감을 느꼈다.

염료와 유지(油脂)에 이어서 다음에는 발효에 대해서 알아볼 차례였다.

그래서 그들은 산(酸)에 대해 공부했다. 등가법칙은 또다시 그들을 혼란스럽게 만들었다. 그들은 원자이론을 가지고 등가법칙을 밝혀보려고 했지만 실패하고 말았다.

부바르는 이 모든 것을 알기 위해서는 기구가 필요하다고 생각했다. 하지만 그 비용은 상당한 것이었고, 그들은 이미 너무 많은 돈을 써버린 터다.

어쩌면 보코르베유 의사가 가르쳐줄 수 있을지도 모른다.

그들은 진료 시간에 의사를 찾아갔다.

"말씀해보세요! 어디가 아프십니까?"

페퀴셰는 아픈 것이 아니라고 대답하면서 찾아온 목적을 밝혔다.

"우리는 먼저 더 우월한 원자가를 알고 싶습니다."

의사는 얼굴을 붉히더니 화학을 알고 싶어하는 것에 대해 비난했다.

"화학의 중요성을 부인하는 것은 아닙니다. 그 점은 확실하지요! 하지만 요즘 온 사방에서 화학을 남용하고 있어요. 그래서 의학에는 악영향을 미친답니다."

의사의 말은 주위에 진열된 물건들 때문에 더욱 권위 있게 들렸다.

연경고(鉛硬膏)와 붕대가 벽난로 위에 흩어져 있었다. 책상 가운데에는 외과용 상자가 놓여 있었고, 구석에 있는 양푼에는 주입관이 가득 들어 있었다. 그리고 벽 위에는 박피 해부체의 그림이 걸려 있었다.

페퀴셰는 그 그림에 대해 의사에게 찬사를 보냈다.

"해부학은 훌륭한 학문이겠지요?"

보코르베유는 예전에 자기가 해부할 때 느꼈던 매력에 대해 늘어놓았다. 부바르는 여자의 내부와 남자의 내부 사이에 어떤 유사점이 있는지 물어보았다.

부바르를 즐겁게 해주려고 의사는 서재에서 해부학 도감을 꺼내왔다.

"이걸 가져가세요! 집에서 마음대로 보십시오!"

턱의 돌기와 눈구멍이 있고 손이 무섭도록 긴 해골을 보고, 부바르와 페퀴셰는 무척 놀랐다. 설명서가 없어서 그들은 다시 보코르베유의 집으로 갔다. 알렉상드르 로트의 개론서 덕분에 그들은 뼈대를 구분하는 것을 배웠고, 조물주가 일직선으로 만들지 않은 덕분에 직선형 척추골보다 인간의 척추골이 열여섯 배나 더 강하다는 사실에 깜짝 놀랐다. 왜 꼭 열여섯 배일까?

장골(掌骨)은 부바르를 난처하게 만들었고, 두개골에 열중한 페퀴셰는 접형골(蝶形骨)이 '터키의 말안장'과 비슷하게 생겼음에도 불구하고 그 앞에서 용기를 잃고 말았다.

관절은 인대가 너무 많아서 잘 보이지 않았다. 그들은 근육에 대한 연구에 착수했다.

그러나 근육의 부착점(附着點)은 찾아보기 어려웠고, 척추의 홈에 이르러서는 그들은 완전히 포기하고 말았다.

그때 페퀴셰가 말했다.

"우리 화학을 다시 시작할까? 실험실을 사용하기 위해서 말이야!"

부바르는 반대했다. 그는 열대 지방에서 사용할 수 있도록 인공적인 시체가 만들어진다는 것을 기억해냈다.

부바르의 편지를 받은 바르브루는 자료를 보내주었다. 한 달에 십 프랑씩만 내면, 오주 씨의 마네킹을 얻을 수 있다는 것이었다. 다음 주에, 팔레즈에서 온 배달꾼은 울타리 앞에 길쭉한 나무 상자를 갖다놓았다.

부바르와 페퀴셰는 흥분하여 그것을 세탁장으로 옮겼다. 판자의 못을 빼내자 짚이 떨어지고 박엽지(薄葉紙)가 미끄러져 떨어졌다. 그리고 드디어 마네킹이 모습을 드러냈다.

마네킹은 벽돌색으로, 머리카락과 피부는 없었으며, 푸른색, 붉은색, 흰색의 수많은 가는 실로 얼룩덜룩했다. 그것은 전혀 시체 같지 않았고, 유약 냄새가 나는 아주 깨끗하고 보기 흉한 장난감 같았다.

그들은 흉부를 열어보았다. 두 개의 스펀지처럼 생긴 폐 두 개가 보였다. 심장은 커다란 달걀 같았으며, 뒤쪽 옆에는 횡격막과 콩팥, 그리고 한 무더기의 내장이 보였다.

"작업하자!"

페퀴셰가 말했다.

그들은 낮과 밤을 온통 그곳에서 보냈다.

그들이 계단식 강의실의 의과 대학생들처럼 수술복을 입고, 촛불 세 개를 밝혀놓고서 마네킹의 부분부분을 공부하고 있을 때, 누군가가 문을 두드렸다.

"문 좀 여시오!"

푸로와 전원 감시인이었다.

부바르와 페퀴셰는 제르맨에게 기꺼이 마네킹을 보여주었었다. 제르맨은 곧 채소가게로 달려가서 그 일을 이야기했다. 그래서 모든 마을 사람들은 그들이 진짜 시체를 집에 감추고 있다고 생각했다. 떠도는 소문에 못 이겨 푸로는 사실을 확인하러 온 것이다. 구경꾼들도 마당에 서 있었다.

푸로가 들어갔을 때, 마네킹은 비스듬히 놓여 있었다. 얼굴의 근육이 벗겨지고 눈은 흉측하게 튀어나와서 무섭게 보였다.

"무슨 일로 오셨지요?"

페퀴셰가 말했다.

"아무 일도 아니에요! 아무것도!"

푸로가 우물우물 말하면서 테이블 위에 있는 것을 하나 집어 들었다.

"이건 뭡니까?"

"협근(頰筋)입니다!"

부바르가 대답했다.

푸로는 잠자코 있었지만, 자기 능력이 못 미치는 것을 부바르와 페퀴셰가 즐기고 있는 것에 질투가 나서 비웃는 듯이 미소를 띠었다.

두 해부학자는 연구를 계속하는 체했다. 문턱에 서 있던 사람들이 지루해져서 세탁장 안으로 들어왔다. 그들이 소리를 지르는 바람에 테이블이 흔들리자, 페퀴셰가 소리쳤다.

"아! 이거 너무하는군요! 모두 물러가세요!"

전원 감시인은 구경꾼들을 나가도록 했다.

"좋아요! 우린 아무도 필요 없단 말입니다!"

부바르가 말했다.

푸로는 부바르가 암시하는 뜻을 알아차리고, 의사가 아닌

데도 이런 물건을 가지고 있을 권리가 있는지 물어보았다. 게다가 그는 도지사에게 이 사실에 대해 편지를 쓰겠다고 했다. 굉장한 고장이군! 이렇게 어리석고, 미개하고, 퇴보적이라니! 부바르와 페퀴셰는 다른 사람들과 그들 자신을 비교하며 위안을 얻었다. 그리고 과학을 위해 고통 받기를 갈망했다.

의사도 그들을 만나러 왔다. 그는 마네킹이 실제와 너무 동떨어져 있다고 비난하고는 그러한 상황을 이용하여 일장 강의를 했다.

부바르와 페퀴셰는 의사의 말에 현혹되었다. 보코르베유는 그들의 부탁에 따라 서재에서 몇 권의 책을 빌려주면서, 끝까지 읽기 어려울 것이라고 했다.

그들은 의학사전에서 분만, 장수, 과도의 비만, 극도의 변비증에 대한 예들을 노트했다. 보몬트의 유명한 캐나다 사람,[28] 다식증에 걸린 타라르[29]와 비주,[30] 위르 지역에 사는 수종에 걸린 여자, 이십 일마다 화장실에 갔던 피에몬테[31] 사람, 연골이 골조직화되어 죽은 미르푸아[32]의 시모르, 그리고 코의 무게가 삼 파운드나 되었던 앙굴렘[33]의 옛 시장을 그들은 어째서 지금까지 알지 못했던가!

그들은 뇌를 보고 철학적인 고찰을 하기도 했다. 뇌의 내부에서는, 두 개의 얇은 조각으로 되어 있는 반짝이는 격막과 붉은 완두콩처럼 생긴 송과선(松果腺)을 쉽게 구분할 수 있었다. 그러나 뇌각(腦脚)과 뇌실, 궁(弓), 연구개막(軟口蓋膜), 두개와(頭蓋窩), 신경절, 모든 섬유 조직, 파키오니 과립(顆粒),[34]

파시니 소체[35] 등 한마디로 무엇에 쓰이는지도 설명할 수 없는 것들이 무수히 많이 있었다.

이따금 정신없이 시체를 완전히 분해하고 나면, 그 조각들을 제자리에 다시 넣지 못해서 당황하는 경우도 있었다.

그 작업은 고된 것이었다. 특히 점심을 먹은 후에는! 그래서 부바르는 고개를 숙이고 배를 앞으로 내민 채, 그리고 페퀴셰는 테이블 위에 팔꿈치를 대고 머리를 손에 파묻은 채 곧 잠들어버렸다.

그때, 첫 왕진을 끝낸 보코르베유가 문을 열고 들어섰다.

"자, 동지들, 해부학은 잘 돼가나요?"

"그렇고 말고요!"

의사는 부바르와 페퀴셰를 혼란스럽게 만드는 것이 재미있어서 여러 가지 질문을 던졌다.

그들은 어떤 기관에 싫증이 나면 다른 기관으로 옮겨갔다. 이런 식으로 심장, 위, 귀, 장 등에 차례로 접근했다가는 포기하곤 했다. 흥미를 느끼려고 노력하는데도 불구하고, 마네킹에 진력이 났기 때문이다. 마침내 마네킹을 상자에 넣고 다시 못을 박고 있을 때, 의사가 뜻하지 않게 찾아왔다.

"브라보! 난 이렇게 될 줄 알고 있었어요."

그 나이에는 그런 연구를 할 수 없다는 것이었다. 그런 말을 하면서 미소 짓는 의사의 모습이 부바르와 페퀴셰의 마음에 깊은 상처를 주었다.

무슨 권리로 그들이 능력이 없다고 판단한단 말인가? 과학이 자기의 전유물이라도 되는 것인가! 마치 자기 자신이 훨씬 우월한 인물이기라도 한 것처럼 말이다!

그래서 의사의 도전에 응하기로 하고, 부바르와 페퀴셰는 책을 사러 바이외까지 갔다. 그들에게 부족한 지식은 생리학이었다. 헌책장수는 당시 유명한 리슈랑과 아들롱의 서적을 주었다.

나이, 성(性), 기질에 관한 진부한 이론이 부바르와 페퀴셰에게는 매우 중요하게 생각되었다. 치아의 치석에는 세 종류의 미생물이 있고 맛을 알아내는 부위는 혀에 있으며 배고픈 감각은 위에서 비롯된다는 사실을 알고서 그들은 대단히 기뻤다.

그 기능을 더 잘 알고 싶은 욕심에, 몽테그르, 고스,[36] 또는 베라르의 동생처럼 새김질하는 능력을 갖지 못한 것을 안타까워했다. 그들은 천천히 씹고 또 씹어 침을 잘 섞은 후에, 머릿속으로 장 속의 음식물 덩어리를 따라갔다. 방법이 불완전해서 불안해하며, 거의 종교적이라고 할 만한 주의를 기울여 마지막 결과에 이르기까지 추적했다.

인위적으로 소화 작용을 만들어내기 위해 그들은 오리의 위액이 들어 있는 유리병 속에 고기를 쑤셔 넣었다. 그리고 그것을 겨드랑이에 끼고 십오 일을 지냈지만 악취로 몸을 오염시키는 결과밖에는 낳지 못했다.

부바르와 페퀴셰는 젖은 옷을 입고 이글거리는 태양 아래에서 대로를 따라 달렸다. 피부에 물을 적셔주는 것으로 갈증이 해소될 수 있는지를 검증하기 위한 것이었다. 그들은 숨을 헐떡이며 돌아왔다. 결국 둘 다 감기에 걸리고 말았다.

청력, 발성, 시각에 대한 것은 재빨리 지나쳤으나, 생식에 관해서는 부바르가 장광설을 늘어놓았다.

이 문제에 관한 페퀴셰의 조심성은 늘 부바르를 놀라게 했다. 그의 무지가 하도 지나쳐 보여서 부바르가 그 이유를 설명해보라고 재촉했더니, 페퀴셰는 얼굴을 붉히면서 마침내 고백을 했다.

옛날 짓궂은 친구들에게 이끌려 나쁜 곳에 간 적이 있었다. 그러나 그는 나중에 사랑하게 될 여성을 위해 자기 몸을 지키려고 그곳에서 도망쳐 나왔다. 그 후로는 좋은 기회도 결코 오지 않았고, 헛된 수치심, 금전상의 문제, 성병에 대한 두려움, 고집스러운 마음, 타성 등에 의해서 도시에 살면서도 쉰두 살의 나이에 이르기까지 아직도 동정을 지키고 있다는 것이었다.

부바르는 믿을 수가 없어서 큰 소리로 웃다가, 페퀴셰의 눈에 눈물이 글썽거리는 것을 보고 웃음을 삼켰다.

사실 페퀴셰에게 정열이 없었던 것은 아니다. 줄 타는 여자 곡예사, 건축가의 처제, 점원 아가씨에게 차례로 마음을 주다가 마침내 어떤 세탁소 여주인과 결혼하기로 결심까지 했는데, 그만 그 여자가 다른 사람의 아기를 밴 사실을 알게 되었다.

"언제나 잃어버린 시간을 되찾을 방법은 있는 거야! 슬퍼할 건 없어. 자! 자네가 원한다면 내가 책임지고…… ."

부바르가 말했다.

페퀴셰는 한숨을 쉬면서, 이제 그런 걱정은 할 필요가 없다고 대답했다. 그리고 그들은 생리학 공부를 계속했다.

우리 몸의 표면에서 끊임없이 조금씩 증기가 발산된다는 것이 사실일까? 사람의 몸무게가 매 순간 감소하는 것이 그 증거라고 한다. 날마다 부족한 만큼 보충하고 초과되는 만큼 제거한다면, 완전히 균형 있는 건강이 유지될 것이다. 이 법칙을 발견한 산토리우스는 날마다 자기의 모든 배설물과 음식물의 무게를 달아보느라고 반세기를 보냈다. 그리고 계산할 때를 제외하고는 잠시도 쉬지 않고 자기의 몸무게를 달았다. 부바르와 페퀴셰는 산토리우스를 흉내 내려고 했다. 그러나 저울이 한꺼번에 두 사람의 몸무게를 지탱할 수 없기 때문에, 페퀴셰부터 시작했다.

페퀴셰는 피부의 발한을 막지 않도록 옷을 벗었다. 수치를 무릅쓰고 실오라기 하나 걸치지 않은 채 저울판 위에 서서 원기둥 같이 긴 상반신과 짧은 다리, 평평한 발과 갈색 피부를 그대로 보여주고 있었다. 부바르는 그 옆의 의자에 앉아서 저울의 눈금을 읽어주었다.

어떤 학자들의 주장에 따르면 근육의 수축에 의해서 동물의 체온이 상승하며 가슴과 뒷다리를 움직임으로써 목욕탕 물을 미지근하게 데울 수 있다고 한다.

부바르는 욕조를 찾으러 갔다. 만반의 준비가 끝나자, 온도계를 들고 욕조 속으로 들어갔다.

방바닥에 쓸어놓은 증류소의 쓰레기가 어둠 속에서 작은

언덕 같은 모습을 희미하게 드러내고 있었다. 이따금씩 쥐가 갉아먹는 소리가 들렸고, 방향 식물의 오래된 냄새가 풍겼다. 그들은 아주 만족해하며 침착하게 이야기를 나누었다.

그러는 동안, 부바르는 약간 추위를 느꼈다.

"손발을 움직이라고!"

페퀴셰가 말했다.

부바르는 손발을 움직였으나 온도계에는 아무 변화도 없었다.

"너무 추워."

"나도 따뜻하지는 않은걸. 다리를 더 움직여! 더 빨리 말이야!"

페퀴셰도 오한을 느끼고 말했다.

부바르는 넓적다리를 벌린 채 옆구리를 뒤틀고 배를 흔들며 고래처럼 세차게 숨을 내쉬었다. 그리고 온도계를 바라보았지만, 온도는 계속 내려갈 뿐이었다.

"도무지 이해할 수가 없네! 난 움직이고 있는데 말이야!"

"아직 부족해!"

부바르는 다시 체조를 시작했다.

세 시간이나 체조를 계속하고, 다시 온도계를 움켜잡았다.

"아니! 십이 도 아냐! 아! 난 그만두겠어!"

집 지키는 개와 사냥개의 잡종으로, 털빛이 노란 더러운 개 한 마리가 혀를 늘어뜨리고 들어왔다.

어떻게 할까? 하인을 부를 종도 없었다! 게다가 제르맹은 잘 듣지도 못했다. 그들은 개한테 물릴까 봐 감히 움직이지도 못하고 떨고 있었다.

페퀴셰는 눈을 굴리며 위협을 가하는 게 좋겠다고 생각했다.

그러자 그 개는 짖어대며 저울 주위로 덤벼들었다. 페퀴셰는 저울 위에서 밧줄에 매달려 무릎을 굽히며 될 수 있는 한 높이 올라가려고 발버둥 쳤다.

"자네가 잘못했어."

부바르가 말했다. 그는 개에게 미소를 보내며 다정한 말을 늘어놓았다.

개는 마치 다정한 말을 알아들은 듯했다. 부바르를 핥으려고 했으며, 그의 어깨에 발을 대다가 발톱으로 스쳐서 상처를 냈다.

"저런! 이제는! 내 바지를 가져가버렸네!"

개는 시치미를 떼고 바지 위에 앉아 있었다.

드디어 그들은 신중에 신중을 기하고 용기를 내어 한 사람은 저울대에서 내려오고, 다른 한 사람은 욕조에서 나왔다. 페퀴셰는 옷을 입고 소리를 질렀다.

"이놈의 개새끼, 실험용으로 써버릴까 보다."

무슨 실험 말인가?

개에게 인을 주입해 지하실에 가두어두고, 코로 불을 내뿜는지 관찰해볼 수도 있는 일이다. 하지만 어떻게 인을 주입시킬 것인가? 게다가 그들은 인을 살 수도 없었다.

개를 배기 펌프 밑에 가두고 가스를 들이마시게 한 후에 독이 든 음료를 먹어볼 생각도 했다. 모든 게 다 쉽지 않을 것이다! 마침내 그들은 강철을 척수에 접촉시켜서 자기(磁氣)를 띠게 하는 실험을 하기로 했다.

부바르는 흥분을 억제하며 바늘이 담긴 접시를 페퀴셰에게 건네주었다. 페퀴셰가 바늘을 개의 추골(椎骨)에 꽂아 넣었더니, 부러져서 바닥으로 굴러 떨어졌다. 그는 다른 바늘을 쥐고 아무렇게나 힘껏 찔렀다. 개는 끈을 끊고 총알처럼 창문을 뛰어넘어 안마당과 현관을 가로질러 부엌으로 갔다.

제르맨은 다리에 끈이 감겨서 피투성이가 된 개를 보고 비명을 질렀다.

주인들이 개의 뒤를 따라 동시에 들어왔다. 개는 껑충 뛰어 사라져버렸다.

늙은 하녀는 그들에게 심한 말을 퍼부었다.

"또 당신들의 어리석은 짓이군요, 그런 줄 알았어요! 이 부엌은 깨끗한 곳이란 말이에요! 그 개는 아마 미쳐버릴 거예요! 당신들 같은 사람은 감옥에 가야 한다고요!"

그들은 실험실로 되돌아와서 바늘을 시험해보았다. 모든 바늘이 단 하나의 금속 조각도 끌어당기지 못했다.

게다가 제르맨의 추측이 그들을 불안하게 했다. 그 개가 미친개가 되어 갑자기 나타나서 그들에게 덤벼들지도 모르는 일이다.

다음 날, 그들은 여기저기 다니며 수소문을 해보았다. 그리고 몇 년 동안 비슷하게 생긴 개가 나타나기만 하면 먼 길로 돌아가곤 했다.

다른 실험도 실패로 끝났다. 저자들의 주장과는 반대로, 그들이 피를 뽑아낸 비둘기들은 위가 비어 있는 것이나 그렇지 않은 것이나 똑같은 시간 안에 죽었다. 물에 빠진 고양이들은 오 분 후에 죽었고, 꼭두서니[37]를 잔뜩 먹인 거위의 골막(骨膜)은 온통 하얗기만 했다.

영양 섭취에 대한 문제는 그들을 더욱 혼란스럽게 만들었다.

어떻게 똑같은 당분으로 뼈와 피와 림프와 배설물이 만들어진단 말인가? 그렇다고 음식물이 변화되는 과정을 뒤따라가 볼 수도 없는 일이다. 한 가지 음식물만 섭취하는 사람도 화학적으로는 여러 가지 음식을 먹는 사람과 마찬가지이다. 보클랭[38]은 암탉이 먹는 귀리쌀에 포함된 칼슘을 모두 계산해 보았는데, 그 닭이 낳은 계란 껍질에서는 그보다 더 많은 양의 칼슘이 발견되었다. 그렇다면, 물질이 새로이 생성된 것이다. 어떤 방법에 의해서일까? 그에 관해서는 전혀 알 수가 없다.

심장의 강도가 어느 정도인지도 알 수 없었다. 보렐리[39]는 십팔만 파운드의 무게를 들어 올릴 수 있는 힘이라고 하는데, 케일은 약 팔 온스의 힘으로 평가하고 있다. 그래서 그들은 생리학이란 (구태의연한 말로 하자면) 의학적인 소설에 불과하다고 결론을 내렸다. 생리학이란 것을 이해할 수 없기 때문에 믿지 않는 것이었다.

무위도식하며 한 달을 보내다가 두 사람은 정원을 다시 생각하게 되었다.

그들은 한가운데에 뻗치고 있는 죽은 나무가 거추장스러워서 잘라버렸다. 그것은 매우 피곤한 일이었다. 부바르는 연장을 수선하느라고 자주 대장간에 가곤 했다.

하루는 부바르가 대장간에 가는데 등에 무명 가방을 짊어진 한 남자가 다가왔다. 그 남자는 달력, 종교 서적, 축성된 기념패와 프랑수아 라스파유[40]가 쓴 《건강 개론》을 권했다.

부바르는 그 책이 아주 마음에 들어서, 훌륭한 저서를 보내달라고 바르브루에게 편지를 썼다. 바르브루는 책을 보내면서, 편지에 약품을 살 수 있는 약국을 하나 지정해주었다.

부바르와 페퀴셰는 그 이론의 명확성에 매료되었다. 모든 병은 벌레 때문에 생긴다는 것이다. 벌레들은 치아를 썩게 하고, 폐에 구멍을 내고, 간을 붓게 하며, 장에 고통을 주고 잡음을 일으키는 원인이 된다. 벌레를 없애는 가장 좋은 것은 장뇌(樟腦)[41]이다. 그들은 장뇌를 채취하여 코로 냄새를 맡기도 하고, 와작와작 씹어 먹기도 했다. 그리고 궐련, 진통제 병, 알로에 환약에 나누어 넣었다. 심지어 그들은 한 꼽추의 치료를 시작했다.

그 꼽추는 그들이 장날 만난 어린아이였다. 거지 노릇을 하는 아이의 엄마가 아침마다 그들의 집으로 데리고 왔다. 그들은 장뇌를 함유한 지방으로 혹을 문지르고, 이십 분 동안 겨자찜질을 한 후에 연경고를 발랐다. 그리고 반드시 다시 오게 하려고 그 아이에게 점심을 주었다.

회충에 대해 관심을 기울이던 페퀴셰는 보르댕 부인의 빰에 있는 이상한 반점을 관찰했다. 그 여자는 오래전부터 쓴 식물을 달인 약을 사용하여 의사의 치료를 받고 있었다. 처음에는 이십 수짜리 동전만 하게 동그랗던 것이 점점 커져서 장밋빛 원을 이루고 있었다. 부바르와 페퀴셰는 보르댕 부인을 치료해보겠다고 했다. 보르댕 부인은 그들의 제의를 받아들이면서, 자기에게 기름을 바르는 일은 부바르가 해달라고 요구했다. 보르댕 부인은 창문 앞에 앉아 블라우스의 제일 윗 단추를 끄르고 뺨을 내민 채 한쪽 눈으로 부바르를 바라보고 있었다. 만약 페퀴셰가 그 자리에 없었다면 무슨 일이 일어났을지도 모를 일이었다. 수은의 위험성에도 불구하고 그들은 감홍(甘汞)[42]을 허용된 양만큼 복용시켰다. 한 달 후에 보르댕 부인은 완치되었다.

보르댕 부인은 부바르와 페퀴셰를 선전하고 다녔다. 그리하여 세금 징수관, 면장의 비서, 면장 등 샤비뇰의 모든 사람들이 작은 관 모양의 것을 빨고 다녔다.

그런데 꼽추의 자세는 바로 되지 않았다. 세금 징수관은 호흡 곤란이 심해져서 궐련을 끊어버렸고, 푸로는 치질이 생긴다고 알로에 환약에 대해 불평을 했다. 부바르는 위에 통증을 느꼈고, 페퀴셰는 심한 두통이 생겼다. 그들은 라스파유에 대한 신뢰를 잃어버렸으나, 존경심이 사라질까 봐 아무 말도 하지 않으려고 주의했다.

두 사람은 우두에도 대단한 열의를 보여서 싸구려 신문에서 피 뽑는 것도 배우고 종두칼까지 한 쌍 구입했다.

의사를 따라서 빈민의 집에도 가보고, 서적을 찾아보기도 했다.

그러나 저자들이 써놓은 증상은 그들이 본 것과는 달랐다. 병의 이름에 대해서도 라틴어, 그리스어, 불어 등 모든 언어가 잡동사니를 이루고 있었다.

그 숫자가 하도 많아서 종(種)과 유(類)에 의한 린네식 분류가 더 편리하다고 한다. 그러나 종을 어떻게 결정할 수 있는가? 결국 의학에 관한 철학 체계에서, 그들은 혼란에 빠지고 말았다.

그들은 반 헬몬트[43]의 생명의 원질, 생기론, 브라운[44]주의, 생체론에 대해 생각해보았고, 연주창의 원인이 어디에서 오는지, 대기 중의 유해한 독기가 어떤 장소를 향해 가는지, 모든 병에 있어서 원인과 결과를 구분하는 방법이 무엇인지 의사에게 물어보았다.

“원인과 결과는 서로 얽혀 있지요.”

보코르베유가 대답했다.

논리 없는 그의 말에 혐오를 느껴, 그들은 자기들끼리 환자를 방문하고 박애라는 미명하에 남의 집에 들어갔다.

한쪽 얼굴이 늘어진 사람들이 방바닥의 더러운 매트리스 위에서 쉬고 있었다. 어떤 사람들의 얼굴은 진홍색이나 레몬빛 또는 보라색으로 부어 있었고, 코가 뾰족했으며, 입은 떨리고 있었다. 그리고 헐떡거리는 소리, 딸꾹질 소리, 땀 냄새, 가죽 냄새, 오래된 치즈 냄새가 뒤범벅이 되어 있었다.

부바르와 페퀴셰는 의사의 처방지를 읽어보고는, 진통제가 때로는 흥분제로, 토사제가 때로는 하제로 쓰이기도 하며, 똑같은 치료법이 여러 가지 질병에 적용되기도 하고, 같은 병이 정반대의 방법으로 치료되기도 한다는 사실에 매우 놀랐다.

그럼에도 불구하고, 그들은 충고를 해주고, 용기를 북돋워주며 대담하게 진찰을 하기도 했다.

여러 가지 생각이 떠올랐다. 그들은 칼바도스에 간호인 학교를 세우기 위해 왕에게 편지를 썼다. 그러면 그들은 그 학교의 선생이 될 것이다.

그들은 바이외의 약사에게 가서(팔레즈의 약사는 대추 때문에 그들에게 원한을 품고 있어서) 옛날 사람들처럼 토사제를 만들어달라고 당부했다. 즉 인체에 흡수될 수 있도록 잘 만들어진 알약으로 말이다.

열을 떨어뜨림으로써 염증을 막을 수 있다는 논리에 따라, 그들은 뇌막염에 걸린 한 부인을 소파에 앉혀서 천장의 작은 대들보에 매달아놓고 힘 있게 흔들었다. 그때 남편이 나타나서 그들을 밖으로 내쫓아버렸다.

신부의 빈축을 사며 엉덩이에 체온계를 집어넣는 새로운 방법을 쓰기도 했다.

주위에 장티푸스가 돌자 부바르는 참견하지 않겠노라고 선언했다. 그런데 소작인 구이의 아내가 그들의 집에 찾아와서 한탄을 했다. 남편이 이 주일 전부터 앓고 있는데, 보코르베유가 소홀히 한다는 것이다.

페퀴셰는 정성껏 돌보아주었다.

어깨 위에 생긴 렌즈 모양의 반점, 관절의 통증, 불룩해진 배, 붉은 혀, 모든 게 장티푸스의 증상이었다. 절식을 하지 않고도 열을 없앨 수 있다는 라스파유의 말을 기억하고, 페퀴셰는 수프와 약간의 고기를 먹으라고 지시했다. 그때 의사가 불쑥 나타났다.

등 뒤에 베개 두 개를 대고 앉아, 아내와 페퀴셰가 양 쪽에서 강요하는 가운데, 환자는 음식을 먹고 있는 중이었다.

의사는 침대로 다가와서 접시를 창문으로 내던지며 소리쳤다.

"정말 죽일 셈이오!"

"왜요?"

"장티푸스는 포상막이 악화되는 것이기 때문에 당신이 하는 짓은 장에 구멍을 뚫게 된단 말이오."

"항상 그런 건 아니지요."

열병의 성질에 대한 논쟁이 벌어졌다. 페퀴셰는 열병의 본질을 믿고 있었고, 보코르베유는 열병이 기관을 소모시킨다고 생각했다.

"그래서 나는 지나치게 자극이 되는 모든 것을 멀리하는 거요!"

"그러나 절식은 생명 유지에 필요한 원동력을 약화시키지 않소!"

"생명 유지의 원동력이란 게 뭐요! 어떻게 생긴 거요? 누가 그것을 봤답디까?"

페퀴셰는 머리가 복잡해졌다.

"게다가 구이는 음식을 먹고 싶어하지 않아요."

의사가 말했다. 환자는 동의의 뜻으로 면 모자를 쓴 머리를 끄덕였다.

"아무래도 좋소! 그에게는 음식물이 필요해요!"

"천만에! 맥박이 구십팔이란 말이오."

"맥박이 무슨 상관이람!"

페퀴셰가 권위 있는 책의 이름을 들먹거렸다.

"이론은 집어치우시오!"

의사가 말했다.

페퀴셰는 팔짱을 꼈다.

"그럼 당신은 경험만으로 치료하는 돌팔이 의사요?"

"천만에! 진찰해서 치료하지요."

"하지만 진찰이 잘못되었다면?"

보코르베유는 그 말이 보르댕 부인의 포진(疱疹)에 대한 암시라고 생각하고, 그 과부의 험담이 생각나서 기분이 상했다.

"무엇보다도 실제 경험을 쌓는 게 필요하단 말이오."

"과학을 혁신시킨 사람들은 실제 경험이 없었소이다! 반 헬몬트도, 부어하브[45]도, 브루세[46]도 말이오."

보코르베유는 대답도 하지 않고 구이에게로 몸을 돌려 소리쳤다.

"우리 둘 중 누구를 의사로 택하겠소?"

반수상태의 환자는 화가 난 얼굴을 보고 울기 시작했다.

그의 아내도 어찌 대답해야 좋을지 알 수 없었다. 한 사람은 숙련된 의사였지만, 다른 한 사람이 어떤 비결을 가지고 있는지도 몰랐기 때문이다.

"좋아요! 우리 둘 사이에서 망설인다면, 면허증을 갖춘 사람과……."

페퀴셰가 비웃었다.

"왜 비웃는 거요?"

"면허증이 언제나 무기가 될 수 있는 건 아니니까요!"

의사는 그의 밥벌이, 그의 특권, 사회적인 체통에 손상을 입고 화가 치밀었다.

"불법 의료 행위에 대한 재판을 하는 자리에서 다시 만납시다!"

그리고 소작인의 아내에게 몸을 돌려 말했다.

"당신 마음대로 이 작자에게 남편을 맡겨 죽게 하시오. 내가 당신 집에 다시 온다면 성을 갈겠소."

의사는 지팡이를 들고 몸을 흔들면서 너도밤나무 숲 아래로 사라졌다.

페퀴셰가 집으로 돌아왔을 때 부바르는 크게 흥분해 있었다.

치질이 악화된 푸로가 방금 다녀갔다는 것이다. 치질은 모든 질병을 예방해준다고 해도 헛일이었다. 푸로는 아무 말도 들으려고 하지 않고 손해 배상을 하라며 협박했다. 완전히 제정신이 아니었다.

페퀴셰는 더 중요하다고 생각되는 다른 이야기를 해주었는데, 부바르가 무심한 반응을 보여서 다소 놀랐다.

구이는 다음 날 복부에 통증을 느꼈다. 음식물이 소화되지 않아서였을까? 어쩌면 보코르베유가 틀리지 않았을지도 모른다. 어쨌든 의사란 그런 일을 잘 알고 있는 법이니까! 양심의 가책이 페퀴셰를 엄습해왔다. 그는 살인자가 될까 봐 두려웠다.

부바르와 페퀴셰는 조심스럽게 꼽추를 멀리했다. 그러나 점심을 얻어먹을 기회를 놓치는 것 때문에, 아이의 엄마가 막무가내로 울부짖었다. 하지만 그들 모자를 바르는발에서 샤비뇰까지 매일 오게 할 필요는 없었다!

푸로는 진정되었고, 구이는 원기를 되찾았다. 이제 완쾌되는 것은 확실했다. 이러한 성공에 페퀴셰는 대담해졌다.

"그 마네킹 중의 하나로 분만에 대해서 공부하면……."

"마네킹은 이제 지겨워!"

"그 마네킹은 산파 실습생을 위해서 만든, 피부를 갖춘 하반신이야. 태아를 잘 검토할 수 있을 것 같은데?"

그러나 부바르는 의학에 싫증이 났다.

생명의 원동력은 감추어져 있고, 병의 증상은 너무 많고, 치료법은 문제점이 많았다. 건강, 질병, 특이 체질, 그리고 고름에 대해서조차 논리 정연한 어떠한 정의도 책 속에서 찾아볼 수 없었다!

그런데 여러 가지 독서를 한 까닭에 그들의 머릿속은 뒤죽박죽이 되었다.

그리하여 부바르는 감기에 걸리자 폐렴이 시작되었다고 생각했다. 또한 거머리[47]로 늑간 신경통이 낫지 않아서 발포약을 썼더니 콩팥에 그 영향력이 나타났는데, 그는 그로 인해 결석이 생겼다고 믿었다.

페퀴셰는 소사나무의 가지치기를 하느라고 과로를 해서 저녁 식사 후에 토했는데, 그 때문에 매우 겁을 먹었다. 그는 노란 반점이 있는지 관찰해보고 간의 질병이 아닌가 의심했다. 통증이 있는지 스스로 생각해보다가 마침내 진짜 통증을 느끼게 되었다.

그들은 서로 슬퍼하며, 혀를 들여다보고, 맥박을 짚어보고, 광천수를 바꾸고, 하제를 복용했다. 그들은 추위, 더위, 바람, 비, 파리, 그리고 특히 방 안의 외풍을 두려워했다.

페퀴셰는 코담배를 사용하는 게 아주 해롭다고 생각했다. 게다가 재채기는 때로 동맥류(動脈瘤)[48]의 파열을 일으킬 수도 있다. 그래서 그는 담배를 끊었다. 습관적으로 담배에 손을 대다가도 불현듯 자기의 경솔함을 꾸짖곤 했다.

블랙커피는 신경을 자극시키기 때문에 부바르는 커피를 마시지 않으려고 했다. 그러나 식사 후엔 졸았고, 깨어나면 또 걱정에 잠겼다. 졸음이 계속되는 것은 뇌일혈의 흉조이기 때문이다.

그들이 이상형으로 삼은 것은 코르나로라는 베네치아 사람으로, 식이요법을 통해 오래도록 장수한 사람이었다. 코르나로를 완전히 모방하지는 못하더라도 똑같은 예방책을 쓸 수는 있는 일이다. 페퀴셰는 서재에서 모랭 박사가 쓴 위생학 개론서를 꺼냈다.

어떻게 지금까지 목숨을 부지할 수 있었을까? 그들이 좋아하는 음식은 모두 금지되어 있었다. 제르맨은 더 이상 어떻게 식사 시중을 들어야 할지 몰라 난처했다.

고기는 모두 나쁜 점이 있었다. 순대와 돼지고기류, 훈제 청어, 바다가재 등 모든 고기는 분해가 잘 되지 않는 것이다. 생선은 크면 클수록 젤라틴을 많이 함유하고 있어서 위에 부담을 준다. 야채는 신열을 오르게 하고, 마카로니는 공상을 많이 생기게 하고, 치즈는 '일반적으로 소화가 잘 안 되는 것으로 간주된다'. 아침에 물을 한 잔 마시는 것은 '위험하다'. 모든 음료수와 음식물에는 비슷한 경고나 '나쁨! 남용하지 말 것! 모든 사람에게 적합한 것은 아님!'과 같은 말들이 뒤따랐다. 왜 나쁜가? 어디까지가 남용인가? 그러한 음식이 적합한지 아닌지는 어떻게 알 수 있는가?

점심 먹는 것이 정말 문제였다! 그 고약한 평판 때문에 그들은 밀크커피도 끊고, 초콜릿 음료도 끊었다. 그것은 소화가 안 되는 물질 덩어리이기 때문이다. 이제 남은 것은 홍차뿐이었다. 그런데 '신경이 예민한 사람들은 홍차를 완전히 금해야 한다'는 것이다. 하지만 십칠 세기의 데커라는 사람은 혼탁한 췌장을 씻어주기 위해서 하루에 이백 리터의 홍차를 마시라고 처방했다.

이러한 사실 때문에 모랭에 대한 부바르와 페퀴셰의 존경심에 금이 갔다. 게다가 모랭이 챙 달린 모자와 챙 없는 모자를 포함해서 모든 종류의 모자 사용을 금하자, 페퀴셰는 반발했다. 그래서 그들은 베크렐의 개론서를 샀다. 그 책에는 돼지고기는 그 자체가 '좋은 음식'이며, 담배는 전적으로 무해하고 커피는 '군인들에게는 필수불가결하다' 고 씌어 있었다.

그때까지 부바르와 페퀴셰는 습지가 비위생적인 곳이라고 믿고 있었다. 그런데 전혀 그렇지 않다! 카스페르는 습지가 다른 장소보다 더 해롭지 않다고 주장한다. 바다에서 목욕하는 것은 피부를 신선하게 해준다. 그래서 베갱은 땀에 흠뻑 젖어 바다에 뛰어들라고 권하고 있다. 수프를 먹은 후에 맑은 포도주를 마시는 것은 위에 매우 좋은 것으로 인정되고 있다. 그러나 레비는 포도주가 이를 썩게 한다고 비난한다. 또한 부바르가 소중히 생각하고 페퀴셰에게는 고유의 수호신이자 건강의 파수꾼이며 호위병인 플란넬 내복에 대해서는, 저자들은 다혈질의 사람은 입지 말라고, 여론도 두려워하지 않은 채 단도직입적으로 충고하고 있다.

도대체 위생학이란 무엇인가?

'피레네 산맥 이편에서는 진리이고, 저편에서는 잘못된 생각이다' 라고 레비는 말하고, 베크렐은 그것은 과학이 아니라고 덧붙이고 있다.

부바르와 페퀴셰는 저녁 식사에 굴, 오리고기, 양배추를 곁들인 돼지고기, 크림, 퐁레베크산 치즈, 부르고뉴산 포도주를 주문했다. 그것은 해방이었고, 거의 앙갚음과도 같았다. 그들은 코르나로를 비웃었다! 코르나로처럼 자기 자신을 속박하려면 바보가 되어야 한다! 항상 수명을 연장시킬 생각을 한다는 것은 얼마나 저속한 짓인가! 인생은 그것을 즐길 수 있을 때에만 좋은 것이다.

"한 조각 더 먹을래?"

"물론이지."

"나도!"

"건배!"

"건배!"

"다른 건 무시해버리자고!"

그들은 흥분했다.

부바르는 군인은 아니지만 커피를 세 잔 마시겠다고 했다. 페퀴셰는 귀 위로 챙 달린 모자를 쓰고, 계속하여 코담배를 맡으며, 아무런 두려움 없이 재채기를 했다. 그리고 샴페인을 조금 마시고 싶어서 제르맨에게 얼른 술집에 가서 한 병 사다 달라고 했다. 마을이 너무 멀리 떨어져 있어서 제르맨이 거절하자, 페퀴셰는 화를 냈다.

"빨리 내 말대로 해요! 어서 뛰어갔다 오라고."

제르맨은 할 수 없이 따랐지만, 투덜대면서 곧 그 집에서 나갈 결심을 했다. 그만큼 두 주인은 이해할 수 없는, 터무니없는 사람들이었기 때문이다.

부바르와 페퀴셰는 옛날처럼 포도나무 언덕으로 홍차를 마시러 갔다.

수확이 끝난 지 얼마 지나지 않아서, 밭 한가운데 세워진 건초 더미가 푸르스름하고 부드러운 밤의 빛깔 위로 검게 솟아 있었다. 농장은 고요했다. 귀뚜라미 소리조차 들리지 않았다. 모든 들판이 잠들어 있었다. 그들은 빰을 서늘하게 식혀주는 산들바람을 들이마시며 소화를 시키고 있었다.

하늘은 높고, 별이 가득했다. 어떤 별들은 무리를 지어서, 어떤 별들은 일렬로 늘어서서, 또 어떤 별들은 홀로 멀리 떨어져서 반짝이고 있었다. 북쪽에서 남쪽으로 이어지는 은하수의 별무리가 그들의 머리 위에서 둘로 갈라져 있었다. 밝은 빛 사이에 텅 빈 커다란 공간이 있었다. 하늘은 군도(群島)와 작은 섬들이 떠 있는 쪽빛 바다처럼 보였다.

"많기도 하다!"

부바르가 소리쳤다.

"모두 다 보이는 것도 아닌걸. 은하수 뒤에는 성운이 있고, 그 성운 너머로 또 별들이 있지! 가장 가까이 있는 별도 삼천조 미터나 떨어져 있다고! 태양은 지구보다 백만 배 더 크고, 시리우스별은 태양의 열두 배며, 혜성은 그 길이가 삼천사백만 리외[49]나 된다고!"

페퀴셰가 대답했다. 그는 종종 방돔 광장의 천체 망원경을 들여다보곤 하더니, 숫자를 기억하고 있었다.

"굉장하군."

부바르가 말했다. 그는 자신의 무식을 유감스러워하며, 젊었을 때 파리 이공대학에 다니지 않은 것을 후회하기까지 했다.

페퀴셰는 부바르에게 큰곰자리를 향하게 하고, 북극성, Y 모양을 이루고 있는 카시오페이아자리, 매우 반짝이는 거문고자리의 직녀성, 그리고 지평선 아래쪽에 있는 황소 자리의 붉은빛 일등성을 보여주었다.

부바르는 머리를 젖히고, 하늘에서 식별하려면 머릿속으로 그려보아야만 하는 삼각형, 사변형, 오각형 모양을 힘겹게 뒤쫓았다.

페퀴셰는 이야기를 계속했다.

"빛의 속도는 초속 팔만 리외인데, 은하수의 빛 하나가 우리에게 도달하려면 육 세기가 걸리지. 그래서 관찰을 하다보면 별 하나가 사라져버릴 수도 있어. 어떤 별들은 간헐적으로 나타나기도 하고, 또 어떤 별들은 영원히 다시 나타나지 않기도 한다네. 말하자면 별자리가 바뀌는 거야. 모든 것이 움직이고, 모든 것이 지나가고 있는 거라고."

"하지만 태양은 안 움직이잖아?"

"옛날에는 그렇게 믿었지. 그렇지만 오늘날 학자들은 태양이 헤라클레스 별자리를 향해 돌진하고 있다고 말하고 있네!"

이 말에 부바르는 머릿속이 혼란스러워졌다. 그는 잠시 생각한 후에 말했다.

"과학은 극히 미소한 부분이 제공해주는 자료에 따라 이루어지는 거야. 사람들이 모르고 있는 부분, 그렇지만 훨씬 더 광범위하고 발견할 수 없는 나머지 모든 부분에는 맞지 않는 것인지도 몰라."

그들은 포도나무 언덕에 서서 별빛을 받으며 이런 이야기를 계속했다. 두 사람의 대화는 오랜 침묵으로 끊어지기도 했다.

마침내 그들은 별에도 사람이 있을까 하고 생각해보았다. 왜 없겠는가? 신의 창조는 조화로우니까, 시리우스의 주민은 터무니없이 크고, 화성의 주민은 보통 키이고, 금성의 주민은 아주 작을지도 모른다. 어디나 똑같지 않다면 말이다. 저 위에도 상인이 있고, 병사가 있겠지. 저기에서도 거래를 하고, 서로 싸우고, 왕을 폐위시키고 하겠지!…….

갑자기 별똥별 몇 개가 커다란 로켓처럼 하늘 위에 포물선을 그리며 떨어졌다.

"저런! 사람들이 사라지는군."

부바르가 말했다.

"만약 우리 지구가 쓰러진다면, 저 별의 주민들은 지금 우리처럼 감상에 젖지는 않을 거야! 그렇게 생각하니, 자존심이 더 깊어지는군."

"이 모든 것의 목적은 뭘까?"

"어쩌면 목적이 없을지도 모르지."

"하지만!"

페퀴셰는 할 말을 더 이상 찾지 못하고 '하지만'을 두세 번 되풀이했다.

"아무래도 좋아! 난 이 우주가 어떻게 이루어졌는지 알고 싶단 말이야!"

"그건 틀림없이 뷔퐁[50]의 책 속에 있을 거야! 난 피곤하네! 자러 가야겠어!"

부바르는 눈을 감고 대답했다.

그들은 《자연의 기원》이란 책을 보고, 유성이 태양과 부딪혀 그중 한 부분이 떨어져 나와서 지구가 되었다는 사실을 알게 되었다. 우선 극지방이 차갑게 식었다. 물이 온통 지구를 뒤덮고 있다가 동굴 속으로 빠져나갔다. 그 후 대륙이 나누어지고 동물과 인간이 생겨난 것이다.

창조의 장엄함은 그 장엄함만큼이나 커다란 감동을 불러일으켰다. 부바르와 페퀴셰는 사고의 폭이 점점 넓어졌다. 그들은 스스로가 이처럼 중대한 문제를 생각한다는 것이 자랑스러웠다.

광물에 대해서는 곧 싫증을 느껴서 그들은 기분전환으로 베르나르뎅 드 생 피에르의 《조화론》을 읽었다.

식물과 지상의 조화, 대기의 조화, 물의 조화, 인간의 조화, 형제의 조화, 심지어 부부의 조화까지 모든 것이 다루어져 있었다. 뿐만 아니라 비너스, 바람의 신 제피로스와 사랑의 신들에 대한 기원(祈願)도 있었다! 물고기는 지느러미를 가지고 있고 새는 날개가 있으며 종자에는 껍질이 있다는 사실에 그들은 놀랐다. 자연 속에서 고결한 취지를 찾게 해주고, 마치 성인 뱅상 드 폴[51]처럼 자연이 쉴 새 없이 선행을 베풀고 있는 것처럼 생각하게 하는 이 철학으로 그들의 머릿속은 꽉 차 있었다!

그들은 자연의 기적, 소용돌이, 화산, 처녀림에 감탄했다. 그리하여 '프랑스에서의 자연의 신비와 아름다움'에 관한 데핑의 저서를 샀다. 캉탈[52]에는 신비스러운 곳이 세 군데 있었고, 에로[53]에는 다섯 군데, 부르고뉴에는 겨우 두 군데 있었다. 반면에 도피네[54]에는 열다섯 군데나 있었다! 그러나 이제 곧 더 이상은 찾아볼 수 없게 될 것이다! 종유석 동굴은 막히고, 화산은 불이 꺼지며, 자연 빙고(氷庫)는 뜨거워지고 있기 때문이다. 미사를 드리던 장소인 오래된 나무들은 측량기사의 도끼질에 쓰러지거나 아니면 죽어가고 있다.

부바르와 페퀴셰의 호기심은 짐승에게로 옮겨졌다.

그들은 뷔퐁의 책을 다시 펴보고 몇몇 동물들의 이상한 기호(嗜好) 앞에서 경탄에 빠졌다.

그러나 모든 책을 하나하나 들여다볼 가치는 없으므로, 그들은 마당으로 가서 황소가 암말과 결합하는 것이나, 돼지가 암소를 쫓아다니는 것이나, 자고새의 수컷이 자기들끼리 추잡한 행위를 하는 것을 본 적이 있는지 일꾼들에게 물어보았다.

"한 번도 본 적이 없는데요!"

사람들은 부바르와 페퀴셰의 나이의 사람들이 그러한 질문을 한다는 것이 다소 우스꽝스럽다고 생각했다.

그들은 비정상적인 결합을 시도해보고 싶었다.

가장 손쉬운 것은 숫염소와 암양의 결합이다. 소작인에게는 숫염소가 없어서 이웃집 여자에게서 빌려왔다. 발정기가 되자 그들은 두 짐승을 압착실에 가두고 일이 순조롭게 진행

되도록 술통 뒤에 숨어 있었다.

처음에는 두 짐승이 각각 건초를 조금 먹더니 새김질을 했다. 그러다가 암양이 드러눕더니 계속 매매 하고 울어댔다. 그러는 동안 커다란 수염과 축 늘어진 귀를 가진 숫염소는 휜 다리로 버티고 서서 부바르와 페퀴셰에게 시선을 고정시키고 있었다. 그 눈동자가 어둠 속에서 빛났다.

드디어, 셋째 날 저녁에 그들은 발정의 본능을 촉진시켜주는 게 좋겠다고 생각했다. 그러나 숫염소는 페퀴셰에게 몸을 돌려 배 아래쪽을 뿔로 받아버렸다. 겁에 질린 암양은 회전목마처럼 압착실 안을 돌기 시작했다. 부바르는 뒤따라 뛰어가서 암양을 잡으려고 달려들었지만, 양털만 두 주먹에 쥔 채 바닥에 넘어졌다.

그들은 종(種)의 문제를 전혀 이해하지 못한 채 기이한 동물이 나올 거라는 기대 속에서, 암탉과 오리, 집 지키는 개와 암퇘지에 대해 다시 시도를 했다.

종이란 그 후대가 계속 번식하는 개체들의 무리를 일컫는다. 그러나 다른 종으로 분류된 동물들도 번식할 수 있고, 또 같은 종에 포함된 어떤 것들이 그 종의 기능을 잃어버리기도 한다.

그들은 미생물의 발육을 공부하면 그 점을 분명히 알게 되리라고 생각했다. 그래서 페퀴셰는 뒤무셸에게 현미경을 하나 보내달라고 편지를 썼다.

부바르와 페퀴셰는 유리판 위에 머리카락, 담배, 손톱, 파리의 다리를 차례로 올려놓았다. 그러나 꼭 필요한 물방울은 잊어버렸다. 또 어떤 때는 슬라이드 글라스를 잊어버리기도 했다. 그들은 서로 보려고 밀다가 기구를 망가뜨렸다. 그리고 희뿌연 안개 같은 것밖에 보이지 않자 현미경 제작자를 비난했다. 결국 그들은 현미경을 의심하게 되었다. 현미경을 통해서 얻은 발견은 어쩌면 그렇게 확실한 것이 아닐지도 모른다.

뒤무셸은 계산서를 보내면서, 암몬조개나 성게, 또는 샤비뇰에 많이 있는 진귀한 것들을 수집해달라고 부탁했다. 그는 여전히 진귀한 물건에 대한 애호가였다. 부바르와 페퀴셰에게 지질학에 대한 흥미를 부추기려고, 뒤무셸은 베르트랑[55]의 《서간집》과 퀴비에[56]의 《지각의 변동에 대한 담화》를 보내주었다.

이 두 권의 책을 읽은 후에, 부바르와 페퀴셰는 다음과 같은 것들을 생각하게 되었다.

처음에는 거대한 물웅덩이였는데, 드문드문 이끼가 낀 곶(串)이 솟아났다. 생물은 없었고 아무 소음도 없었다. 고요하고 움직임이 없으며 아무것도 덮여 있지 않은 세계였다. 그 후 한증막의 수증기와도 같은 안개 속에서 기다란 식물이 생겨나 흔들렸다. 붉은 태양은 축축한 대기를 뜨겁게 달궜다. 그래서 화산이 폭발하고 산에서 화성암이 솟아 나왔다. 반암과 현무암의 용액이 흘러나와 굳었다. 세 번째 단계로, 깊지 않은 바다에서 산호섬들이 솟아났다. 여기저기에서 종려나무 숲이 그 섬들을 점거하게 되었다. 수레바퀴같이 생긴 조개류, 삼 미터나 되는 거북이, 육십 피트짜리 도마뱀도 있었다. 갈대 사이에서 양서동물들이 타조 같은 목을 악어의 턱에까지 길게 늘어뜨리고 있었다. 날개 달린 뱀들이 날아다녔다. 마지막으로, 커다란 대륙 위에 거대한 포유동물이 나타났다. 그 포유동물은 잘못 자른 사각형 나뭇조각처럼 생긴 기형의 사지와 청동보다 더 두꺼운 가죽을 가졌으며, 또는 털이 있거나 아랫입술이 두텁고, 갈기와 비뚤어진 큰 송곳니를 가지고 있다. 나중에 대서양으로 변하게 되는 평원에서, 매머드 떼가 풀을 뜯고 있었다. 반은 말이고 반은 맥[57]의 모양을 한 화석 포유동물이 콧잔등으로 몽마르트르의 개미떼를 뒤집어엎고 있었다. 거대한 사슴은 곰이 울부짖는 소리에 밤나무 밑에서 떨고 있었고, 그 곰의 소리에 보장시[58]의 개는 자기 소굴에서 늑대처럼 큰 소리로 세 번 짖었다.

모든 시대가 대재난에 의해 구별되고 있었는데, 그중 마지막 재난이 바로 노아의 대홍수였다. 그것은 마치 인간이 화려한 피날레를 장식하는, 여러 막으로 된 요정극과도 같았다.

돌 위에 잠자리나 새 다리의 자국이 찍혀 있다는 사실을 알고 부바르와 페퀴셰는 깜짝 놀랐다. 로레의 개론서 한 권을 뒤적이면서 그들은 화석을 찾아보았다.

어느 날 오후, 그들이 대로에서 부싯돌을 들여다보고 있을 때, 신부가 지나가다가 친근한 목소리로 말을 걸었다.

"지질학에 관심이 있나요? 아주 좋아요!"

신부는 지질학을 높이 평가하고 있었다. 지질학은 노아의 대홍수를 증명해주며 성서의 권위를 입증해주기 때문이다.

부바르는 동물의 배설물이 석화된 분석(糞石)에 대해 이야기했다.

죄프루아 신부는 그 사실에 놀라는 것 같았다. 어쨌든 그런 일이 일어났다면, 그것 또한 신의 섭리를 찬양해야 할 이유가 되는 것이었다.

페퀴셰는 그때까지 그들이 조사한 것이 별로 대단한 것은 못 된다고 고백했다. 그러나 팔레즈 근처에는, 모든 쥐라기 토질이 그러하듯이, 틀림없이 동물의 잔해가 풍부할 것이다.

"옛날에 빌레르에서 코끼리의 턱이 발견되었다는 말을 들었지요."

죄프루아 신부가 대답했다. 게다가 그의 친구인 라르소뇌르는 변호사이며 리지외의 변호사협회 회원이고 고고학자인데, 어쩌면 부바르와 페퀴셰에게 자료를 제공해줄 수 있을지도 모른다는 것이다! 라르소뇌르는 포르 앙 베생[59]의 역사를 저술했는데, 거기에는 악어의 발견이 기록되어 있다고 했다.

부바르와 페퀴셰는 똑같은 희망에 사로잡혀 시선을 주고받았다. 파란색 면 양산으로 햇볕을 가리고 있는 신부에게 질문을 하느라고, 날씨가 더운데도 불구하고 그들은 오랫동안 서 있었다. 얼굴 아래쪽이 다소 묵직해 보이고 코가 뾰족한 신부는 시종일관 웃거나 눈을 감고 고개를 기울이고 있었다.

삼종기도 시간을 알리는 교회의 종소리가 울렸다.

"자, 그럼 두 분, 저는 가봐야겠어요! 먼저 가도 괜찮겠지요?"

신부의 소개를 받은 부바르와 페퀴셰는 라르소뇌르의 회신을 삼 주 동안 기다렸다. 드디어 회신이 왔다.

마스토돈[60]의 이빨을 발견한 사람은 루이 블로슈라는 사람이었으나, 자세한 내용은 알 수 없었다. 라르소뇌르의 역사책은 리지외 아카데미에 소장되어 있는데, 전집의 짝이 맞지 않게 될까 봐 빌려주지 않고 있었다. 악어에 대해 말하자면 바이외 지역의 포르 앙 베생에서 가까운 생토노린의 아셰트 절벽 밑에서 1825년 십일월에 발견되었다고 한다. 뒤이어 인사말이 있었다.

마스토돈에 대한 것이 확실치 않자, 페퀴셰의 호기심이 발동했다. 그는 곧 빌레르에 가고 싶어했다.

부바르는, 어쩌면 아무 소용도 없이 비용만 많이 들게 될까 봐 우선 정보를 수집하는 게 좋겠다고 하며 반대했다. 그래서 그들은 그 지방의 시장에게 편지를 써서 루이 블로슈라는 사람이 어떻게 되었는지 물어보았다. 그가 죽었다면 그의 자손이나 친척들이 그 값진 발견에 대해서 알려줄 수 있는가? 그가 발견했을 당시에는, 원시 시대의 자료가 그 지방의 어느 장소에 매장되어 있었나? 그와 유사한 것을 발견할 기회는 없었나? 하루에 인부 한 사람과 짐수레를 빌리는 비용은 얼마인가?

그들은 부시장에게도, 시의원에게도 편지를 썼으나 헛일이었다. 빌레르에서는 아무런 소식도 받지 못했다. 사람들이 자기들의 화석을 소중히 생각해서일까? 영국 사람들에게 팔아 넘기려는 게 아니라면 말이다. 결국 그들은 아세트로 여행하기로 결정했다.

부바르와 페퀴셰는 캉으로 가는 팔레즈의 합승마차를 탔다. 그리고 캉에서 바이외까지는 이륜마차를 타고, 바이외에서 포르 앙 베생까지는 걸어서 갔다.

사람들의 말은 사실이었다. 아세트의 해안에는 기이한 자갈들이 있었다. 여인숙 주인이 가르쳐주는 대로 그들은 모래사장으로 갔다.

썰물이어서 파도치는 곳까지 펼쳐진 해초의 초원과 자갈을 모두 볼 수 있었다.

절벽은 갈색의 부드러운 흙으로 되어 있었으나, 점점 단단해지면서 아래 지층에서는 회색의 돌벽을 이루고 있었다. 그리고 풀이 무성한 기복으로 나누어져 있었다. 물줄기가 끊임없이 흘러 떨어지고 있었고, 멀리서는 바다가 으르렁거리고 있었다. 이따금 파도 부딪히는 소리가 멈추는 듯하면, 작은 물소리만이 들렸다.

그들은 끈적끈적한 풀 위에서 비틀대기도 하고, 웅덩이를 건너뛰기도 했다. 부바르는 바닷가 가까이에 앉아 물결을 바라보며, 아무 생각도 없이 황홀경에 빠져 꼼짝도 하지 않고 있었다. 페퀴셰는 부바르를 해안으로 데리고 가서, 다이아몬드가 모암(母岩)에 박혀 있듯이 바위에 박혀 있는 암몬조개를 보여주었다. 두 사람은 암몬조개를 파내느라고 손톱이 다 부서졌다. 연장이 필요했다. 게다가 날도 어두워지기 시작했다. 서쪽 하늘이 붉게 물들고 온 사방이 어둠에 덮였다.

거무스름한 해조류 가운데로 물구덩이가 커졌다. 바닷물이 밀려왔다. 돌아가야 할 시간이었다.

다음 날 새벽부터, 그들은 삽과 곡괭이를 들고 화석을 캤다. 화석의 겉껍질이 분명히 드러났다. 그것은 '마디가 많은 암몬조개' 였는데, 가장자리가 부식되어 있었지만 무게가 십육 파운드는 족히 되었다. 페퀴셰는 흥분하여 소리쳤다.

"뒤무셸에게 줄 수 있겠는걸!"

그리고 해면, 초롱조개, 범고래의 화석을 보았지만 악어는 없었다! 악어 대신에, 하마나 어룡의 뼈 혹은 노아의 홍수 시대의 해골이라도 찾고 싶었다. 그때 절벽 위의 사람 키만 한 높이에 거대한 물고기의 윤곽이 보였다.

그들은 심사숙고 끝에 그것을 캐낼 방법을 결정했다.

망가지지 않게 살살 끌어내리기 위해서 페퀴셰가 밑에서 바위를 부수는 동안 부바르는 위에서 그것을 끄집어내기로 했다.

잠시 숨을 돌리는 동안, 들판에서 세관 관리가 뭔가 명령하는 듯이 손짓하는 모습이 머리 위로 보였다.

"아니! 뭐라고? 귀찮게 굴지 마!"

그들은 작업을 계속했다. 부바르는 발끝으로 서서 삽으로 두드리고, 페퀴셰는 허리를 굽히고 곡괭이로 파냈다.

그러나 세관 관리는 더 아래쪽 골짜기에 다시 나타나서 여러 가지 신호를 보냈다. 그들은 아랑곳하지 않았다! 얄팍해진 지면에서 타원형 물체가 불쑥 솟아 나오더니 기울어져서 미끄러 떨어졌다.

검을 가진 또 다른 사람이 갑자기 나타났다.

"신분증 좀 보여주시오!"

순찰 중인 전원 감시인이었다. 그 순간, 좁은 골짜기로 달려온 세관 관리가 때맞춰 나타났다.

"그들을 체포하시오, 모랭 영감! 그렇지 않으면 절벽이 무너지겠어요!"

"학문상의 목적에서인데요."

페퀴셰가 대답했다.

그때 커다란 덩어리가 네 사람 곁을 스치며 떨어져서 하마터면 모두 죽을 뻔했다.

먼지가 걷히자 세관 관리의 장화 밑으로 부서진 배의 돛이 보였다.

부바르가 웃으면서 말했다.

"우린 크게 잘못한 게 없는데요!"

"토목 공사에 속하는 일은 아무것도 해선 안 돼요! 우선 당신들은 누구요? 조서를 꾸며야겠어요!"

전원 감시인이 대답했다.

페퀴셰는 부당하다고 항의했다.

"그런 이치에 맞지도 않는 소리는 집어치워요! 나를 따라오시오!"

그들이 항구에 도착하자 아이들이 무더기로 따라왔다. 얼굴이 새빨개진 부바르는 의연한 체했다. 페퀴셰는 창백해져서 잔뜩 화가 난 눈초리로 쏘아보았다. 손수건에 자갈을 싸서 들고 있는 두 이방인은 안색이 좋지 않았다. 임시로 여인숙에서 배상 순서를 정했다. 여인숙 주인은 아이들이 따라 들어오지 못하도록 입구를 막았다. 부바르와 페퀴셰는 석공이 요구하는 연장 값을 지불했다. 아직도 소송 비용이 남아 있었다! 그런데 전원 감시인이 돌아오지 않았다! 왜일까? 마침내 명예 훈장을 받은 적이 있는 한 신사가 그들을 풀어줘서, 앞으로는 보다 신중하게 행동할 것을 약속하고 이름과 주소를 알려준 후에 돌아왔다.

신분증 이외에도 그들에게는 부족한 것이 많았다. 그래서 그들은 새로운 탐사를 하기 전에 보네가 쓴《지질학 여행자의 안내서》라는 책을 읽었다.

우선 질 좋은 군인용 배낭이 있어야 하고, 다음에는 측량쇠줄, 줄, 핀셋, 나침반, 그리고 '여행 중에 사람들에게 거부감을 줄 수 있는 이상한 모습이 보이지 않도록' 외투 밑에 감춰지는, 망치가 셋 달린 허리띠가 필요하다. 지팡이로는, 페퀴셰는 높이가 육 피트이며 끝이 길고 쇠로 되어 있는 여행자용 지팡이를 주저 없이 선택했다. 부바르는 지팡이 겸용 우산이나, 아니면 둥그스름한 끝이 작은 주머니 속에 따로 들어 있어서 안에 있는 명주를 고정시켜주는, 살이 많은 우산을 더 좋아했다. 그들은 각반이 달린 견고한 신발도 잊지 않았고, 땀 때문에 각자 멜빵도 챙겼다. 어디에나 챙 달린 모자를 쓰고 갈 수는 없는 일이었지만, '지뷔스라는 모자 제작자의 이름이 새겨진 접히는 모자'를 구입하는 것은 포기했다. 그 책에는 행동규범도 적혀 있었다. '방문하는 나라의 언어를 알아둘 것', 그들은 이미 알고 있었다. '겸손한 태도를 취할 것', 이것은 이미 그들의 몸에 밴 습관이었다. '현금을 몸에 지니지 말 것', 이것은 매우 간단한 일이었다. 그리고 모든 곤경을 헤쳐 나가기 위해서는 '기술자의 자질'을 갖추는 게 좋다!

"좋아! 우린 기술자의 자질을 가지고 있잖아!"

이와 같이 준비하여 그들은 외출을 시작했다. 때때로 일주일 동안 집을 비우고 야외에서 지내기도 했다.

때로는 오른 강가의 갈라진 땅바닥에서, 미루나무와 떨기나무 사이로 비스듬한 판을 내밀고 있는 암벽을 발견하기도 했다. 또 때로는 먼 길을 가는 동안 점토층밖에 볼 수 없어서 슬퍼하기도 했다. 경치에 관해서는 일련의 장관에도, 심오한 원경에도, 넘실대는 초원에도 감탄하지 않았다. 다만 사람들이 보지 못하는 것, 내부에 있는 것, 즉 흙에 감탄했다. 모든 언덕이 그들에게 있어서는 '대홍수에 대한 또 하나의 증거'가 되었다.

대홍수에 대해 열중하다가, 그들은 표석(漂石)에도 열성을 기울였다. 틀림없이 들판에 있는 커다란 돌은 사라진 빙하에서 유래한 유일한 것이리라. 그들은 빙하에 의한 퇴석과 조개의 침전물을 찾아보았다.

사람들은 그들의 이상한 옷차림에 비추어 그들을 행상인으로 생각했다. 부바르와 페퀴셰는 '기술자'라고 대답하면서 두려움을 느꼈다. 그러한 직분을 사칭하는 것이 불쾌감을 주었기 때문이다.

날이 저물자, 채집한 견본이 무거워서 숨이 가빴지만 그들은 용기를 내어 그것들을 집으로 가져왔다. 계단으로, 방으로, 거실로, 부엌으로 그것들을 쭉 끌고 다녔다. 제르맨은 먼지 때문에 투덜거렸다.

분류표를 붙이기에 앞서 돌의 이름을 알아내는 것은 간단한 일은 아니었다. 색깔과 우툴두툴한 모양이 너무 다양해서 점토와 이회암(泥灰岩), 화강암과 편마암, 석영과 석회암을 혼동했다.

게다가 그들은 학술 용어에 화가 났다. 왜 하필이면 데본기, 캄브리아기, 쥐라기인가? 마치 그러한 용어로 지칭된 땅들이 캠브리지 근처나 데본셔[61]나 쥐라 산맥의 땅과 다르지 않기라도 하듯 말이다. 도저히 이해할 수 없는 일이다! 어떤 때는 분류법이 연대기를 나타내기도 하고 또 어떤 때는 단순히 지층을 나타내기도 한다. 지층은 서로 뒤섞여서 뒤죽박죽이었다. 더구나 오말리우스 달로이[62]는 지질학적 분류를 믿어서는 안 된다고 경고하고 있다.

그들은 그 말에 위안을 받았다. 그리하여 캉 평야에서 폴립[63]이 붙어 있는 석회암을, 발루아[64]에서 운모편암을, 생 블레즈에서 고령토를, 도처에서 어란상(魚卵狀) 석회암을, 카르

티니에서 석탄을, 생 로 근처의 샤펠 앙 쥐제에서 수은을 찾게 되었을 때, 그들은 열을 발산하는 석영과 상부 쥐라기의 점토를 연구하기 위해 좀 더 먼 르 아브르로 여행을 하기로 결심했다!

여객선에서 내리자마자, 그들은 등대 밑으로 가는 길을 물어보았다. 무너진 흙더미가 길을 막고 있어서 안으로 들어가는 것은 위험했다.

마차 대여업자가 그들에게 다가와서 그 근처를 드라이브하라고 권했다. 앵구빌, 옥트빌, 페캉, 릴본, '필요하다면 로마'까지도 갈 듯했다.

비용이 엄청나게 비쌌지만, 그들은 페캉이라는 이름에 자극을 받았다. 그 길에서 조금 우회하면 에트르타[65]를 볼 수 있기 때문이다. 우선 더 멀리 가기 위해서 페캉으로 가는 합승마차를 탔다.

합승 마차 안에서 부바르와 페퀴셰는 농부 세 사람과 두 아낙네와 신학생 한 사람과 함께 이야기를 나누었다. 두 사람은 주저 없이 자신들을 기술자라고 소개했다.

그들은 항구의 정박지에 내려서 절벽에 이르렀다. 오 분쯤 후에는, 마치 움푹 팬 해안 한가운데서 불쑥 튀어나온 만(灣)처럼 앞으로 나와 있는 물웅덩이를 피하느라고 절벽을 스쳐 갔다. 그러자 깊은 동굴 위에 펼쳐진 아케이드가 보였다. 동굴은 소리가 잘 울리고 깨끗하며 마치 교회 같았다. 위에서부터 아래로 기둥이 있고, 바닥에는 해조류가 온통 길게 양탄자처럼 덮여 있었다.

그들은 자연의 경관에 놀라서, 이 세상의 기원에 대해 생각하게 되었다.

부바르는 수성설로 기울어진 반면, 페퀴셰는 화성론자였다. 중앙의 불길이 지구 표면을 부수고, 대지를 융기시키고, 균열이 생기게 했다는 것이다. 그 불길은 마치 밀물과 썰물과 폭풍을 가지고 있는 내부의 바다와도 같은 것인데, 얇은 껍질이 우리와 그 불길 사이를 가로막고 있다. 우리의 발밑에서 일어나고 있는 모든 일들을 생각한다면 잠을 잘 수 없을 것이다. 그러나 중앙의 불도 약해지고 태양도 약해져서, 지구는 언젠가 냉각되어 멸망할 것이다. 지구는 불모의 땅이 되고, 모든 나무와 석탄은 탄산으로 바뀔 것이다. 그래서 아무것도 살아남을 수 없게 될 것이다.

"지금은 아직 그때가 아니야."

부바르가 말했다.

"그러기를 바라야지!"

페퀴셰가 대답했다.

아무래도 좋다! 아무리 먼 훗날의 이야기라지만, 이 세상의 종말은 부바르와 페퀴셰를 슬프게 만들었다. 그들은 자갈이 깔린 해변 위를 아무 말 없이 나란히 걸었다.

직각 모양의 절벽은 온통 흰색으로, 부싯돌 때문에 여기저기에 검은 줄무늬가 있었으며, 길이가 십이 킬로미터쯤 되는 성벽의 곡선처럼 수평선을 향해 뻗어 있었다. 차갑고 모진 바람이 동쪽에서 불어왔다. 하늘은 회색빛이고, 푸른 바다는 득의양양한 모습을 드러내고 있었다. 바위 꼭대기에서 새들이 맴돌다가 재빨리 둥지로 들어가버렸다. 이따금 돌이 여기저기에 부딪혀 튀면서 그들에게로 떨어졌다.

페퀴셰는 큰 소리로 자기의 생각을 계속 이야기했다.

"지구가 대지진에 의해 멸망하지만 않는다면? 우리 인간의 시대가 언제까지 계속될지 모르겠지. 중앙의 불길은 넘쳐흐르기만 할 테고."

"하지만 불길이 점점 약해지면?"

"그래도 여전히 줄리아 섬이나 몬테 누오보[66]나 다른 많은 것들이 불길의 폭발로 생겨났잖아."

부바르는 베르트랑의 책에서 상세한 이야기를 읽은 것을 기억해냈다.

"하지만 그런 현상은 유럽에서는 일어나지 않는걸?"

"천만에! 리스본이 그 증거라네! 우리나라에는 석탄과 황철 광산이 수없이 많은데, 그것들이 분해되면서 화산의 입구를 형성할 수 있지. 게다가 화산은 항상 바다 근처에서 폭발하거든."

부바르는 바다 물결을 바라보았다. 멀리서 하늘로 올라가는 연기가 보이는 것 같았다.

"줄리아 섬이 사라졌으니까, 같은 원인으로 생겨난 땅들도 어쩌면 같은 운명일지 모르겠군. 에게 해의 작은 섬도 노르망디만큼, 심지어 유럽만큼 중요한데 말이야."

페퀴셰가 말했다.

부바르는 유럽이 심연 속으로 사라지는 것을 상상해보았다.

"지진이 영불해협 밑에서 일어났다고 가정해보자고. 물이 대서양으로 몰려들고, 프랑스와 영국의 해안은 기반이 흔들리면서 기울어져서 서로 합쳐지겠지. 쾅 하고! 두 해안 사이에 있는 모든 것이 다 짓눌려 부서지는 거야."

페퀴셰가 말했다.

부바르는 대답도 하지 않고 재빨리 걸어서, 곧 페퀴셰보다 백 보쯤 앞서게 되었다. 그는 혼자 떨어지자 대지진에 대한 생각으로 불안해졌다. 아침부터 아무것도 먹지 않은데다, 관자놀이가 지끈지끈 울렸다. 갑자기 흙이 흔들리는 것 같았다. 머리 위에서 절벽 꼭대기가 기울어졌다. 그때 위에서 자갈이 비 오듯 떨어졌다.

미친 듯이 도망치는 부바르를 본 페퀴셰는, 부바르가 공포에 떨고 있다는 것을 깨닫고 멀리서 소리쳤다.

"멈춰 서! 서라고! 세상이 끝난 게 아니야."

그는 부바르를 따라가 붙잡기 위해서 여행자용 지팡이로 커다랗게 점프를 하며 울부짖었다.

"세상 끝난 게 아니야! 세상 끝난 게 아니라고!"

부바르는 정신없이 계속 달렸다. 살 많은 그의 우산은 땅에 떨어지고, 외투 자락이 휘날리고, 배낭은 등에서 뒤흔들렸다. 마치 바위 사이로 질주하는 날개 달린 거북이 같았다. 커다란 바위 하나에 가려서, 부바르의 모습이 보이지 않게 되었다.

페퀴셰는 숨이 가쁘게 도착했지만 아무도 보이지 않았다. 그래서 틀림없이 부바르가 갔으리라고 생각되는 작은 계곡을 통해 들판으로 가려고 뒤로 돌아갔다.

절벽의 좁고 가파른 비탈길에는 두 사람이 지나갈 수 있을 정도의 넓이로 커다란 계단이 깎여 있었는데, 반들반들한 흰 대리석처럼 빛이 났다. 쉰 발자국쯤 올라가자, 페퀴셰는 내려가고 싶었다. 바다는 만조 때였다. 그는 다시 기어 올라가기 시작했다.

두 번째 모퉁이에서 허공이 보이자 그는 무서워서 소름이 끼쳤다. 세 번째 모퉁이로 다가갈수록 다리에 힘이 빠졌다. 바람이 그의 주위를 맴돌고 있었다. 상복부에 경련이 일어나 그는 눈을 감고 바닥에 주저앉았다. 숨 가쁜 심장의 고동 소리 이외에는 아무것도 의식할 수 없었다. 그는 여행자용 지팡이를 내던지고, 무릎과 손으로 기어서 다시 올라갔다. 그러나 허리띠에 끼워놓은 망치 세 자루가 배에 부딪히고, 주머니 속에 가득 든 자갈이 옆구리를 쳤다. 모자의 챙 때문에 앞이 잘 보이지 않는데다가, 바람은 더 거세졌다. 드디어 평평한 땅에 이르자, 좀 더 험하지 않은 계곡을 통해서 더 멀리 올라가 있는 부바르가 보였다.

그들은 이륜마차를 집어탔다. 에트르타는 잊기로 했다.

다음 날 저녁, 르 아브르에서 여객선을 기다릴 때 그들은 신문 하단에서 '지질학 교육에 대하여' 라는 제목의 글을 보았다.

그 기사는 실제 사실을 풍부히 열거하며, 그 시대에 이해된

대로 문제를 설명하고 있었다.

지구에 완전한 대지진은 결코 없었으며, 같은 종류의 지진이라도 언제나 같은 기간 동안 지속되는 것이 아니고 어떤 장소에서는 다른 장소에서보다 더 빨리 소멸된다. 시대적으로 아주 멀리 떨어져 있는 퇴적물에도 유사한 것이 포함되어 있는 것처럼, 같은 시대의 토양에도 다른 종류의 화석이 들어 있다. 옛날 고사리는 오늘날의 고사리와 똑같다. 현재의 많은 식충류(植蟲類) 동물들이 가장 오래된 지층에서도 발견된다. 요컨대 현재 무엇인가가 변화한다면 그것은 이전 사실의 붕괴를 의미하는 것이다. 똑같은 원인은 늘 작용하고 있고, 자연은 갑작스럽게 비약하지는 않는다. 결국 시대란 추상적인 개념에 불과하다고 브롱냐르[67]는 단언한다.

이제까지 부바르와 페퀴셰에게 있어서 퀴비에는 이론의 여지 없는 과학의 정상에서 찬란한 후광을 띠고 있는 존재로 보였으나, 그것이 무너져버렸다. 천지창조에는 더 이상 똑같은 원칙이 존재하지 않았고, 퀴비에에 대한 그들의 존경심은 줄어들었다.

전기와 요약문을 통해서 그들은 라마르크와 조프루아 생틸레르[68]의 이론에 대해 몇 가지를 배웠다.

모든 것이 통념이나 교회의 권위서와는 반대였다.

부바르는 속박에서 벗어난 듯한 위안을 느꼈다.

"죄프루아 신부가 노아의 홍수에 대해서 뭐라고 대답하는지 보자!"

그들은 교회의 작은 정원에서 신부를 만났다. 신부는 교회 재산관리위원회의 회원들을 기다리는 중이었다. 사제복을 구입하는 문제 때문에 곧 회의가 열리기로 되어 있었다.

"무슨 일이신지요?……."

"설명을 좀 해주시지요" 하고 부바르가 시작했다.

〈창세기〉에 나오는 '갈라진 심연'과 '하늘의 수문'은 무엇을 의미하는가? 심연은 갈라지지 않으며, 하늘에는 수문이 없기 때문이다!

신부는 눈을 감더니, 항상 글자 자체와 그 뜻을 구별해야 한다고 대답했다. 처음에는 우리의 귀에 거슬리는 것들이 깊이 연구해보면 합당하게 생각된다는 것이다.

"좋습니다! 하지만 팔 킬로미터나 되는 높은 산을 잠기게 하는 비는 어떻게 설명할 수 있습니까? 생각해보십시오, 팔 킬로미터라니! 물의 깊이가 팔 킬로미터라니!"

"아니, 굉장한 수영장이군!"

마침 면장이 들어오다가 말했다.

"모세의 과장이 심하다는 걸 인정하시지요."

부바르가 말했다.

"모세의 의도는 저도 잘 모르지만, 아마 그가 이끄는 민족에게 유익한 공포심을 심어주기 위해서겠지요!"

보날드[69]의 책을 읽은 신부가 대답했다.

"그럼, 그 많은 양의 물은 어디서 온 것입니까?"

"내가 압니까? 늘 그렇듯이 공기가 비로 바뀌었겠지요."

세무서장 지르발이 지주인 육군 대장 외르토와 함께 들어오는 모습이 정원의 문을 통해 보였다. 여인숙 주인 벨장브는, 독감 때문에 힘없이 걷고 있는 식료품상 랑글루아를 부축하고 있었다.

페퀴셰는 그들에게 신경 쓰지 않고 말을 계속했다.

"아니오, 죄프루아 신부님. 공기의 무게는(이건 과학적으로 입증된 것입니다만) 지구 둘레의 십 미터를 감쌀 수 있는 물의 무게와 똑같지요. 따라서 압축된 모든 공기가 액체 상태로 되어 지구 위에 떨어진다고 해도 실제 물의 양은 그렇게 많이 증가하지 않을 거란 말입니다."

재산관리위원회 회원들은 눈을 크게 뜨고 듣고 있었다.

신부는 화를 냈다.

"산 위에서 조개껍질이 발견된 사실을 부인하는 거요? 노아의 홍수가 아니라면, 누가 그것을 산 위에 갖다 놓았겠소? 홍당무처럼 조개껍질이 땅에서 저절로 솟아나는 경우는 없지 않습니까!"

그 말에 모여 있는 사람들이 웃음을 터뜨리자, 신부는 입술을 꼭 다물며 덧붙였다.

"조개껍질이 땅에서 솟아난다는 사실이 과학에서 새로이 발견되기라도 했답니까?"

부바르는 엘리 드 보몽[70)]의 이론인 산의 융기를 토대로 대답했다.

"내 알 바 아니오!"

신부가 대답했다.

"그 보몽이란 사람은 캉 출신입니다! 도청에서 한 번 본 적이 있어요!"

푸로가 서둘러 말했다.

"하지만 신부님이 말하는 노아의 홍수가 조개껍질을 휩쓸어 가버렸다면, 때때로 삼백 미터 깊이에서가 아니라 겉표면에서 깨진 조개껍질이 발견되어야 할 텐데요."

부바르가 대꾸했다.

신부는 별수 없이 성서의 진실성과 인류의 전통, 시베리아 빙하에서 발견된 동물을 들먹였다.

그것이 인간이 그 동물들과 같은 시기에 살았다는 것을 증명해주는 것은 아니다! 페퀴셰의 견해에 따르면, 지구는 굉장히 오래된 것이다.

"미시시피 강의 삼각주는 수만 년 전으로 거슬러 올라갑니다. 현세는 적어도 십만 년은 되고요. 마네톤[71]의 목록에는……."

파베르주 백작이 다가왔다.

그가 다가오자, 모두 입을 다물었다.

"계속하시지요! 뭐라고 하셨지요?"

"이 사람들이 나에게 시비를 걸고 있어요."

신부가 대답했다.

"무엇에 대해서요?"

"성서에 대해서랍니다, 백작님!"

곧바로 부바르는 자기들이 지질학자로서 종교에 대해 이의를 제기할 권리가 있다고 주장했다.

"유념해두세요. 학문적 지식이 적으면 종교에서 멀어지고, 지식이 깊으면 다시 종교에 귀착한다는 말을 알고 계신지요."

백작이 말했다. 그리고 거만하고도 아버지와 같은 어조로 다시 말했다.

"내 말을 믿어요! 종교로 다시 돌아가게 될 겁니다! 다시 돌아간다고요!"

어쩌면 그럴지도 모른다! 그러나 마치 태양이 빛의 유일한 원인이 아니기라도 한 듯, 태양보다 먼저 빛이 창조되었다고 주장하는 책에 대해 어떻게 생각해야 한단 말인가!

"당신은 북극의 빛이라는 것은 무시하고 있군요."

부바르는 그러한 비난에는 대꾸도 하지 않고, 한쪽에는 빛이 있고 다른 한쪽에는 어둠이 있었다는 것, 천체가 존재하기도 전에 아침과 저녁이 있었다는 것, 동물들이 결정 작용에 의해 형성되는 것이 아니라 갑자기 나타났다는 것을 강력하게 부인했다.

오솔길이 너무 좁아서, 사람들은 몸짓을 해대며 화단 안에서 걷고 있었다. 랑글루아는 기침 발작을 일으켰다. 육군 대장은 "당신들은 혁명론자로군요!" 하고 소리치고, 지르발은 "조용히 하세요! 조용히!" 하고 소리쳤다. 신부는 "놀라운 유물론이군!", 푸로는 "차라리 우리 사제복에 대해 의논합시다!" 하고 소리쳤다.

"쳇! 나도 말 좀 합시다!"

부바르는 흥분해서, 인간은 원숭이에게서 나왔다는 말까지 해버렸다!

모든 회원들은 깜짝 놀라서 마치 자기들이 원숭이가 아니라는 것을 확인이라도 하려는 듯이 서로 쳐다보았다.

부바르는 말을 이었다.

"사람의 태아와 개나 새의 태아를 비교해보면……."

"이제 그만 하시오!"

"나는 더 해야겠소! 인간은 물고기에서 나왔어요!"

페퀴셰가 소리치자 폭소가 터졌다. 페퀴셰는 그래도 동요되지 않고 계속했다.

"텔리아메드에 있어요! 아랍 책이지요!……."

"자, 여러분, 회의합시다!"

모두 제의실로 들어갔다.

부바르와 페퀴셰는, 그들이 생각했던 것처럼, 죄프루아 신부를 속인 게 아니었다. 게다가 페퀴셰는 신부에게서 위선의 흔적을 발견했다.

그러나 신부가 말한 북극의 빛이라는 것 때문에 그들은 불안해졌다. 그래서 오르비니[72]의 개론서를 찾아보았다.

그것은 배핀 만[73]의 화석 식물이 어떻게 적도 지방의 식물과 흡사한지를 설명하기 위한 가설이다. 태양 대신에, 거대한 빛의 화덕과 같은 것을 가정하는 것이다. 그 빛의 화덕은 지금은 사라졌지만 어쩌면 북극광이 그 잔해물일지도 모른다는 것이다.

부바르와 페퀴셰는 인간의 근원에 대한 의구심이 생겼다. 혼란에 빠진 그들은 보코르베유를 생각했다.

보코르베유의 협박은 계속되지 않았다. 예전처럼 그는 지팡이로 울타리 살을 하나씩하나씩 스치며 부바르와 페퀴셰 집의 살문 앞을 아침마다 지나다니고 있었다.

부바르는 보코르베유를 살펴보다가 불러 세워서, 인류학의 기이한 점에 대해 자문을 구하고 싶다고 말했다.

"인류가 물고기에서 나온 것이라고 생각하십니까?"

"무슨 바보 같은 소리요!"

"그보다는 원숭이에서 유래된 것이지요?"

"전혀 말도 안 되는 소리요!"

누구를 믿을 것인가? 사실 그 의사는 가톨릭 신자가 아니었다!

부바르와 페퀴셰는 연구를 계속했지만, 열의가 생기지 않았다. 제3기의 시신세(始新世)와 중신세(中新世), 몬테 호룰로,[74] 줄리아 섬, 시베리아의 매머드 그리고 모든 작가에게 있어서 '진정한 증거의 표시'로 끊임없이 비교되는 화석에 대해 싫증이 났다. 그래서 하루는 부바르가 배낭을 땅바닥에 내던지며 더 이상 계속하지 않겠노라고 단언하고 말았다.

지질학은 너무 불완전한 것이다! 우리는 겨우 유럽의 몇몇 장소만 알고 있을 뿐이다. 나머지 장소나 대서양 바닥에 관해서는 늘 아무것도 모른다.

페퀴셰가 광물계라는 말을 하자 마침내 부바르가 말했다.

"나는 광물계를 믿지 않아! 유기물이 부싯돌이나 백묵 또는 금의 구성 성분에도 들어 있다니 말이야! 다이아몬드는 석탄에서 나오지 않았나? 석탄은 식물이 모여서 된 것이고? 몇 도로 가열해야 하는지는 모르지만, 석탄을 가열하면 톱밥을 얻을 수 있을 정도로 모든 것이 사라지고 소멸되어버리다니. 창조물은 변하기 쉽고 금방 사라지는 물질로 이루어져 있단 말이야. 다른 것에 관심을 갖는 게 더 낫겠어!"

페퀴셰가 고개를 숙인 채 손으로 무릎을 감싸고 생각에 잠겨 있는 동안, 부바르는 등을 대고 누워서 잠을 자기 시작했다.

텅 빈 길가에는 이끼가 끼어 있었고, 가벼운 나무 꼭대기가 흔들리고 있는 떡갈나무 때문에 그늘이 드리워져 있었다. 안젤리카와 박하와 라벤더가 후끈하고 진한 향기를 내뿜고 있었다. 공기가 무더웠다. 페퀴셰는 멍한 상태에서 그의 주위에 널려 있는 수많은 존재에 대해서 생각했다. 윙윙거리는 곤충들, 잔디밭 밑에 숨겨져 있는 샘물, 식물의 수액, 둥지 안에 있는 새들, 바람, 구름, 모든 자연의 신비를 밝히려는 노력도 없이 자연의 힘에 매료되어 그 위대함 속에 잠겨버렸다.

"아, 목말라!"

부바르가 깨어나면서 말했다.

"나도! 뭘 좀 마셔야겠는걸!"

"그거야 쉽죠."

저고리를 벗은 채 어깨에 판자를 메고 지나가는 한 남자가 말을 이었다.

전에 부바르가 술을 한 잔 준 적이 있는 부랑자였다. 그는 십 년은 더 젊어 보였다. 윤이 나는 콧수염에 애교머리를 내리고 있었으며, 파리 사람처럼 허리를 좌우로 흔들고 있었다.

그는 한 백 보쯤 걸어와서 안마당의 살문을 열더니, 판자를 담벼락 쪽으로 던져놓고 조금 위쪽에 있는 부엌으로 부바르와 페퀴셰를 안내했다.

"멜리! 거기 있어, 멜리?"

젊은 여자가 나타났다. 그 여자는 시키는 대로 마실 것을 꺼내 테이블 곁으로 와서 손님들의 시중을 들었다.

노란색 띠가 그 여자의 회색 무명 두건 밖으로 나와 있었다. 초라한 옷은 주름 하나 없이 그녀의 몸을 따라 늘어져 있었다. 오뚝한 콧날과 푸른 눈, 그녀에게는 시골풍의 순박하면서도 뭔가 세련된 것이 있었다.

그 여자가 잔을 가지러 간 사이에 목수가 말했다.

"예쁘죠, 안 그래요? 농부의 옷을 입은 아가씨만 아니라면! 하지만 일하느라고 고생하죠! 가엾은 여자, 아! 내가 부자라면 그대와 결혼할 텐데!"

"언제나 실없는 말을 하시는군요, 고르귀 씨."

느릿느릿한 억양의 부드러운 목소리로 그 여자가 대답했다.

마구간을 담당하는 일꾼이 낡은 상자에 귀리쌀을 담아가려고 왔다가, 뚜껑을 세게 떨어뜨리는 바람에 나뭇조각이 튕겨 나갔다.

고르귀는 '시골 녀석' 들의 둔한 행동에 화를 내고, 가구 앞에 무릎을 꿇고 앉아 조각이 어디 있는지 찾았다. 페퀴셰는 그를 도와주려고 하다가 먼지 밑에서 인물화들을 보았다.

그것은 르네상스 시대의 궤짝이었는데, 아래쪽에는 꼬아서 만든 술이 달려 있고 귀퉁이에는 포도나무 가지의 무늬가 있었으며 앞면은 작은 기둥으로 다섯 칸으로 나누어져 있었다. 가운데에는 조개껍질 위에 서 있는 물에서 태어나는 비너스, 헤라클레스와 옴팔레,[75] 삼손과 델릴라, 키르케와 그의 돼지들,[76] 아버지를 취하게 만드는 롯의 딸들이 그려져 있었다. 모든 것이 손상되고 좀이 쓸았으며, 오른쪽 널빤지는 아예 없었다. 고르귀는 왼쪽의 널빤지를 페퀴셰가 더 잘 볼 수 있도록 촛불을 켜주었다. 거기에는 천국의 나무 밑에서 단정치 못한 자세로 있는 아담과 이브가 그려져 있었다.

부바르도 마찬가지로 그 궤짝에 감탄했다.

"원하신다면 싼 값에 드리겠습니다."

부바르와 페퀴셰는 수선을 해야 할 듯해서 망설였다.

고르귀는 자기 직업이 고급 가구 세공인인 만큼 자기가 수선해줄 수 있다고 했다.

"자! 이리 오세요!"

그는 페퀴셰를 작은 오두막집으로 데리고 갔다. 주인 여자인 카스티용 부인이 빨래를 널고 있었다.

멜리는 손을 씻은 후에, 레이스 베틀을 들고 창가의 밝은 곳에 앉아서 일하고 있었다.

멜리의 모습은 문의 횡목으로 둘러싸여 있었다. 그녀의 손가락 밑에서 물레 가락이 캐스터네츠가 부딪치는 소리를 내며 능숙하게 움직였다. 그 여자는 옆얼굴을 계속 숙이고 있었다.

부바르는 그녀에게 부모와 고향 그리고 급료를 얼마나 받는지 물어보았다.

멜리는 위스트르암 출신으로 가족은 없었으며, 한 달에 십 프랑을 받고 있었다. 부바르는 멜리가 아주 마음에 들어서, 그녀를 고용하여 늙은 제르맨을 돕도록 하고 싶었다.

페퀴셰가 소작인의 아내와 함께 다시 나타났다. 그들이 흥정을 계속하는 동안, 부바르는 아주 작은 소리로 고르귀에게 멜리를 자기의 하녀로 삼는 것에 동의하는지 물어보았다.

"그렇고 말고요!"

"그렇지만 내 친구한테 의논해야 해."

부바르가 말했다.

"좋아요! 그러지요. 하지만 아무 말 하지 마세요! 저 여편네 때문에 말입니다."

삼십오 프랑에 매매가 이루어졌다. 수리를 하는 것에도 합의가 되었다.

마당으로 나오자마자 부바르는 멜리에 대한 자기의 계획을 이야기했다.

페퀴셰는 멈춰 서서 담뱃갑을 열고 코담배를 한 대 맡으며, 잠시 생각해보았다. 그리고 코를 풀면서 말했다.

"사실, 좋은 생각이군! 물론 좋아! 왜 안 되겠나? 더구나 자네가 주인이잖아!"

십 분 후에, 고르귀가 도랑 위로 나타나더니 그들을 불러 세웠다.

"언제 가구를 갖다 드릴까요?"

"내일!"

"또 다른 문제에 대해서도 결정했습니까?"

"결정됐어!"

페퀴셰가 대답했다.

IV

여섯 달 후에 부바르와 페퀴셰는 고고학자가 되어 있었고, 그들의 집은 마치 박물관 같았다.

현관에는 오래된 나무 들보가 세워져 있었다. 지질학 견본이 계단에 어지럽게 널려 있었고, 커다란 사슬이 복도를 따라 바닥에 늘어져 있었다.

그들은 쓰지 않는 두 침실 사이의 문을 떼어내고 두 번째 침실의 바깥 출입문을 막아서, 방 두 개를 하나로 만들었다.

문지방을 넘어서면 돌로 된 여물통(갈리아식과 로마식이 혼합된)이 가로막고 있고, 이어서 철물을 보고 놀라게 된다.

맞은편 벽에는 난상기(煖床器)[77]가 걸려 있고, 그 밑으로 두 개의 장작 받침쇠와 난로판이 있었다. 난상기에는 한 수도사가 양치는 소녀를 쓰다듬어 주는 그림이 그려져 있었다. 온 사방의 작은 판자 위에는 촛대, 자물쇠, 볼트와 너트가 놓여 있었다. 깨진 붉은 기와 조각으로 방바닥은 보이지도 않았다. 가운데의 테이블에는 코[78]지방에서 쓰이는 여자 모자의 틀, 점토 항아리 두 개, 메달, 오팔빛의 유리병 같은 가장 귀한 골동품들이 진열되어 있었다. 장식 융단 위의 안락의자에는 삼각형 모양의 두터운 레이스가 있었다. 오른쪽에는 쇠사슬 갑옷 한 벌이 칸막이에 장식되어 있었고, 그 밑으로 뾰족한 끝에는 훌륭한 미늘창[79]이 수평으로 붙어 있었다.

층계로 두 단 내려가게 되어 있는 두 번째 방에는, 파리에서 가져온 옛날 책들과 그 집에 도착했을 때 장 속에서 발견한 책들이 있었다. 그들은 그 방의 문짝을 없애고 그곳을 서재라고 불렀다.

문 뒷면에는 온통 크루아마르[80] 가문의 족보로 꽉 차 있었다. 튀어나온 대리석 판 위에는, 루이 15세 때의 옷을 입은 한 부인의 파스텔 인물화가 부바르 부친의 초상화와 짝을 이루고 있었다. 거울의 테두리는 챙이 넓은 검은 펠트 모자, 나뭇잎이 가득 든 거대한 구두, 새둥지의 잔해로 장식되어 있었다.

두 개의 코코넛(젊었을 때부터 페퀴셰가 가지고 있던 것)은, 농부가 올라타고 있는 모양의 자기로 된 이륜마차와 나란히 벽난로 위에 놓여 있었다. 그 옆의 밀짚 바구니 안에는 놀이용 동전[81]으로 되돌려 받은 십 상팀짜리 동전이 들어 있었다.

서재 앞에는 플러시천[82]의 장식이 있는, 조개껍질로 된 서랍장이 자리 잡고 있었다. 서랍장의 뚜껑 위에는 생쥐 한 마리를 입에 물고 있는 고양이(생 탈리르의 화석)와 역시 조개껍질로 된 세공품 통이 놓여 있었다. 그 통 위에는, 브랜디 병에 크고 맛 좋은 배가 하나 들어 있었다.

그러나 가장 아름다운 것은 뭐니뭐니해도 창문턱에 있는 성 베드로의 동상이었다! 장갑을 끼고 있는 오른손에는 푸른 사과 빛의 천국의 열쇠가 쥐어져 있었다. 백합꽃으로 장식된 제의는 푸른 하늘빛이었으며, 노란 삼중관(三重冠)은 파고다처럼 끝이 뾰족했다. 뺨에는 분이 칠해져 있었고, 둥글고 큰 눈에 입은 크게 벌리고 코는 비뚤어진 들창코였다. 그 위에는 낡은 융단으로 된 닫집[83]이 늘어져 있었는데, 거기에서는 장미꽃으로 둘러싸인 두 천사를 볼 수 있었다. 발치에는 버터 항아리가 기둥처럼 세워져 있었고, 초콜릿색의 바탕에 흰 글씨로 다음과 같은 말이 씌어 있었다.

'1817년 10월 3일 노론에서 앙굴렘 공작 앞에서 제작되었음.'

페퀴셰는 자기 침대에서, 쭉 늘어서 있는 이 모든 것을 볼 수 있었다. 때때로 그는 시야를 더 넓히려고 부바르의 방에까지 가기도 했다.

쇠사슬 갑옷 맞은편의 자리는 비어 있었다. 그것은 르네상스의 궤짝을 놓을 자리였다.

궤짝은 완성되지 않았다. 고르귀는 아직도 작업을 하고 있었다. 널빤지를 대패질하여 맞추어보고 다시 떼어내곤 했다.

고르귀는 열한 시에 점심을 먹고 나서 멜리와 잡담을 하기도 하고, 종종 하루 종일 다시 나타나지 않기도 했다.

그 가구와 비슷한 조각을 구하기 위해 부바르와 페퀴셰는 들로 나가보았다. 그들이 가져온 것은 적합한 것은 아니었으나, 덕분에 진귀한 것들을 많이 발견할 수 있었다. 그래서 그들은 골동품에 취미를 갖게 되었고, 중세를 좋아하게 되었다.

부바르와 페퀴셰는 우선 성당을 방문해보았다. 성수반(聖水盤)의 물에 비치는 높은 중앙 홀, 보석 벽지만큼이나 눈부신 유리 제품, 소성당 깊숙한 곳의 무덤, 지하 성당의 희미한 빛, 벽의 냉기에 이르기까지 모든 것이 그들에게 기쁨의 전율과 종교적인 감동을 불러일으켰다.

그들은 곧 시대를 구분할 수 있었다. 그래서 성당지기를 얕보며 말하곤 했다.

"아! 성당 후진은 로마네스크 양식이군! 십이 세기에 속하는 것이지! 여기는 다시 화염양식(火焰樣式)으로 돌아가는군 그래!"

그들은 꽃 달린 나무를 부리로 쪼아 먹고 있는 마리니[84]의 두 그리핀[85]과 같은, 기둥머리에 조각된 상징들을 이해해보려고 애썼다. 페퀴셰는 푀그롤[86]의 아치 끝에 있는 우스꽝스러운 턱을 가진 성가대원들의 모습에 풍자가 담겨 있다고 보았다. 에루빌[87]의 한 창살대를 감싸고 있는 외설스러운 남자의 과장된 모습을 보고, 부바르는 선조들이 음담패설을 좋아했다는 증거라고 생각했다.

두 사람은 아주 조그만 쇠퇴의 흔적에도 참을 수 없었다. 그런데 모든 것이 쇠퇴해가고 있었다. 그들은 예술과 문화의 파괴를 한탄하며, 벽에 칠한 물감에 대해 비난했다.

그러나 건축물의 양식은 항상 그들이 추측하는 시대와 맞지 않았다. 반원형 아치 모양은 십삼 세기에 프로방스 지방에서 두드러진 것이다. 첨두형 아치는 더 오래된 것인지도 모른다! 그리고 어떤 저자들은 고딕식보다 로마네스크 양식이 더 앞선 것이라고 반박한다. 이와 같은 불확실성에 그들은 화가 났다.

성당에 이어, 부바르와 페퀴셰는 동프롱[88]과 팔레즈의 성채를 연구했다. 그들은 문 밑에서 내리닫이 살문의 꼭대기까지 이어진 가느다란 홈을 보고 감탄했다. 우선 온 들판을 둘러보고, 마을의 지붕, 교차로, 광장 위에 있는 수레, 빨래터의 아낙네들을 살펴보았다. 성벽은 도랑의 덤불에 이르기까지 수직으로 내리뻗어 있었다. 사람들이 사다리에 매달려 그리로 올라갔으리라는 생각에 소름이 끼쳤다. 그들은 위험을 무릅쓰고 지하 통로로 들어가보려고 했지만, 부바르의 튀어나온 배가 방해가 되었고 또 페퀴셰는 살무사가 있을까 봐 겁이 났다.

그들은 퀴르시, 뷜리, 퐁트네 르 마르미용, 아르구주의 오래된 영주의 저택에 대해 알고 싶었다. 때때로 건물 모퉁이에는 퇴비 더미 뒤로 카롤링거 왕조의 탑이 세워져 있었다. 돌 벤치를 갖추고 있는 부엌은 봉건제도 시대의 연회를 생각나게 했다. 아직도 남아 있는 세 개의 성벽, 계단 밑의 총안(銃眼), 사면이 뾰족한 긴 망루들 때문에 다른 것들은 오로지 사나운 모양을 하고 있었다. 방으로 들어가자, 상아처럼 조각된 발루아 왕조 시대의 창문을 통해 햇볕이 들어와서 유채씨를 펼쳐놓은 쪽마루가 따뜻했다. 수도원 건물은 광으로 쓰이고 있었다. 묘석의 비문은 지워지고 없었다. 들판 가운데에는 잣나무 한 그루가 서 있었다. 위에서부터 아래까지 잣나무를 뒤덮고 있는 송악이 바람에 흔들리고 있었다.

그들은 주석 항아리, 스트라스[89] 고리, 큰 꽃무늬가 있는 날염 옥양목과 같은 물건에 욕심이 생겼으나 돈이 없어서 참았다.

뜻하지 않은 행운으로, 그들은 발루아에 있는 주석 도금공의 집에서 고딕식 스테인드글라스를 발견했다. 그것은 꽤 커서, 안락의자 옆에 있는 십자형 유리창의 오른쪽 창유리 두 개를 덮을 수 있었다. 그러자 샤비뇰의 종탑이 황홀한 모습으로 멀리 보였다.

고르귀는 부바르와 페퀴셰의 열성을 부추겨서, 장의 아랫부분과 함께 스테인드글라스 밑에 놓을 기도대도 만들었다. 두 사람의 열성은 세즈[90] 주교의 별장과 같은 전혀 알지도 못하는 건축물을 보고 싶어할 만큼 대단했다.

'바이외에는 틀림없이 극장이 있었다' 고 코몽[91]은 말하고 있다. 부바르와 페퀴셰는 그 위치를 찾아보았지만 허사였다.

몽트르시의 마을에는 예전에 황제의 메달이 발견된 것으로 유명한 초원이 있었다. 그들은 그 초원에서 좋은 자료를 수집하기를 기대했지만, 관리인이 들어가지도 못하게 했다.

부바르와 페퀴셰는 팔레즈의 저수통과 캉의 변두리 지역 사이에 있는 연결 통로를 보고 더없이 기뻤다. 그곳으로 오리를 들여보내면 보셸[92]에서 "캉캉캉" 하고 울면서 다시 나타났는데, 바로 거기서 이 도시의 이름이 유래했다.

두 사람에게는 어떠한 행동 방식도, 어떠한 희생도 고통스럽지 않았다.

갈르롱[93]은 1816년에 메닐 빌망에 있는 여인숙에서 사 수에 점심을 먹은 일이 있었다. 그들은 그 여인숙에서 똑같은 식사를 했는데, 상황이 더 이상 그 당시와 같지 않다는 것을 확인하고 놀랐다!

생탄 수도원의 창립자는 어떤 사람인가? 십이 세기에 새로운 종류의 사과를 수입한 마랭 옹프루아와 정복을 일삼던 시대에 헤이스팅즈[94]의 통치자였던 옹프루아는 친척 관계인가? 뒤트레조르라는 사람이 바이외에서 창작한 작품으로 현재 가장 희귀한 것에 속하는, 운문으로 된 희극《간사한 여자 점쟁이》를 어떻게 구할 것인가? 루이 16세 때에는, 에랑베르 뒤파티인지 아니면 뒤파스티스 에랑베르인지 하는 사람이 아르장탕[95]에 대한 일화가 풍부한 작품을 썼는데 출판되지 않았다. 이 일화들을 되찾는 일이 필요할 것이다. 생 마르탱[96]의 외근사제인 루이 다스프레로부터 레글[97]의 공개되지 않은 이야기에 대해 문의를 받고서, 뒤부아 드 라 피에르 부인이 자필로 쓴 논문은 어떻게 되었나? 밝혀야 할 문제도 많았고, 이상한 점들도 많았다.

그러나 종종 미미한 실마리가 엄청난 발견의 길로 이끌어주는 법이다.

그래서 그들은 다른 사람에게 경계심을 불러일으키지 않도록 작업복을 입고, 행상인의 모습으로 집집마다 찾아가서 폐휴지를 사겠다고 했다. 많은 양을 샀지만, 학교 공책, 영수증, 옛날 신문 등 아무 소용이 없는 것들이었다.

드디어 부바르와 페퀴셰는 라르소뇌르에게 문의했다.

라르소뇌르는 켈트 연구에 몰입하고 있는 중이라, 그들의 질문에는 간략하게 대답하고 다른 질문을 했다.

몽타르지[98]에서 볼 수 있는 것과 같은 개에 대한 숭배의 흔적을 주위에서 관찰해보았는가? 그리고 세례 요한 축제일의 불꽃, 결혼, 대중적인 속담 등에 관한 상세한 특성을 살펴보았는가? 심지어 당시 '셀태' 라고 불리던 것으로 드루이드교의 승려가 '그들의 사악한 제사' 에서 사용했던 부싯돌 도끼를 몇 개 수집해달라고 부탁하기까지 했다.

부바르와 페퀴셰는 고르귀를 통해서 열두 개 정도의 도끼를 구했는데, 그중에서 가장 작은 것만 라르소뇌르에게 보내고 나머지로는 진열실을 장식했다.

그들은 흐뭇한 마음으로 진열실을 거닐며 직접 청소도 하고, 아는 사람 모두에게 진열실에 관해 이야기했다.

어느 날 오후, 보르댕 부인과 마레스코가 진열실을 구경하러 왔다.

부바르는 그들을 맞아들여, 현관에서부터 설명을 시작했다.

들보는, 그것을 판 목수의 말에 따르면, 바로 팔레즈의 옛 교수대였다. 그 목수는 그 이야기를 할아버지한테서 들었다고 한다.

복도에 있는 굵은 사슬은 토르트발 소탑의 지하 감옥에서 나온 것이다. 공증인은 앞뜰에 있는 말뚝의 사슬과 비슷하게 생겼다고 했다. 부바르는 그것이 옛날에는 포로를 묶는 데 쓰였을 거라고 확신했다. 그는 첫 번째 방의 문을 열었다.

"이 기와는 모두 웬 거예요?"

보르댕 부인이 소리쳤다.

"목욕실을 덥히기 위한 거지요! 하지만 원하신다면 정돈을 좀 하지요! 이건 한 여인숙에서 발견한 묘석인데, 그 여인숙에서는 여물통으로 쓰고 있었죠."

그러고 나서 부바르는 인간의 유해인 흙이 가득 든 항아리 두 개를 들어 보이고, 작은 유리병을 눈으로 가져가 로마인들이 눈물을 어떻게 흘렸는지 보여주었다.

"그런데 당신 집에는 음산한 것들뿐이군요!"

사실, 여자에게는 좀 딱딱한 내용이었다. 그래서 부바르는 상자에서 동전 몇 개와 은화를 하나 꺼내왔다.

보르댕 부인은 공증인에게 요즘의 화폐로는 얼마나 되느냐고 물어보았다.

그때, 공증인이 쇠사슬 갑옷을 살펴보다가 손가락에서 떨어뜨리는 바람에 고리가 깨져버렸다. 부바르는 못마땅했지만 내색하지 않았다.

그는 심지어 친절을 베풀어 미늘창을 떼어내기까지 했다. 부바르는 몸을 굽혔다가 팔을 들고 발뒤꿈치를 치면서, 말의 무릎을 잘라 넘어뜨리고 총검을 휘두르듯이 적을 찔러서 해치우는 흉내를 냈다. 보르댕 부인은 속으로 부바르가 야성적이고 호탕한 사람이라고 생각했다.

보르댕 부인은 조개껍질로 된 서랍장에 감탄했다. 생 탈리르 고양이를 보고는 매우 놀랐으며, 브랜디 병에 들은 배를 보고도 좀 놀랐다. 그리고 벽난로에 이르자 말했다.

"아! 이 모자는 수선이 필요한 것 같군요."

모자 가장자리에 총탄 자국으로 구멍이 세 개 뚫려 있었던 것이다.

그것은 집정내각 시대의 도적 두목인 다비드 드 라 바조크의 모자였는데, 그는 부하의 배반으로 붙잡혀서 곧바로 죽음을 당했다.

"그것 참 잘된 일이군요!"

보르댕 부인이 말했다.

마레스코는 여러 가지 물건들 앞에서 거만한 태도로 미소를 지었다. 그는 신발 상인의 간판으로 쓰이던 거대한 구두도 이해하지 못했고, 자기로 된 이륜마차나 평범한 능금주 술단지가 왜 그곳에 있는지도 이해하지 못했다. 그리고 성 베드로는, 솔직히 말해서, 술주정뱅이 같은 모습으로 초라하게 보인다고 말했다.

"어쨌든 꽤 비싸게 사셨지요?"

보르댕 부인이 말했다.

"아, 그렇게 비싸지는 않아요!"

한 기와공한테서 십오 프랑에 산 것이었다.

보르댕 부인은 분칠한 가발을 쓴 부인의 초상화에서 가슴이 드러나게 옷이 깊게 파인 것을 보고 단정치 못하다고 비난했다.

"아름다움을 지니고 있다면 뭐가 나쁩니까?"

부바르가 대답했다. 그리고 더 작은 소리로 덧붙였다.

"당신처럼 말이에요."

공증인은 크루아마르 가족의 계통을 살펴보느라고 등을 돌리고 있었다. 보르댕 부인은 아무 대답도 않고, 긴 시곗줄을 만지작거리기 시작했다. 검은색의 비단 블라우스는 그녀의 젖가슴 때문에 툭 튀어나와 있었다. 속눈썹이 촘촘히 나 있고 턱을 숙이고 있는 보르댕 부인은 마치 가슴을 내밀고 있는 한 마리 산비둘기 같았다. 그녀는 천연덕스러운 태도로 말했다.

"이 부인은 이름이 뭐예요?"

"모르지요! 레장[99]의 정부랍니다. 당신도 아시겠지만, 방탕한 생활을 많이 한 사람 말이에요!"

"알고 말고요! 당대에 유명했죠!……."

말을 채 끝내기도 전에, 공증인은 욕정에 사로잡힌 그 공작의 전례에 대해 유감을 표시했다.

"하지만 당신들도 모두 마찬가지잖아요!"

두 남자들은 그렇지 않다고 소리를 질렀다. 그리고 여자와 사랑에 대한 화제로 이어졌다. 마레스코는 행복한 결합도 많이 있다고 주장했다.

"때때로 사람들은 자기의 행복에 필요한 것이 바로 곁에 있는데도 알아차리지 못하지요."

그것은 노골적인 암시였다. 보르댕 부인의 뺨이 붉게 물들었지만, 그녀는 곧 마음을 진정시키고 말했다.

"지금은 더 이상 정열의 시대가 아니잖아요! 안 그래요, 부바르 씨?"

"어! 나는, 그런 말이 아니에요!"

그리고 그는 다른 방으로 가려고 보르댕 부인에게 팔을 내밀었다.

"계단 조심하세요. 좋아요! 이제 스테인드글라스를 구경하십시오."

유리창에서는 진홍색 외투와 천사의 두 날개를 볼 수 있었다. 수많은 유리의 절단면을 균형 있게 고정시켜놓은 창살 때문에 나머지는 무슨 모양인지 잘 알아볼 수 없었다. 햇빛이 희미해지고 어둠이 깃들자, 보르댕 부인의 태도가 진지해졌다.

부바르는 밖으로 나갔다가 양털 담요를 걸치고 다시 나타나서, 기도대 앞에 무릎을 꿇은 채 팔꿈치를 밖으로 내놓고 얼굴을 손에 파묻었다. 햇빛이 그의 대머리 위로 내리비치고 있었다. 그는 그 효과를 의식하며 말했다.

"중세의 수도승 같지 않습니까?"

그러고 나서, 부바르는 비스듬히 이마를 들더니 멍한 눈으로 얼굴에 신비한 표정을 지었다.

복도에서 페퀴셰의 낮은 목소리가 들렸다.

"겁내지 마! 나야!"

뾰족한 귀덮개가 달린 보병의 철모로 온통 머리를 감싼 채 페퀴셰가 들어왔다.

부바르는 계속 기도대에 있었고, 다른 두 사람은 서 있었다. 잠시 동안 모두들 깜짝 놀랐다.

보르댕 부인은 페퀴셰에게 다소 쌀쌀하게 굴었다. 그러나 페퀴셰는 그 여자가 모든 것을 다 봤는지 궁금해했다.

"내 생각에는 그런 것 같은데요?"

그리고 보르댕 부인이 벽을 가리키자 페퀴셰가 대답했다.

"아! 미안합니다! 여기에 놓을 것은 지금 수리중이랍니다."

보르댕 부인과 마레스코는 집으로 돌아갔다.

부바르와 페퀴셰는 서로 경쟁의식을 감추고 있었다. 그들은 각자 따로따로 장을 보러 가서, 상대방보다 더 뛰어난 것을 내놓곤 했다. 그리하여 페퀴셰는 철모를 구하게 된 것이다.

부바르는 철모에 대해 페퀴셰를 축하해주었고, 페퀴셰로부터 담요에 대한 찬사를 받았다.

멜리는 끈으로 담요를 수도복같이 수선해주었다. 그들은 번갈아 그것을 입고 방문객을 맞았다.

지르발, 푸로, 외르토 대장, 그리고 서민인 랑글루아, 벨장브, 그들의 소작인, 이웃집 하녀에 이르기까지 모두 구경하러 왔다. 부바르와 페퀴셰는 매번 설명을 되풀이하고, 궤짝이 놓일 자리를 보여주며 겸손한 체하고 혼잡한 것을 너그럽게 봐달라고 호소하곤 했다.

그럴 때면 페퀴셰는 예전에 파리에서 가지고 있던 알제리 보병대의 모자를 쓰곤 했다. 그 모자가 예술적인 환경에 더 잘 어울린다고 생각한 것이다. 어떤 때에는 철모를 쓰기도 했는데, 얼굴이 보이도록 목덜미 위로 철모를 젖혀 썼다. 부바르는 미늘창을 다루는 시범을 잊지 않았다. 하지만 그들은 방문객이 '중세의 수도승'을 재연해줄 만한 가치가 있는 사람들인지 생각해보곤 했다.

파베르주의 마차가 그들의 살울타리 앞에서 멈췄을 때, 그들은 얼마나 흥분했던가! 하지만 파베르주는 용건이 있어서 왔다는 말밖에 하지 않았다.

부바르와 페퀴셰가 사방에서 참고 자료를 찾다가 오브리의 농장에서 폐휴지를 샀다는 사실을 대리인 위렐에게서 전해 들었던 것이다.

그것은 사실이었다.

그들은 오브리에서 거주했으며 앙굴렘 공작의 옛 부관인 곤발 남작의 편지를 발견하지 않았던가? 파베르주는 가문의 이해관계 때문이라며 그 서신을 요구했다.

그것은 부바르와 페퀴셰의 집에 없었다. 하지만 그들은 서재에 가면 흥미로운 것이 있다고 했다.

그처럼 윤이 나는 장화가 그 복도를 밟은 적은 없었다. 장화가 석관에 부딪쳐서 기와 몇 개를 깨뜨릴 뻔했다. 안락의자를 돌고 계단을 두 개 내려가서 두 번째 방에 이르자, 그들은 닫집 아래에, 성 베드로 동상 앞에 있는 노롱에서 제작된 버터 항아리를 보여주었다.

부바르와 페퀴셰는 그 날짜가 때때로 쓸모가 있을 것으로 생각하고 있었다.

파베르주는 예의상 두 사람의 진열실을 살펴보았다. 그리고 단장의 둥그스름한 끝으로 자기 입술을 가볍게 두드리며 "아주 훌륭하군요!" 하고 되풀이했다. 그는 종교적 신앙과 기사도적 충성의 시대인 중세의 유물을 보존한 것에 대해서 부바르와 페퀴셰를 치하했다. 파베르주 자신도 진보를 좋아해서 그들처럼 흥미로운 연구에 몰두하고 싶었다. 하지만 정치다, 일반 회의다, 농업이다 하는 매우 복잡한 일들 때문에 단념했다는 것이다!

"그렇지만 두 분 때문에 이제 단편적인 수집밖에는 할 수 없겠군요. 두 분이 곧 이 지방의 모든 진귀한 물건들을 다 차지할 테니까요."

"자만심에서가 아니라, 사실 그렇게 생각합니다."

페퀴셰가 말했다.

그러나 샤비뇰에서 또 다른 진귀한 물건을 발견할 수 있다고 했다. 골목길에 있는 묘지 담벼락의 풀 속에, 아득한 옛날부터 성수반이 파묻혀 있다는 것이다.

부바르와 페퀴셰는 그 이야기를 듣고 기뻐하며 '어려운 일이 아닐까?' 하는 듯한 눈길을 주고받았다. 백작은 돌아가려고 벌써 문을 열고 있었다.

문 뒤에 서 있던 멜리가 부리나케 도망갔다.

백작은 마당을 지나가다가, 팔짱을 낀 채 파이프를 피우고 있는 고르귀를 발견했다.

"당신들이 저 사람을 고용했군요! 흠! 폭동이 일어나면, 난 저 사람을 믿지 않을 거요."

그리고 파베르주는 이륜마차에 올라탔다.

멜리는 왜 파베르주를 무서워했을까? 부바르와 페퀴셰가 물어보았더니, 멜리는 파베르주의 농장에서 일을 했었다고 이야기했다. 그들이 그의 농장에 갔을 때, 수확하는 아낙네들에게 마실 것을 따라주던 바로 그 계집아이가 바로 멜리였던 것이다. 이 년 후에는 백작의 성에서 가정부로 고용되었다가 '일련의 스캔들' 을 일으켜 해고된 것이다.

고르귀에 대해서는 왜 비난을 한 것일까? 고르귀는 아주 솜씨 있고, 그들에게 끝없는 존경심을 표하고 있는데 말이다.

다음 날 새벽부터 그들은 묘지로 갔다.

부바르는 지팡이로 지정된 위치를 더듬었다. 딱딱한 물체가 부딪히는 소리가 났다. 쐐기풀을 조금 뽑아내자 도기로 된 양푼이 보였다. 세례반(洗禮盤)에는 풀이 나 있었다.

그러나 교회 밖에 세례반을 간수하는 것은 관례가 아니었다.

페퀴셰는 세례반의 그림을 그리고 부바르는 글로 묘사를 해서, 라르소뇌르에게 모두 보냈다.

곧 회신이 왔다.

"개가를 올렸군요, 친애하는 동지들! 그건 틀림없이 드루이드교에서 세례반으로 쓰이던 물통입니다!"

그러나 조심해야 한다고 했다! 도끼로 파내면 손상시킬 위험이 있다는 것이다. 라르소뇌르는 마치 자신의 일처럼 그들에게 일련의 참고 서적을 알려주었다.

그는 편지 끝에, 나중에 브르타뉴를 여행하게 되면 그 물통을 한번 보고 싶다고 썼다.

이것을 계기로 부바르와 페퀴셰는 켈트족의 고고학에 몰두하게 되었다. 이 학문에 따르면, 프랑스인의 선조인 옛 골족은 키르크, 크론, 타라니스, 에수스, 네탈렘니아,[100] 하늘, 땅, 바람, 물을 숭배했고, 이 모든 것 중에서 특히 이교도들의 사투르누스[101]에 해당되는 토타테스[102]를 숭배했다. 사투르누스는 페니키아를 지배할 때 아노브레라고 불리는 요정과 결혼해서 제우드라는 아이를 얻었는데, 아노브레는 사라[103]와 흡사한 특징을 지니고 있고, 제우드는 이삭[104]처럼 희생되었다(또는 거의 그렇게 되었다). 그러므로 사투르누스는 아브라함이다. 이렇게 본다면, 골족의 종교는 유태인의 종교와 똑같은 원리를 가지고 있다는 결론이 나온다.

그들의 사회는 아주 잘 조직되어 있었다. 1등급에는 국민, 귀족, 왕이 포함되어 있었고, 2등급에는 법률가, 가장 높은 3등급에는 타이에피에[105]에 따르면 '여러 종류의 철학자' 즉 드루이드교의 승려나 골의 사제가 포함되었다고 한다. 이 3등급은 다시 자연학문을 연구하는 승려와 시인과 예언자로 세분되었다.

어떤 사람들은 예언을 하고, 어떤 사람들은 노래를 하며, 또 다른 사람들은 식물학, 의학, 역사와 문학, 다시 말해 '그 시대의 모든 예술'을 가르친 것이다. 피타고라스와 플라톤도 그들의 제자였다. 그들은 그리스인에게는 형이상학을, 페르시아인에게는 요술을, 에트루리아인에게는 점술(占術)을 가르쳤고, 로마인에게는 구리의 도금과 햄의 교역을 가르쳤다.

그러나 고대 세계를 지배했던 이 민족으로부터 남은 것이라곤 돌밖에 없었다. 돌들은 제각기 하나씩 혹은 세 개씩 짝을 지어 박물관의 진열실에 전시되어 있거나 화석을 이루고 있었다.

부바르와 페퀴셰는 위시에 있는 포스트 선돌, 게스트에 있는 연결 선돌, 레글 근처의 자리에 선돌,[106] 그 외 많은 것들을 계속해서 열성적으로 연구했다!

그들은 돌덩어리들의 한결같이 무의미한 모습에 곧 지겨워졌다. 하루는 파세[107]의 선돌을 보고 돌아오는데, 안내인이 그들을 너도밤나무 숲으로 데리고 갔다. 그 숲에는 기둥받침 혹은 거대한 거북이처럼 생긴 화강암 덩어리가 가득했다.

그중 가장 커다란 것은 대야처럼 움푹 파여 있었다. 한쪽 끝은 위로 올라가 있고, 두 개의 홈이 안쪽에서부터 바닥에까지 내리뻗어 있었다. 그것은 피가 흐른 자국이었다. 의심할 여지가 없었다! 이런 홈이 우연히 만들어지는 법은 없기 때문이다.

나무뿌리가 거친 바위와 뒤섞여 있었다. 비가 조금 내리고 있었고, 멀리서 솜뭉치 같은 안개가 커다란 유령처럼 피어올랐다. 삼중금관을 쓰고 흰 옷을 입은 사제들이 등 뒤로 팔이

묶인 인간 제물과 함께 나뭇잎 아래에 있는 모습을 쉽게 상상할 수 있었다. 물통 옆에서 붉은 물줄기를 바라보고 있는 여사제 주위에서는, 군중들이 심벌즈와 들소뿔로 만든 나팔 소리에 맞춰 울부짖고 있었을 것이다.

부바르와 페퀴셰는 곧 계획을 세웠다.

어느 날 밤, 그들은 달빛을 피해 도둑처럼 그늘로 걸어서 묘지로 갔다. 덧문은 닫혀 있었고, 시골집들은 조용했다. 개 한 마리도 짖지 않았다. 고르귀를 데리고 가서, 그들은 작업을 시작했다. 잔디를 파내는 삽에 자갈이 부딪히는 소리만이 들렸다. 묘지의 시체가 가까이 있어서 그들은 기분이 좋지 않았다. 성당의 시계 소리가 계속 울렸고, 성당 지붕의 합각머리에 있는 둥근 꽃 모양의 유리창이 신성 모독자들을 감시하는 눈동자처럼 보였다. 드디어 그들은 물통을 집으로 가져왔다.

다음 날, 부바르와 페퀴셰는 작업한 흔적이 남아 있는지 보려고 묘지로 다시 갔다.

문턱에서 바람을 쐬고 있던 신부가 그들에게 안으로 들어오라고 청했다. 신부는 두 사람을 작은 방으로 안내하더니, 이상한 태도로 바라보았다.

식기대 가운데에는, 접시들 사이에 노란 꽃다발로 장식된 수프 그릇이 있었다.

페퀴셰는 무슨 말을 해야 할지 몰라서 그 그릇에 대한 찬사를 늘어놓았다.

"그건 루앙에서 나온 것으로, 오래된 거예요. 가정용 가구지요. 수집가들은 그걸 귀히 여긴답니다. 특히 마레스코 씨가 말이지요."

신부가 대답했다. 다행히도 자기는 희귀한 물건에 대한 애착이 없다고 했다. 부바르와 페퀴셰가 무슨 말인지 알아듣지 못하자, 신부는 그들이 세례반을 훔쳐가는 것을 직접 보았다고 말했다.

두 고고학자는 매우 난처해서 더듬거렸다. 문제의 물건은 더 이상 교회에서 쓸모가 없는 것이다.

그러나 어쨌든 그들은 돌려주어야 했다!

그건 분명한 사실이다! 그러나 그림이라도 그릴 수 있도록 화가를 데려오게 허락해준다면 좋겠다고 했다.

"좋아요."

"우리끼리 비밀을 지키기로 약속합시다! 안 그래요?"

부바르가 말했다.

사제는 웃으면서 부바르와 페퀴셰를 안심시키는 듯한 몸짓을 했다.

그들이 두려운 것은 신부가 아니라, 오히려 라르소뇌르였다. 그가 샤비뇰에 들르면 그 물통을 갖고 싶어할 터이고, 그가 떠들어대는 말들이 행정 기관의 귀에까지 들어갈 것이다. 그들은 용의주도하게 물통을 세탁장에 감추었다가 다음에는 정자에, 오두막집에, 장 속에 차례로 감추었다. 고르귀는 물통을 이리저리 끌고 다니느라고 지쳐버렸다.

그러한 물건을 갖게 됨으로써, 부바르와 페퀴셰는 노르망디 지방의 켈트 풍습에 몰두하게 되었다.

그 근원은 이집트적인 것이다. 오른 지역에 있는 세즈는 때때로 델타에 있는 도시처럼 사이스[108]로 표기되기도 한다. 골 사람들은 소의 이름을 걸고 맹세를 했는데, 그것은 바로 아피스[109] 소에서 유래한 것이다. 바이외 사람들의 이름으로 쓰이는 벨로카스트라는 라틴 이름은 벨뤼스[110]의 주거지요, 성소인 벨리 카사에서 유래한 것이다. 벨뤼스와 오시리스[111]는 같은 신이다. '바이외 근처에 드루이드교의 기념물이 있다는 것은 확실하다' 고 망공 드 라 랑드는 말하고 있다. 또 루셀은 '이 지방은 이집트 사람들이 주피터 암몬[112]의 사원을 세운 고장과 흡사하다' 고 덧붙이고 있다. 따라서 바이외에는 풍부한 자원을 간직한 사원이 있었다. 모든 켈트의 기념물은 풍부한 자원을 지니고 있기 때문이다.

마르텡 경은 에리벨이라는 사람이 1715년에 바이외 근처에서 뼈가 가득 담긴 몇 개의 점토 단지를 발굴했다고 기술하고, (전통과 지금은 사라진 당국에 따르면) 그 장소가 공동묘지로서 황금 송아지를 묻었던 포너스 산이었다고 결론을 내리고 있다.

그러나 황금 송아지는 불태워 먹어버리지 않았는가! 성서가 틀리지 않다면 말이다.

우선, 포너스 산이 어디에 있는가? 저자들은 그것을 알려주지 않고, 원주민들도 그에 관해 아무것도 모른다. 샅샅이 조사할 필요가 있었다. 이러한 목적에서 그들은 도지사에게 청원

서를 보냈지만 회답이 없었다.

어쩌면 포너스 산은 사라졌거나 야산이 아니라 봉분이었을지도 모른다. 봉분이 의미하는 것은 무엇인가?

여러 봉분에는 해골이 들어 있는데, 그것은 엄마의 가슴속에 태아가 자리 잡고 있는 것과 같다. 즉, 무덤이 그들에게는 다른 삶을 준비하는 제2의 임신과 같다는 것을 의미한다. 따라서 선돌이 남성 기관을 상징하는 것처럼, 봉분은 여성 기관을 상징하는 것이다.

사실, 선돌이 있는 곳에는 외설스러운 숭배가 지속되었다. 게랑드,[113] 쉬슈부슈, 크루아지크,[114] 리바로[115]에서 관례로 행해지던 풍습이 그 증거이다. 옛날에는 탑, 피라미드, 큰 양초, 도로의 말뚝, 심지어 나무까지도 음경을 의미했다. 그리하여 부바르와 페퀴셰에게는 모든 것이 음경이 되었다. 그들은 마차의 가로 막대, 안락의자의 다리, 지하실의 빗장, 약사의 절굿공이들을 수집했다. 사람들이 그것을 구경하러 오면, 그들은 "그게 뭐같이 보입니까?" 하고 묻고는 비밀을 말해주었다. 사람들이 소리를 지르면, 그들은 민망해서 어깨를 으쓱했다.

어느 날 저녁, 부바르와 페퀴셰가 드루이드교의 교리를 생각하고 있을 때, 신부가 은밀히 찾아왔다.

그들은 곧 스테인드글라스로부터 시작해서 진열실을 보여주었다. 그러나 그들은 새로 만든 칸, 즉 음경의 칸에 어서 이르기를 고대하고 있었다. 신부는 전시된 것들이 외설스럽다고 생각하고 그들을 멈춰 세웠다. 그는 세례반을 되돌려달라고 온 것이다.

부바르와 페퀴셰는 세례반의 주형을 만들 수 있도록 이 주일만 더 말미를 달라고 했다.

"빠를수록 좋겠어요."

신부가 말했다. 그리고 그는 대수롭지 않은 것에 관해 이야기를 했다.

잠시 자리를 비웠던 페퀴셰는 이십 프랑짜리 나폴레옹 금화 하나를 신부의 손에 슬그머니 넣어주었다.

신부는 뒤로 물러섰다.

"아! 가난한 사람들을 위한 것입니다!"

죄프루아 신부는 얼굴을 붉히며 사제복 속에 금화를 쑤셔 넣었다.

물통을, 제물용 통을 돌려달라고? 결코 안 될 말이다! 그들은 켈트어의 모어(母語)인 히브리어까지 배우려고 했다. 켈트어가 히브리어에서 파생된 것이 아니라면 모르지만. 뿐만 아니라 그들은 브르타뉴로 여행을 하기로 했다. 켈트 아카데미의 논문에 기록되어 있으며 아르테미즈[116] 여왕의 유골이 들어 있는 것으로 보이는 유골 단지를 연구하기 위해서였다. 그들은 먼저 렌에 들러 라르소뇌르를 만날 것이다. 그때 머리에 모자를 쓴 면장이 격식도 갖추지 않은 채, 예의 없는 사람처럼 들어왔다.

"그러면 안 돼요, 당신들! 돌려줘야 한다고요!"

"대체 뭘 말입니까?"

"거짓말 마시오! 당신들이 그걸 감추고 있다는 걸 다 알아요!"

비밀이 누설된 것이다.

그들은 신부의 허락을 받아 가지고 있는 것이라고 대답했다.

"조사해봅시다."

그리고 푸로는 돌아갔다.

한 시간 후에 푸로가 다시 왔다.

"신부님은 아니라고 하셨소! 가서 해명을 해보시오."

부바르와 페퀴셰는 고집을 부렸다.

우선 그 세례반은 쓸모도 없으며, 게다가 그건 세례반도 아니라고 했다. 그들은 수많은 과학적인 근거를 들어 그것을 증명할 수 있다고 했다. 그리고 그 세례반이 면사무소 소유라는 것을 유언장에 명시하겠다고 했다.

그들은 그것을 사겠다고까지 제안했다.

"하기야, 이건 내 재산이군!"

페퀴셰가 반복해서 말했다. 죄프루아 신부가 받은 이십 프랑이 계약의 증거였다. 하지만 치안 판사 앞에 출두해야 한다면, 낭패스럽게도 신부는 거짓 맹세를 할 것이다!

이러한 말싸움을 벌이는 동안, 페퀴셰는 수프 그릇을 여러 번 쳐다보았다. 그의 마음속에 그 도자기에 대한 갈망이, 억누를 수 없는 욕망이 용솟음쳤다. 그리하여 만약 그 수프 그릇을 준다면 물통을 돌려주겠지만, 그렇지 않으면 안 된다고 했다.

피곤해서인지 아니면 소란스러운 것이 두려워서인지, 죄프루아는 수프 그릇을 넘겨주었다.

부바르와 페퀴셰는 수프 그릇을 코 지방 여인의 모자 옆에 진열했다. 물통은 교회의 현관에 장식되었다. 그들은 샤비뇰 사람들이 그 가치를 알지 못한다는 생각을 하며, 물통을 더 이상 소유할 수 없는 마음을 달랬다.

수프 그릇으로 인해 그들은 도자기에 흥미를 갖게 되었다. 시골에서 연구하고 탐험하는 새로운 주제가 된 것이다.

당시는 상류층 사람들이 루앙의 오래된 접시를 구하려고 애쓰던 시대였다. 공증인은 그중 몇 개의 접시를 가지고 있었는데, 그 때문에 예술가의 명성 비슷한 것을 얻고 있었다. 그러한 명성은 그의 직업상 해가 되는 것이지만, 그는 신중한 성격이어서 별다른 탈이 없었다.

공증인은 부바르와 페퀴셰가 수프 그릇을 구입했다는 것을 알고, 교환하자고 찾아왔다.

페퀴셰는 거절했다.

"더 이상 말하지 맙시다!"

마레스코는 도자기를 살펴보았다.

벽을 따라 길게 걸려 있는 것들은 모두 깨끗하지 못한 흰색 바탕에 푸른색을 띄고 있었다. 어떤 것들은 초록색과 붉은 색조를 지닌 풍요의 뿔[117]을 펼치고 있었다. 면도용 접시, 접시와 컵 받침, 오랫동안 갖고 싶어했던 것으로 외투의 가슴장식에 붙이는 물건들도 있었다.

마레스코는 찬사를 보내고 다른 도자기, 즉 이스파노모레스크 양식,[118] 네덜란드식, 영국식, 이탈리아식의 도자기에 대해 이야기했다. 그 박식함에 부바르와 페퀴셰가 감탄하자, 마레스코가 말했다.

"수프 그릇을 다시 한번 볼 수 있을까요?"

마레스코는 손가락으로 수프 그릇을 두드려보더니, 뚜껑 밑에 그려진 두 개의 S자를 살펴보았다.

"루앙의 마크지요!"

페퀴셰가 말했다.

"오! 오! 엄밀히 말하자면 루앙 것에는 마크가 없답니다. 무스티에르[119]가 아직 알려지지 않았을 때는 프랑스의 모든 도자기가 느베르[120]에서 나왔지요. 요즈음의 루앙 도자기도 마찬가집니다! 게다가 엘뵈프[121]에서는 거의 완벽하게 모조하고 있죠!"

"그럴 리가!"

"많은 마졸리카 도기를 모조하고 있다고요! 당신 것은 아무 가치도 없는 거예요. 내가 하마터면 어리석은 짓을 할 뻔했군요."

공증인이 가고 난 후, 페퀴셰는 낙담하여 소파에 주저앉았다!

"물통을 돌려주지 말았어야 했는데. 그런데 자네 흥분하고 있군! 늘 화를 내는구먼."

부바르가 말했다.

"그래! 난 화가 났어."

페퀴셰는 수프 그릇을 움켜쥐고 석관을 향해 멀리 던져버렸다.

보다 침착한 태도를 보이던 부바르가 깨진 조각을 하나씩 하나씩 주웠다. 잠시 후, 부바르에게 어떤 생각이 스치고 지나갔다.

"마레스코가 샘이 나서 우리를 속였을 수도 있지 않을까?"

"뭐라고?"

"이 수프 그릇이 진짜가 아니라는 걸 입증해주는 것이 아무것도 없잖아? 어쩌면 그가 감탄하는 체했던 다른 도자기들이 가짜일지도 모르지."

의혹과 후회 속에서 그날 밤이 지나갔다.

그 때문에 브르타뉴 여행을 포기할 수는 없었다. 그들은 발굴 작업을 시키기 위해 고르귀를 데리고 갈 생각도 했다.

얼마 전부터 고르귀는 가구의 수선을 더 빨리 마치려고 부바르와 페퀴셰의 집에 기거하고 있었다. 통근을 하면 그만큼 방해가 되기 때문이었다. 그들이 선돌과 봉분을 보고 싶다고 이야기하자 고르귀가 말했다.

"제가 더 잘 알지요. 알제리, 남부 지방, 부 뮈르수그의 샘 근처에 가면 많이 볼 수 있어요."

고르귀는 우연히 보게 된 무덤에 대해 묘사까지 했다. 무덤 안에는 원숭이처럼 웅크리고 두 팔로 다리를 감싸고 있는 해골이 들어 있었다는 것이다.

부바르와 페퀴셰가 그 사실을 라르소뇌르에게 알려주었더

니, 그는 아무것도 믿으려고 하지 않았다.

부바르는 자료를 더 깊이 연구하여 다시 보냈다.

골족은 율리우스 카이사르의 시대에 이미 문명화되어 있었는데도 그들의 기념물이 조잡한 것은 어찌된 일인가? 아마 그 기념물들은 더 고대의 민족으로부터 나온 것이 아닐까?

라르소뇌르는 그렇게 가정하는 것은 애국심이 결여되어 있기 때문이라고 했다.

아무래도 좋다! 그 기념물들이 골족의 작품이라는 것을 말해주는 것은 아무것도 없다.

"문헌을 보여주시오!"

아카데미 회원은 화가 나서 더 이상 회신을 보내지 않았다. 부바르와 페퀴셰는 드루이드교에 싫증이 나 있던 터라, 라르소뇌르가 더 이상 아무 말도 하지 않는 것이 내심 매우 기뻤다.

그들이 도자기와 켈트 연구를 제대로 잘 시행하지 못한 것은, 어쩌면 역사, 특히 프랑스의 역사를 모르기 때문이었을 것이다.

그들의 서재에는 앙크틸의 저서가 있었다. 그러나 게으른 왕들이 계속 등장하는 것에 거의 재미를 못 느꼈고, 궁중 감독관의 악랄함에도 전혀 분노를 느끼지 못했다. 그들은 무기력한 생각에 싫증을 느껴 앙크틸의 책을 덮어버렸다.

그래서 뒤무셸에게 '가장 좋은 프랑스 역사책은 어떤 것인가'를 물어보았다.

뒤무셸은 부바르와 페퀴셰의 이름으로 열람실에 구독 신청을 하고, 오귀스탱 티에리[122]의 서간체 작품과 함께 주누드의 책 두 권을 보내주었다.

주누드에 따르면 왕권, 종교, 국민의회가 프랑스 국민을 구성하는 요소이며, 이것은 메로빙거 왕조로 거슬러 올라간다. 카롤링거 왕조는 이 원칙을 위반했다. 카페 왕조는 국민과 의견의 일치를 보아 이 원칙을 지키려고 애썼다. 루이 13세 때는 봉건제도의 마지막 노력인 신교도를 쳐부수기 위해 절대 권력이 확립되었으며, 이는 1789년[123]에 이르러 선조들의 구조로 되돌아가게 된다.

페퀴셰는 이러한 생각에 감탄했다.

그러나 오귀스탱 티에리를 먼저 읽은 부바르에게는 이것이 한심하게 생각되었다.

"자네 프랑스 국민에 대해서 무슨 말을 하고 있는 건가! 프랑스도 국민의회도 존재하지 않았단 말이야! 카롤링거 왕조는 아무것도 위반한 게 없다고! 왕들은 서민들을 해방시키지 않았어! 직접 읽어보게!"

페퀴셰는 명백한 사실에 대해서는 부바르에게 동의했지만, 곧 학문적인 엄격함으로 부바르를 능가했다. 페퀴셰는 카를 대제가 아니라 샤를마뉴라고 말하거나 클로도비크 대신에 클로비스[124]라고 말하는 것을 수치스럽게 여겼다.

그럼에도 불구하고 페퀴셰는 주누드에게 끌렸다. 프랑스 역사의 양끝을 연결시키고 그 중앙 부분을 장황한 글로 메운 솜씨가 좋다고 생각했기 때문이다. 프랑스 역사에 대해 확실히 알고 싶어서, 그들은 뷔셰[125]와 루[126]의 총서를 구입했다.

그러나 서문의 감동적인 표현 및 사회주의와 기독교주의를 뒤섞어놓은 것에 그들은 진저리가 났다. 세부적인 사항이 너무 많은 것도 전체를 파악할 수 없게 만들었다.

그들은 티에르의 저서에 의존했다.

1845년 여름, 페퀴셰는 정원의 정자 밑 작은 벤치 위에 올라앉아 굵고 우렁찬 목소리로 아주 크게 책을 읽고 있었다. 담뱃갑에 손을 대기 위해서만 멈출 뿐 전혀 피곤한 기색도 없었다. 부바르는 파이프 담배를 입에 물고, 다리를 벌리고, 바지의 윗 단추를 끌러놓은 채 듣고 있었다.

1793년도[127]에 대해서는 노인들에게 이야기를 들은 바 있었다. 거의 개인적인 기억들 때문에 작가의 평이한 묘사가 활기를 띠게 되었다. 그 당시, 대로(大路)는 〈라 마르세예즈〉[128]를 부르는 군인들로 뒤덮여 있었다. 여자들은 문지방 위에 앉아서 천막을 만들기 위한 천을 짜고 있었다. 때때로 붉은 모자를 쓴 한 무리의 사람들이 머리카락이 늘어진 창백한 머리 하나를 창 끝에 매달아가지고 도착했다. 국민의회의 높은 연단이 먼지구름 위로 솟아 있었고, 먼지 속에서는 사나운 얼굴들이 죽음의 비명을 지르고 있었다. 대낮에 튈르리 궁전의 연못 근처를 지날 때는, 쇠망치 치는 소리 같은 단두대 날 부딪치는 소리를 들을 수 있었다.

정자의 포도나무 가지가 산들바람에 움직이고 있었다. 무르익은 보리가 간간이 흔들렸고, 티티새가 지저귀고 있었다.

부바르와 페퀴셰는 주변을 바라보며 그 고요함을 음미했다.

처음부터 서로 이해할 수 없었다는 것이 얼마나 유감스러운 일인가. 왕당파가 혁명당원처럼 생각했다면 궁정에서 좀 더 솔직했을 것이고, 혁명당원들이 폭력을 좀 덜 썼더라면 많은 불행한 사태가 일어나지 않았을 테니 말이다.

그들은 그 점에 대해서 열렬히 이야기를 나누었다. 자유로운 정신과 감성적인 마음의 소유자인 부바르는 헌법옹호자요, 지롱드파였고, 열월파(熱月派)[129]였다. 까다로운 성격과 독선적인 경향이 있는 페퀴셰는 과격 공화파, 심지어 로베스피에르파라고까지 자처했다.

페퀴셰는 왕의 처형과 가장 격렬한 시행령과 최고의 존재에 대한 숭배를 칭찬했다. 부바르는 본성의 숭배를 더 좋아했다. 그는 숭배자들에게 젖꼭지로 물이 아니라 샹베르탱산 포도주를 뿌려주는 뚱뚱한 여인의 그림에 기꺼이 경의를 표했다.

두 사람은 논쟁을 뒷받침하기 위해 더 많은 사실을 알아내려고, 몽가야르, 프뤼돔, 갈루아, 라크르텔 등의 다른 저서를 구했다. 그들은 서로 모순되는 책의 내용에도 난처해하지 않았다. 각자 자기의 입장을 옹호해줄 수 있는 내용만 취한 것이다.

그리하여 부바르는 당통[130]이 십만 에퀴의 월급을 받고 공화국을 멸망시킬 움직임을 벌였으리라는 것을 의심치 않았다. 페퀴셰는 베르뇨[131]라면 한 달에 육천 프랑을 요구했을 거라고 했다.

"천만에! 차라리 로베스피에르의 누이가 루이 18세로부터 연금을 받은 이유를 설명해보게나."

"무슨 소리! 보나파르트로부터였네. 자네가 로베스피에르를 그렇게 잘 이해하고 있다면, 평등이 말살되기 전 아주 짧은 기간 동안에 그와 비밀 회담을 한 인물이 누구인지 말해보게. 캉팡[132]의 회고록에서 삭제된 문장들을 다시 인쇄할 수 있으면 좋겠군! 내 생각에는 도팽[133]의 죽음에 석연치 않은 점이 있는 것 같아. 그르넬[134]의 화약고가 폭발하면서 이천 명의 사람이 죽었어! 원인도 모른다고 하니, 얼마나 어처구니없는 일인가!"

페퀴셰는 그 원인을 모르지 않았으므로, 모든 죄악을 특권 계급의 술책과 외국의 이권 다툼 탓으로 돌렸다.

부바르는 루이의 아들을 죽인 것, 베르됭의 처녀들,[135] 사람 가죽으로 반바지를 만들었다는 이야기는 확실한 것이라고 생각했다. 그는 프뤼돔이 만든 목록을 인정하고, 백만 명의 희생자들을 매우 정확한 것으로 받아들였다.

그러나 그는 소뮈르에서 낭트까지 약 칠십 킬로미터의 루아르 강이 피로 붉게 물들었다는 내용 때문에 생각에 잠겼다. 페퀴셰도 똑같이 의심을 품었다. 결국 그들은 역사가들을 불신하게 되었다.

대혁명은 어떤 사람들에게는 극악무도한 사건이다. 그러나 또 어떤 사람들은 고귀한 예외적인 사건이라고 주장한다. 패자들은 각각 자기 쪽에서 보면, 자연히 희생자가 되는 법이다.

미개인에 대하여, 티에리는 어떤 왕자가 선한지 악한지를 밝히려고 하는 것이 얼마나 어리석은 짓인가를 보여주고 있다. 그런데 근대의 탐사에 있어서는 왜 그 방법을 따르지 않는 것일까? 하지만 윤리를 저버린 행동에 대해서는 역사가 복수를 해야 한다. 그래서 티베리우스[136]를 비판한 타키투스[137]를 고맙게 생각하고 있는 것이다. 어쨌든 왕비에게 정부(情夫)가 있었건, 뒤무리에[138]가 발미에서부터 배반할 작정을 했건, 목월(牧月)[139]에 행동을 개시한 사람들이 산악당이건 지롱드당이건, 또는 열월에 시작한 사람들이 자코뱅파이건 평원당이건 간에, 대혁명의 전개에는 무슨 상관이 있겠는가! 그 근원이 뿌리 깊고 막대한 결과를 야기한 대혁명에 말이다. 결국, 대혁명은 이루어지고, 그 모습 그대로 되었을 것이다. 하지만 왕이 붙잡히지 않고 도망을 가고, 로베스피에르가 도망치거나 보나파르트가 암살되었다고 가정해보자. 어떤 여인숙 주인이 숨겨준다든지, 문이 열려 있거나 보초가 졸고 있는 식의 우연을 가정해보자. 그러면 세상 일이 다르게 돌아갔을 것이다.

부바르와 페퀴셰는 더 이상 그 시대의 사람들과 사건에 대해 공정한 생각을 가질 수 없었다.

그 시대를 공정하게 판단하기 위해서는 모든 역사책, 모든 논문, 모든 신문과 원고를 다 읽어야 할 것이다. 왜냐하면 아주 사소한 것이 누락된 데서 다른 것들이 끝없이 누락되는 실수가 비롯되기 때문이다. 그들은 결국 포기했다.

그러나 그들은 역사에 대한 흥미와 진실 그 자체에 대한 욕구를 갖게 되었다.

어쩌면 진실은 고대에서 발견하기가 더 쉽지 않을까? 역사가들이 당시 상황과 동떨어져 있기 때문에 감정 없이 서술해야 하니까 말이다. 그들은 롤랭[140]부터 읽기 시작했다.

"무슨 허튼소리람!"

첫 장부터 부바르가 소리쳤다.

"좀 기다려보게."

페퀴셰가 책꽂이 아래쪽을 뒤지며 말했다. 그곳에는 전직 법률가였고 미치광이이며 재주꾼이었던 전 주인의 책들이 쌓여 있었다. 페퀴셰는 수많은 소설책과 희곡, 몽테스키외의 책 한 권과 호라티우스 번역본을 끄집어내고 나서야 원하는 책을 찾을 수 있었다. 그것은 로마 역사에 대한 보포르의 저서였다.

티투스 리비우스[141]는 로물루스[142]가 로마를 건국했다고 한다. 살루스티우스[143]는 아이네아스[144]의 트로이 사람들에게 그 영광을 돌리고 있다. 코리올라누스[145]은 파비우스 픽토르[146]에 따르면 유배되어 죽었고, 드니스[147]의 말을 믿는다면 아티우스 툴루스의 계략으로 죽었다. 세네카[148]는 호라티우스가 승리하여 돌아왔다고 주장하고, 디옹[149]은 다리에 부상을 당했다고 주장한다. 또 라 모트 르 바이에[150]는 다른 민족에 관해 비슷한 의혹을 내세우고 있다.

그리고 칼데아[151] 사람들의 고대 문명, 호메로스의 세기, 조로아스터의 존재, 아시리아의 두 제국에 대한 의견이 일치하지 않았다. 퀸투스 쿠르시우스[152]는 콩트를 썼고, 플루타르코스[153]는 헤로도토스[154]를 부인했다. 만약 베르생제토릭스[155]가

해설을 썼다면, 카이사르에 대해 다른 생각을 하게 되었을 것이다.

고대 역사는 자료가 없어서 모호했다. 자료는 현대가 풍부하므로, 부바르와 페퀴셰는 프랑스 역사로 되돌아와서 시스몽디[156]에 손을 댔다.

많은 인물이 계속 나오자, 부바르와 페퀴셰는 그들을 더 깊이 알고 그들의 생각에 동참하고 싶었다. 그리하여 그레구아르 드 투르,[157] 몽스트틀레,[158] 코민 등 그 이름이 이상하거나 마음에 드는 것을 모두 원전에서 살펴보았다.

그러나 날짜를 알 수 없어서 사건이 뒤죽박죽되어버렸다.

다행히 그들은 '즐겁게 가르칠 것' 이라는 문구와 함께 12절판의 판지로 장정된 뒤무셸의 기억술 책을 가지고 있었다.

그 기억술은 알레비, 파리스, 페네글의 세 가지 체계를 혼합한 것이었다.

알레비는 숫자를 상징화시켜서, 1은 탑, 2는 새, 3은 낙타와 같은 식으로 나타낸다. 파리스는 수수께끼를 사용하여 상상력을 자극시킨다. 즉 나사못이 가득 박힌 안락의자는 클루(못), 비스(나사)=클로비스라는 공식을 나타내고, 튀기는 소리가 '릭, 릭' 하고 나기 때문에 냄비 속에 있는 대구는 실페리크[159]를 연상시켜줄 것이다. 페네글은 온 세계를 방이 있는 집으로 구분하고, 각각의 방에는 아홉 개의 널빤지로 된 네 개의 칸막이벽이 있고, 각각의 널빤지가 상징을 지니고 있는 것으로 본다. 그래서 첫 번째 왕조의 첫째 왕은 첫 번째 방에서 첫째 널빤지를 차지하게 되는 것이다. 산 위에 있는 등대는 파리스의 체계에서 "파라몽"[160]을 말해주는 것이다. 알레비의 조언에 따르면, 4를 나타내는 거울 위에 새(2)와 굴렁쇠(0)를 놓으면 왕자의 즉위 날짜를 나타내는 420을 얻게 된다.

좀 더 확실히 알기 위해, 부바르와 페퀴셰는 집과 숙소를 기억술의 기본으로 삼아, 각각의 부분에 별개의 사건을 결부시켰다. 마당, 정원, 집 근처와 모든 마을은 기억을 용이하게 해주는 것 이외에 다른 의미가 없었다. 들판의 경계는 몇몇 시대를 구분해주는 것이었고, 사과나무는 족보를, 덤불은 전쟁을 나타냈고, 주위 사람들은 상징이 되었다. 그들은 담장 위에서 실제로는 존재하지 않는 많은 사건들을 찾아보았다. 결국 사건을 찾아낼 수는 있었지만, 그 사건들이 나타내는 날짜는 더 이상 알 수 없었다.

게다가 날짜는 항상 정확하지가 않았다. 그들은 학생들을 위한 개론서에서, 예수의 탄생이 일반적으로 사람들이 알고 있는 것보다 오 년 더 일찍 거슬러 올라가야 하며, 그리스인에게는 올림피아기를 계산하는 데 세 가지 방법이 있었고 라틴 민족에게는 한 해를 시작하는 방법이 여덟 가지나 있었다는 것을 알게 되었다. 그런 만큼 오해의 경우도 많았고, 그 밖에도 황도대(黃道帶)나 연호에서 유래된 경우를 비롯해 다른 달력이 많았다.

부바르와 페퀴셰는 날짜에 대해 신경을 쓰지 않다 보니, 사건 자체도 무시하게 되었다.

중요한 것은 역사철학인 것이다!

그러나 부바르는 보쉬에[161]의 유명한 논문을 끝까지 읽을 수가 없었다.

"모[162] 지방의 천재는 성실치 못한 사람이군! 중국과 인도와 아메리카는 빼먹었잖아! 테오도시우스[163]가 '이 세상의 기쁨'이며 아브라함은 왕들과 동등한 인물이고 그리스 철학이 헤브라이인에게서 나왔다는 것을 우리에게 가르치려고 신경 쓸 뿐이야. 그가 헤브라이인에게 몰두하는 것은 정말 신경에 거슬리는군!"

페퀴셰는 그 생각에 동의하고 비코[164]를 읽어보라고 권했다.

"어떻게 역사가들의 진실보다 우화를 더 참된 것으로 인정한단 말인가?"

부바르가 반박했다.

페퀴셰는 신화를 설명하려고 애쓰며 《과학 소식》[165]에 몰두했다.

"자네는 조물주의 설계를 부정하려는 건가?"

"난 그런 것 모르네."

부바르가 말했다.

그들은 뒤무셸에게 자문을 구하기로 했다.

그 교수는 자기는 이제 역사에 관해 갈피를 못 잡겠다고 고백했다.

"역사는 날마다 변합니다. 사람들은 로마의 왕과 피타고라스의 여행을 인정하지 않지요! 벨리사리오스,[166] 기욤 텔,[167] 그리고 최근의 발견 덕분에 단순한 산적으로 전락해버린 시드[168]까지도 공격하지요. 더 이상 새로운 발견이 이루어지지 않기를 바랄 정도랍니다. 심지어 학회에서 일종의 법전과 같은 것을 작성해서 믿어야 하는 사실을 기재해놓아야 할 지경입니다!"

뒤무셸은 편지 끝에, 도누[169]의 책에서 비평적 고증의 원칙을 몇 가지 뽑아서 보내주었다.

'군중의 증언은 나쁜 증거물이다. 군중들은 대답하기 위해서 거기에 있는 것이 아니기 때문이다.'

'불가능한 것들은 배척할 것. 사투르누스에게 잡아먹힌 돌도 파우사니아스[170]가 직접 보았다.'

'건축물은 거짓말을 할 수도 있다. 예를 들어, 고대 로마 대광장의 개선문에는 티투스[171]가 예루살렘의 첫 정복자로 불리고 있지만, 그 이전에 예루살렘은 폼페이우스에게 정복당한 바 있다.'

'화폐도 때로는 틀린다. 샤를 9세 때에는 앙리 2세의 각인으로 화폐를 주조한 바 있다.'

'위조자의 솜씨가 어떤지, 변호하는 자와 중상모략하는 자에게 어떤 이익이 있는지를 참고하라.'

이 원칙에 따라 일을 한 역사가는 거의 없었다. 모두들 하나의 특별한 원인이나 하나의 종교, 하나의 민족, 하나의 집단, 하나의 체계를 위하여, 혹은 왕들을 꾸짖거나 국민에게 조언을 해주고 도덕적인 본보기를 제공하기 위해 일했다.

단지 서술하기만 해야 한다고 주장하는 사람들은 더 가치가 없었다. 왜냐하면 모든 것을 말할 수는 없기 때문이다. 선택을 해야 하는 것이다. 참고 자료를 선택하는 데 있어서는 어떤 성향이 지배하게 될 터인데, 그 성향이 역사가의 조건에 따라 변화하기 때문에 역사란 결코 분명한 것이 못 된다.

"유감스러운 일이군."

그러나 하나의 주제를 택해서 그 근원을 파헤치고 잘 분석할 수는 있는 일이다. 그것을 요약하여 서술하면 진실 전체를 반영해주는 사건의 개요와 같은 것이 될 것이다. 페퀴셰는 그와 같은 저서가 실현가능하다고 생각했다.

"역사책을 저술해보자는 건가?"

"안성맞춤이지! 하지만 어떤 걸로 한다지?"

"아닌 게 아니라, 어떤 걸 하지?"

부바르는 앉아 있었고, 페퀴셰는 진열실을 이리저리 걸어 다니고 있었다. 버터 항아리가 눈에 들어오자, 그는 갑자기 멈춰 섰다.

"앙굴렘 공작의 생애를 써볼까?"

"하지만 그는 얼간이였어!"

부바르가 대답했다.

"아무려면 어때! 별로 중요하지 않은 인물이 때로는 대단한 영향을 끼치기도 하잖아. 그리고 어쩌면 그는 공무의 중요한 일부분을 담당했을지도 모르지."

책에서 정보를 얻을 수 있을 것이다. 그리고 아마 파베르주 백작이 자기 자신이 직접 구했거나 아니면 친구들의 하인을 통해서 구한 정보를 가지고 있을지도 모른다.

그들은 이 계획을 심사숙고하고 토의하여, 드디어 캉의 시립 도서관에서 보름 동안 지내면서 연구하기로 결정했다.

도서관 직원은 앙굴렘 공작의 전신이 거의 나타나 있는 컬러 석판화와 함께 일반 역사책과 소책자를 마음대로 사용하게 해주었다.

견장과 훈장과 레지옹 도뇌르 훈장의 커다랗고 푸른 리본 때문에 앙굴렘이 입고 있는 제복의 푸른 모직물은 보이지도 않았다. 그의 긴 목은 높은 깃 속에 감추어져 있었고, 서양배처럼 생긴 머리는 웨이브진 머리카락과 구레나룻에 둘러싸여 있었다. 무거워 보이는 눈꺼풀, 매우 큰 코와 두터운 입술은 그의 얼굴에 평범하고 선한 표정을 나타내주었다.

부바르와 페퀴셰는 메모를 하고 계획표를 작성했다.

출생과 유년시절에는 호기심을 끌 만한 것이 없다. 양육 담당자 중의 한 사람은 볼테르의 적인 게네이다. 그는 토리노[172]에서는 대포를 주조하게 하여, 샤를 8세의 전쟁터를 조사한다. 그래서 그는 젊은 나이에도 불구하고 교황 호위 귀족 연대의 연대장으로 임명된다.

1797년. 결혼.

1814년. 영국인들이 보르도를 점령한다. 그는 영국 군대를 따라 들어와서 주민들에게 모습을 나타낸다. 공작의 용모에 대한 묘사.

1815년. 보나파르트가 기습한다. 그는 곧 스페인 왕에게 구원을 청하고, 마세나[173]가 없는 툴롱[174]은 영국에게 넘어간다.

프랑스 남부에서의 활동. 그는 패배하지만, 그의 숙부인 왕이 급히 탈취해간 왕관의 다이아몬드를 돌려준다는 약속을 하고 석방된다.

백일천하 후에, 그는 부모와 함께 돌아와서 조용히 지낸다. 몇 년의 세월이 흐른다.

에스파냐 내란. 그가 피레네 산맥을 넘어서자마자, 도처에서 승리의 여신이 앙리 4세의 손자의 뒤를 따른다. 트로카데로[175]를 탈환하고, 헤라클레스의 기둥[176]에 이르러 적을 분쇄한 후, 페르디난드[177]를 껴안고 돌아간다.

개선문, 젊은 아가씨들이 바치는 꽃다발, 도청에서의 만찬, 성당에서의 감사의 노래. 파리 사람들은 극도로 열광한다. 시에서는 그에게 연회를 베풀어준다. 무대 위에서는 영웅을 비유한 노래가 불린다.

그러한 흥분이 점차 가라앉는다. 그리하여 1827년 세르부르에서 열리기로 계획한 무도회가 무산된다.

그는 프랑스의 대 해군제독이므로 알제리로 떠나는 함대를 검열한다.

1830년 칠월. 마르몽[178]이 그에게 사건의 상황을 알려준다. 그래서 그는 매우 격분하다가 장군의 칼에 손을 다친다.

왕은 앙굴렘에게 모든 군대의 지휘권을 맡긴다.

그는 불로뉴 숲에서 전선의 분견대를 만나지만, 한마디 말도 못한다.

생 클루[179]에서 세브르 다리로 쏜살같이 달려간다. 병사들의 냉대. 그는 그러한 것에 동요되지 않는다. 왕족은 트리아농궁을 떠난다. 그는 떡갈나무 밑에 앉아서 지도를 펴놓고 곰곰이 생각하다가, 말을 타고 생 시르 육군사관학교 앞을 지나가면서 생도들에게 희망적인 말을 한다.

근위병들이 랑부예[180]에서 작별인사를 한다.

그는 항해하는 동안 줄곧 병에 시달린다. 그리고 생을 마친다.

여기에서 다리의 중요성을 강조해야 한다. 우선 그는 인 다리 위에서 쓸데없이 위태로운 일을 당하고, 퐁 생테스프리 다리와 로리올 다리를 탈취한다. 리옹에서는 두 개의 다리가 그에게 치명적인 것이었다. 그리고 그의 운은 세브르 다리 앞에서 끝나버린다.

그의 덕망에 대한 묘사. 그가 대단한 정책과 용기를 겸비했다고 칭찬할 필요는 없다. 그는 모든 군인에게 황제[181]를 저버리는 대가로 육십 프랑을 주었기 때문이다. 에스파냐에서는 입헌당원을 돈으로 매수하려고 했다.

그는 지나치게 소심해서, 그의 아버지와 에트루리아 여왕 사이에 계획된 결혼, 칙령에 따른 새 내각의 조직, 샹보르[182]에게 왕위를 물려주는 것 등 사람들이 원하는 모든 것에 동의했다.

그렇다고 그에게 단호한 태도가 부족한 것은 아니었다. 앙제르에서, 그는 기병대를 시기하고 교묘한 술책을 써서 그의 경호를 맡아 무릎을 움직일 수 없을 정도로 그를 둘러싸고 있던 국민병의 보병대를 해임시켰다. 그러나 그는 기병대의 무질서를 비난하고, 보병대를 용서했다. 그야말로 솔로몬의 지혜로운 판결이었다.

그의 신앙심은 뛰어나서 수많은 기도와 예배를 드렸고, 자기에게 대항하여 전쟁을 일으킨 드벨 장군의 사면을 얻어줄 만큼 너그러웠다.

세부적인 사생활. 공작의 특징.

보르가르의 성에서 보낸 유년시절, 그는 형과 함께 정원의 연못을 파는 것을 즐거워했다. 그 연못은 지금도 볼 수 있다. 한번은 사냥꾼의 집을 방문한 적이 있었는데, 포도주 한 잔을 청해서 왕의 건강을 위해 건배했다.

산책을 할 때는 발자국을 남기느라고 혼자서 "하나, 둘, 하나, 둘, 하나, 둘!" 하고 되풀이했다.

그가 남긴 몇 마디의 말이 있다.

보르도 사람의 대표단에게.

"보르도에 있지 않은 나에게 위안을 주는 것은 내가 바로 당신들 가운데 있다는 것이오!"

님Nimes의 신교도들에게.

"나는 가톨릭 신자입니다. 하지만 나는 나의 선조 중에 가장 저명한 사람이 신교도였다는 것을 잊지 않을 것이오."

모든 것에 패배한 후 생 시르 육군사관학교의 생도들에게.

"자, 여러분! 좋은 소식입니다! 모든 일이 아주 잘 되어가고 있어요!"

샤를 10세의 왕위 양도 후에.

"그들이 나를 원하지 않은 이상, 그들이 잘 해나가길 바라오!"

그리고 1814년에 아주 작은 마을에서 줄곧.

"더 이상 전쟁도, 징병도, 간접세도 없습니다."

그의 문체도 그의 언술과 견줄 만한 것이었다. 그가 남긴 선언서들은 모든 것을 능가할 만큼 훌륭했다.

아르투아 백작의 첫 번째 선언서는 다음과 같이 시작된다.

"프랑스인이여, 그대들의 왕의 형제가 왔소이다."

앙굴렘 공의 선언서.

"내가 왔습니다! 그대들의 왕의 아들이 말이오! 당신들은 프랑스인이오."

바이욘[183] 발 일일 명령. "병사들이여, 내가 왔다!"

병사들이 한창 탈퇴를 할 때의 선언서.

"프랑스 병사로서의 꿋꿋함을 가지고, 그대들이 시작한 이 전쟁을 견뎌내시오. 프랑스가 그대들에게서 바라고 있는 것은 바로 그것이오!"

랑부예에서의 마지막 선언서.

"왕은 파리에 설립된 정부와 협상에 들어갔습니다. 모든 상황으로 미루어보아 이 협상이 이제 막 체결되려는 것으로 생각됩니다."

'모든 상황으로 미루어보아 생각된다'는 표현은 고상한 문체이다.

"따분하게도 연애 사건에 대한 언급은 없는데?"

부바르가 말했다.

그들은 여백에 '공작의 사랑을 찾아볼 것'이라고 적어두었다.

막 나가려고 하는데, 도서관 직원이 갑자기 생각났다며 앙굴렘 공작의 다른 초상화를 보여주었다.

그 초상화는 기갑연대의 연대장의 모습으로 옆모습이었다. 눈은 더 작고, 입은 벌리고 있었고, 곧은 머리카락이 바람에 흩날리고 있었다.

이 두 개의 초상화를 어떻게 결합시켜야 하는가? 그가 멋을 부리려고 파마라도 한 것이 아니라면, 도대체 그의 머리카락은 직모인가 아니면 곱슬인가?

페퀴셰의 생각으로는 그것은 중대한 문제였다. 왜냐하면 머리카락은 기질을 결정해주는 것이고, 기질에 따라 개인이 결정되기 때문이다.

부바르는 그의 사랑을 모르는 한, 그 사람에 관해 아무것도 모르는 것이라고 생각했다. 이 두 가지 문제점을 밝히기 위해, 부바르와 페퀴셰는 파베르주의 성으로 갔다. 마침 백작이 집에 없어서 그들의 작품 저술이 지연될 수밖에 없었다. 그들은 기분이 상해서 집으로 돌아왔다.

대문이 활짝 열려 있었고, 부엌에는 아무도 없었다. 그들은 층계를 올라갔다. 부바르의 방 안에 누가 있었을까? 바로 보르댕 부인이 좌우를 둘러보고 있었다.

"미안합니다. 한 시간 전부터 댁의 하녀를 찾고 있어요. 잼 만드는 걸 물어보려고요."

보르댕 부인은 웃으려고 애쓰면서 말했다.

그들은 장작 광 안에 있는 의자에서 깊이 잠들어 있는 하녀를 발견하고, 흔들어 깨웠다. 하녀가 눈을 떴다.

"또 뭐예요? 당신은 항상 나한테 질문 공세를 퍼붓는군요!"

부바르와 페퀴셰가 없을 때, 보르댕 부인이 하녀에게 여러 가지 질문을 한 것이 명백했다.

제르맹은 정신을 차리자, 소화불량이라고 호소했다.

"내가 남아서 보살펴줄게요."

보르댕 부인이 말했다.

그때, 그들은 마당에서 깃 장식이 나부끼는 커다란 모자를 언뜻 보았다. 소작인의 아내 카스티용 부인이었다. 그 여자가 소리쳤다.

"고르귀! 고르귀!"

그러자 지붕 밑 방에서 어린 하녀의 소리가 크게 대답했다.

"없어요!"

멜리는 오 분 후에 홍분하여 뺨이 빨갛게 되어서 내려왔다. 부바르와 페퀴셰는 행동이 굼뜨다고 멜리를 꾸짖었다. 그녀는 아무 말 없이 그들의 각반을 끌렀다.

그러고 나서 부바르와 페퀴셰는 궤짝을 보러 갔다.

박살이 난 조각이 세탁장에 깔려 있었다. 조각은 망가지고 문짝도 깨져 있었다.

그 광경을 보고 실망하여 부바르는 눈물을 삼켰고, 페퀴셰는 부들부들 떨었다.

고르귀가 거의 동시에 나타나며 상황을 설명했다. 니스 칠을 하려고 궤짝을 밖으로 내놓았는데, 길 잃은 암소 한 마리가 땅바닥에 쓰러뜨렸다는 것이다.

"누구네 암소야?"

페퀴셰가 말했다.

"모르겠어요."

"이봐! 방금 전처럼 문을 열어 놓았군그래! 당신 잘못이야!"

부바르와 페퀴셰는 결국 단념해버렸다. 오래전부터 고르귀가 귀찮게 굴던 터라, 그들은 더 이상 그의 일도, 사람 자체도 원하지 않았다.

고르귀는 부바르와 페퀴셰가 잘못 생각하고 있다고 했다. 손상은 그다지 심하지 않아서 삼 주 안에 모든 작업을 끝낼 수 있다는 것이다. 고르귀는 부엌까지 그들을 따라왔고, 제르맨도 저녁 준비를 하려고 마지못해 부엌으로 왔다.

부바르와 페퀴셰는 칼바도스 병이 사분의 삼이나 빈 채로 식탁에 놓여 있는 것을 보았다.

"분명히 당신 짓이지?"

페퀴셰가 고르귀에게 말했다.

"제가요? 천만에."

"집 안에 있는 남자라고는 당신 혼자였잖아."

부바르가 반박했다.

"그럼, 여자들은요?"

고르귀는 엉큼한 눈을 깜박이며 대꾸했다.

"차라리 내가 마셨다고 말하지그래!"

제르맨이 갑자기 고르귀를 공박했다.

"분명히 당신 짓이오!"

"그럼, 아마 궤짝을 망가뜨린 것도 내 짓이겠군!"

고르귀는 몸을 돌렸다.

"이 여자 술에 취해 있지 않아요?"

그리고 둘은 격렬하게 싸움을 벌였다. 남자는 얼굴이 파래져서 빈정대고, 여자는 빨개져서 무명 모자 밑의 반백의 머리털을 쥐어뜯었다. 보르댕 부인은 제르맨의 편을 들고, 멜리는 고르귀의 편을 들었다.

늙은 하녀가 분노를 터뜨렸다.

"얼마나 가증스러운 일인지 몰라! 너희들은 밤이고 낮이고 숲 속에서 붙어 지내더니! 바람둥이, 파리 놈! 주인 양반들의 어리석은 장난을 빌미로 여기까지 들어오다니!"

부바르가 눈을 크게 떴다.

"무슨 어리석은 장난?"

"모두 당신들을 비웃고 있단 말이에요!"

"나는 비웃음 당하고 있지 않아!"

페퀴셰가 소리쳤다. 그는 제르맨의 무례함에 화가 났고, 그 쓴 뒷맛에 격분하여 그만 그 여자를 해고시키고 나가라고 했다. 부바르도 그 결정에 반대할 리가 없었다. 그리고 그들은 자기의 불행에 대해 오열을 터뜨리는 제르맨을 남겨두고 나가버렸다. 보르댕 부인은 제르맨을 위로하려고 애썼다.

그날 저녁, 마음이 가라앉자 부바르와 페퀴셰는 여러 사건들을 되새겨보았다. 누가 칼바도스를 마셨을까, 어째서 궤짝이 부서졌을까, 뭘 하려고 카스티용 부인이 고르귀를 불렀을까, 그리고 고르귀가 멜리를 범했을까 하는 것을 곰곰이 생각해보았다.

"우리 집안에서 일어나는 일도 모르면서, 앙굴렘 공작의 머리카락과 사랑이 어떤 것이었는지 알아내려고 하다니!"

부바르가 말했다.

"훨씬 더 중요하고도 어려운 문제가 얼마나 많은데!"

페퀴셰가 덧붙였다.

그래서 그들은 밖으로 드러나는 사실이 전부가 아니라고 결론지었다. 심리학으로 보완을 해야 한다. 상상력이 없이는 역사란 불충분한 것이다.

"역사소설을 몇 가지 읽어보자고!"

V

부바르와 페퀴셰는 우선 월터 스콧을 읽었다.

그것은 깜짝 놀랄 만한 새로운 세계와도 같았다.

그들에게는 단지 환영이나 이름에 불과했던 과거의 사람들이 살아 있는 존재가 된 것이다. 성의 펜싱 도장에서, 여인숙의 검은 벤치 위에서, 마을의 꼬불꼬불한 길에서, 구멍가게의 차양 밑에서, 수도원 안에서, 왕과 왕자와 마법사와 하인과 밀렵 감시인과 수도승과 집시와 상인과 군인이 토의하고, 싸우고, 여행하고, 거래하고, 먹고, 마시고, 노래하고, 기도했다. 예술적으로 구성된 경치는 마치 무대 장치처럼 장면을 둘러싸고 있었다. 그리하여 모래사장을 따라 말을 타고 달리는 기사를 눈으로 보듯 뒤따라가는 것이다. 사람들은 금작화 가운데에서 신선한 바람을 들이마시고, 달빛은 미끄러지듯이 배가 지나가는 호수를 비추고, 갑옷은 햇빛에 반짝이며, 잎이 우거진 오두막집에 비가 내린다. 전형적인 모습은 잘 모르지만, 비슷한 그림을 발견하게 되면 그들은 완벽한 환상에 빠지곤 했다. 겨울이 그렇게 지나갔다.

점심을 먹은 후에, 두 사람은 작은 방의 벽난로 양끝에 자리 잡고 앉았다. 그들은 서로 마주앉아 손에 책을 들고 조용히 읽고 있었다. 날이 어두워지면 큰 길을 산책하러 가고, 서둘러 저녁을 먹은 후에 밤에는 다시 독서를 계속했다. 램프의 불빛 때문에 부바르는 푸른 색안경을 쓰고, 페퀴셰는 모자의 챙을 이마 위로 기울였다.

제르맨은 떠나지 않고 있었고, 고르귀도 가끔씩 정원의 땅을 파러 오곤 했다. 부바르와 페퀴셰가 물질적인 문제를 잊어버리고 무심해졌기 때문이다.

월터 스콧 다음에는, 알렉상드르 뒤마가 마치 요술 램프처럼 그들을 즐겁게 해주었다. 원숭이처럼 재빠르고 황소처럼 힘이 세고 방울새처럼 쾌활한 등장인물들이 들어왔다가 갑작스레 떠나고, 지붕에서 도로 위로 뛰어내리고, 지독한 상처를 입었다가 낫기도 하고, 죽은 줄 알았는데 다시 나타나기도 했다. 마룻바닥 밑에는 뚜껑 문이 있고, 해독제와 변장 도구도 있었다. 모두들 합세하여 달리고, 위험한 고비를 넘기기도 했다. 잠시도 생각에 잠길 틈이 없었다. 사랑은 언제나 품위를 지켰고, 광신적 행위는 쾌활하게 이루어졌으며, 일을 망치는 사람들은 웃음을 자아내게 했다.

부바르와 페퀴셰는 이 두 작가로 인해 취향이 까다로워져서, 벨리세르[184]의 잡동사니도, 누마 퐁필리우스[185]의 어리석은 말도, 마르상지[186]도, 아를랭쿠르[187]도 너그럽게 봐줄 수가 없었다.

애서가인 자콥[188]의 필체처럼 생기 있는 프레데리크 술리에[189]의 필체도 충분치 못한 것으로 생각되었다. 빌맹[190]은《라스카리스》라는 작품의 85페이지에서 15세기 중반에 '아라비아의 긴 파이프'를 피우는 에스파냐 사람의 모습을 보여줌으로써 그들을 분개시켰다.

페퀴셰는 일반적인 전기[191]를 참고로 보았다. 그는 뒤마의 작품을 학문적인 관점에서 수정하려고 시도했다.

작가는《두 명의 디안》이라는 작품에서 날짜에 오류를 범하고 있다. 도팽 프랑수아의 결혼은 1549년 삼월 이십일이 아니라 1548년 시월 십사일이다. 카트린 드 메디시스[192]가 남편이 죽은 후에 전쟁을 다시 시작하기를 원했는지(《사부아 공작의 시종》이라는 작품을 보라) 작가가 어떻게 아는가? 밤중에 한 성당에서 앙주 공작[193]에게 왕관을 씌워주었다는,《몽소로[194]의 부인》이라는 작품에 재미를 곁들이고 있는 에피소드는 있을 수 없는 일이다. 특히《마르고 왕비》[195]라는 작품은 오류투성이다. 느베르 공작은 부재하지 않았다. 그는 생 바르텔르미의 학살[196] 전에 회의에 참석하여 의견을 말했다. 그리고 앙리 드 나바르는 나흘 후에 행렬을 뒤따르지 않았고, 앙리 3세는 그렇게 빨리 폴란드에서 돌아오지 않았다. 게다가 상투어도 너무 많고, 산사나무의 기적, 샤를 9세의 발코니, 잔느 달브레[197]

의 독이 든 장갑도 사실과 맞지 않았다. 페퀴셰는 더 이상 뒤마를 믿을 수 없었다.

또한 《크웬틴 듀어드》라는 작품에서 큰 실수를 저질렀기 때문에 월터 스콧에 대한 존경심도 없어져버렸다. 리에주[198] 사제의 살해가 십오 년이나 빨랐기 때문이다. 로베르 드 라마르크[199]의 부인은 암린 드 크루아가 아니라 잔 다르셀이었고, 그는 병사의 손에 죽은 것이 아니라 막시밀리안[200]에 의해 죽었다. 그리고 시체가 발견되었을 때 테메레르[201]의 모습은 늑대가 시체를 반쯤 먹어버렸기 때문에 어떠한 위협도 나타내지 못했다.

부바르도 월터 스콧을 계속 읽었지만, 똑같은 결과가 반복되는 것에 싫증이 났다. 대개 여주인공은 시골에서 아버지와 함께 살고, 애인은 도둑맞은 아이였는데 결국 자기 권리를 되찾고 경쟁자들을 물리친다는 식의 이야기이다. 항상 거지 철학자, 못된 성주, 순결한 아가씨들, 익살스러운 하인이 등장하고, 대화가 끝없이 이어지고 바보스러울 만큼 얌전한 체하며 깊이가 결여되어 있다.

진부한 수법에 염증을 느껴 부바르는 조르주 상드를 집어 들었다.

그는 아름다운 간부(姦婦)와 고상한 애인에 열중하여, 자크, 시몬, 베네딕트, 렐리오가 되고 싶었고 베네치아에 살고 싶었다! 부바르는 자기가 가진 것이 아무것도 없어서 한숨을 내쉬었고, 스스로 변했다고 생각했다.

페퀴셰는 역사적인 문학 작품을 살펴보며 연극 작품을 공부했다. 파라몽에 대한 두 작품, 클로비스에 대한 세 작품, 샤를마뉴에 대한 네 작품, 필립 오귀스트에 대한 여러 작품, 잔다르크와 퐁파두르 후작 부인[202]에 대한 많은 작품, 그리고 셀라마레[203]의 음모에 대한 것들을 탐독했다!

페퀴셰에게는 거의 모든 작품들이 소설보다 더 어리석게 생각되었다. 연극에는 결코 파괴시킬 수 없는 판에 박힌 상투적인 이야기가 존재하기 때문이다. 루이 11세는 모자 모양의 작은 상 앞에 무릎을 꿇지 않을 수가 없고, 앙리 4세는 늘 쾌활하며, 메리 스튜어트는 잘 울고, 리슐리외는 잔인하다. 즉 단순한 개념을 좋아하고 관객의 무지함을 고려하여, 모든 인물의 성격이 단번에 드러나는 것이다. 그리하여 극작가는 관객을 향상시켜주는 것이 아니라 오히려 퇴보시키고, 가르치는 것이 아니라 오히려 바보로 만든다.

부바르가 조르주 상드를 칭찬하자, 페퀴셰도 《콩쉬엘로》, 《오라스》, 《모프라》를 읽기 시작했다. 그리고 억압받는 자에 대한 옹호와 사회주의적이며 공화주의적인 주장에 매력을 느꼈다.

부바르는 그러한 주장은 허구의 세계를 망친다고 생각하여, 열람실에서 연애 소설을 구해 왔다.

그들은 서로 번갈아가며 큰 소리로 《신(新)엘로이즈》, 《델핀》, 《아돌프》, 《우리카》[204]를 읽었다. 그러나 듣고 있는 사람이 하품을 하자 옆 사람에게도 졸음이 전달되어 곧 손에서 책을 떨어뜨리곤 했다. 그들은 환경이나 시대, 등장인물의 복장 등에 관해서는 아무것도 씌어 있지 않아서 모든 책들을 비난했다. 단지 사랑만이 다루어지고 있을 뿐이었다. 언제나 감정이었다! 마치 세상 사람들이 다른 것은 가지고 있지도 않은 것처럼 말이다!

다음에는 크자비에 메스트르[205]의 《내 방 주위의 여행》이나 알퐁스 카르[206]의 《보리수 밑에서》와 같은 해학적인 소설을 살펴보았다. 이러한 종류의 책에서는 등장인물의 개, 실내화, 혹은 정부에 대해 말하느라고 사건의 서술이 중단되었다. 이와 같은 거리낌 없는 방식은 처음에는 매혹적으로 보였으나 나중에는 어리석게 생각되었다. 왜냐하면 작가가 자신의 개인적인 면을 작품 속에 전개시킴으로써, 결국 작품 자체는 소멸되기 때문이다.

극적인 것에 대한 욕구로 인해, 부바르와 페퀴셰는 모험소설을 탐독했다. 사건의 줄거리가 뒤섞이고 기이하며 비현실적이어서, 재미를 느꼈다. 그들은 전력을 기울여 사건의 결말을 예측해보았다. 그리고 결말에 대한 예측을 잘할 수 있게 되자, 진지한 정신의 소유자에게는 어울리지 않는 기분풀이에 싫증이 나고 말았다.

발자크의 작품은, 바빌론 같기도 하고 또 동시에 현미경 밑의 먼지 알갱이와도 같은 감탄을 안겨주었다. 가장 진부한 것에서 새로운 면모가 솟아났다. 그들은 현대의 삶이 그토록 심오하리라고는 예상하지 못했다.

"굉장한 관찰가로군!"

부바르가 소리쳤다.

"내가 보기엔 공상적인 사람 같은데. 그는 신비술을 믿고, 군주제와 귀족을 신뢰하며, 불량배에게 현혹되어 큰돈을 푼돈처럼 쓰고 다녔지. 그의 작품에 묘사된 부르주아들은 부르주아가 아니라 거인이로군그래. 왜 평범한 것을 과장하고 어리석은 행동을 많이 묘사했을까? 그는 화학이나 은행이나 인쇄기에 대한 소설도 썼는걸. 리카르라는 사람이 '삯마차꾼', '물장수', '코코넛 상인'의 역할을 한 것처럼 말이야. 아마 모든 직업과 모든 지방, 모든 마을과 모든 집, 모든 개인에 대한 소설이 나오게 될 거야. 그러면 그것은 더 이상 문학이 아니라, 통계학이나 민족학에 속하겠는걸."

페퀴셰가 말했다.

부바르에게는 방법 같은 것은 별로 중요하지 않았다. 그는 풍습에 관해 알고 싶었고, 더 깊은 지식을 얻고 싶었다. 그리하여 폴 드 코크[207]를 다시 읽고, 쇼세 당탱의 은둔자[208]들을 뒤적여보았다.

"뭣 하러 그런 어리석은 짓을 하느라고 시간을 허비할까?"

페퀴셰가 말했다.

"하지만 나중에 매우 진귀한 자료가 될 걸세."

"자네 자료를 가지고 좀 나가주게! 나는 나를 열광시키고 이 세상의 불행에서 구해주는 그런 것을 원한단 말일세!"

이상적인 것에 마음이 끌린 페퀴셰는 부바르의 관심을 서

서히 비극 쪽으로 돌려놓았다.

비극이 전개되는 멀리 동떨어진 세계, 거기에서 문제 삼는 관심거리와 등장인물의 상황 등은 그들에게 장엄한 감정을 불러일으켰다.

하루는 부바르가《아탈리》를 들고 꿈 같은 이야기를 멋지게 낭독하자, 이번에는 페퀴셰가 낭독하고 싶어졌다. 페퀴셰의 목소리는 첫 문장부터 윙윙거리는 것처럼 잘 들리지 않았다. 그의 목소리는 단조로웠고, 강하기는 했지만 분명치 못했기 때문이다.

노련한 부바르는 목소리를 부드럽게 하고, 가장 낮은 어조부터 가장 높은 어조까지 변화를 주며, 올라가는 음계와 내려가는 음계 두 가지를 써서 목소리에 굴곡을 넣으라고 충고해 주었다. 그리고 자기 자신도 그리스 사람들의 교훈을 따라, 아침에 침대에서 똑바로 누워 연습에 몰두했다. 페퀴셰도 똑같은 방식으로 연습했다. 문은 닫아놓은 채, 두 사람은 각자 따로따로 고함을 질렀다.

비극에서 그들의 마음을 사로잡은 것은 과장된 말투, 정치에 대한 이야기, 퇴폐적인 내용의 격언들이었다.

그들은 라신과 볼테르의 가장 유명한 대화를 외워서 복도에서 낭독했다. 부바르는 마치 테아트르 프랑세[209]에라도 있는 것처럼, 페퀴셰의 어깨에 손을 얹고 걷다가 간간이 멈추며 눈을 굴리고 팔을 벌리면서 운명을 비난했다. 그는 라 아르프[210]의《필록테트》에서는 고통스러운 비명 소리를 훌륭하게 냈고,

《가브리엘 드 베르지》[211]에서는 딸꾹질을 멋지게 해냈다. 또한 시라쿠사[212]의 폭군 드니스의 역할을 할 때는, 자기 아들을 "나만큼이나 잔인한 녀석!"이라고 부르며 쳐다보는 태도가 정말로 무시무시했다. 그런데 페퀴셰는 자기의 역할을 잊어버리곤 했다. 의욕은 있었으나 능력이 부족했다.

한번은 마르몽텔의 《클레오파트라》에서 살무사의 휙휙거리는 소리를 내려고 했는데, 보캉송[213]이 만든 자동인형의 소리처럼 되어버렸다. 이 효과음에 실패한 것 때문에 부바르와 페퀴셰는 저녁때까지 웃음을 터뜨렸다. 그리고 비극을 대단치 않게 생각하게 되었다.

부바르가 먼저 싫증을 내어, 비극은 너무 인위적이고 액션이 없다고 솔직하게 털어놓았다. 수법도 시시하고, 속내 이야기를 듣는 하녀들도 불합리하게 설정되어 있었다.

그들은 미묘한 차이를 나타내는 장르인 희극에 접근했다. 희극은 문장을 분해하고 단어를 강조하며 음절을 신중하게 검토해야 한다. 페퀴셰는 끝까지 해낼 수가 없었다. 셀리맨[214]의 역할에서 완전히 실패하고 말았다.

게다가 그는 연인들이 너무 냉정하고, 이론가들은 지루하고, 하인들은 용서할 수 없는 인물이며, 클리탕드르와 스가나렐도 에지스트와 아가멤논[215]처럼 나쁘다고 생각했다.

이제 남은 것은 진지한 희극 또는 부르주아 비극이다. 이것은 비탄에 잠긴 가장, 주인을 구해주는 하인, 재산을 내놓는 부자, 순진무구한 여직공과 파렴치한 유혹자가 등장하는 것으로, 디드로에서부터 피세레쿠르[216]에까지 이어지는 장르이다. 덕망을 권장하는 모든 연극이 진부하게 느껴져서 부바르와 페퀴셰는 마음이 상했다.

1830년의 극은 그 액션과 색조와 활기참으로 인해 그들을 매료시켰다. 그러나 빅토르 위고, 뒤마, 혹은 부샤르디 사이의 차이점을 구별할 수가 없었다. 그리고 낭독법은 더 이상 장중하거나 섬세해서는 안 되고, 서정적이며 다소 과도한 것이어야 한다.

하루는 부바르가 페퀴셰에게 프레데릭 르메트르[217]의 연기를 익혀주려고 할 때, 보르댕 부인이 녹색 숄과 빌려갔던 피고르브랭[218]의 책을 들고 갑자기 나타났다. 부바르와 페퀴셰는 호의를 베풀어 보르댕 부인에게 때때로 소설을 빌려주곤 했었다.

"그냥 계속하세요!"

그 여자는 방금 전에 그곳에 와서 부바르와 페퀴셰의 말을 즐겁게 듣고 있었던 것이다.

그들이 사양하자 보르댕 부인이 간청했다.

"좋아요! 못할 것도 없지요!"

부바르가 말했다.

페퀴셰는 수줍어서, 의상도 없이 즉흥적으로 연기를 할 수는 없다고 핑계를 댔다.

"그렇군! 분장을 할 필요가 있겠는걸."

부바르는 뭐든 찾아보았으나, 그리스풍의 모자밖에 없어서 그것을 썼다.

복도는 좁았으므로, 그들은 거실로 내려왔다.

벽을 따라 거미들이 앞 다투어 지나갔다. 바닥에 덮여 있는 지질학 견본의 먼지 때문에, 안락의자의 벨벳 천이 뿌옇게 되어 있었다. 보르댕 부인이 앉을 수 있도록 가장 깨끗한 안락의자 위에 헝겊 조각을 펴 놓았다.

그 여자에게 뭔가 서비스를 잘 해주어야 했다. 부바르는 《네슬 탑》[219]의 유격대원을 연기하고 싶었다. 그러나 페퀴셰는 너무 많은 행동을 요구하는 역할에 겁을 냈다.

"보르댕 부인은 고전을 더 좋아할 것 같은데! 예를 들면 《페드르》 같은 것 말이야."

"좋아."

부바르는 주제를 이야기했다.

"남편에게 전처의 아들이 하나 있는 왕비의 이야기입니다. 이 왕비는 젊은 의붓아들을 사랑하게 되지요. 알겠지요? 시작합시다!"

네, 왕자님, 나는 괴로워요, 테제가 그리워요, 그를 사랑하지요!

페퀴셰의 옆모습을 보고 이야기하면서 부바르는 페퀴셰의 자세와 '그 매력적인 얼굴'을 찬양했다. 그리고 그리스 사람들의 배 위에서 그를 만나지 못한 것을 애석해하며, 함께 미궁 속으로 사라져버리고 싶다고 했다.

붉은 모자의 술이 요염하게 기울어졌다. 부바르는 떨리는 목소리와 상기된 얼굴로 매정한 사람에게 자기의 사랑을 가엾게 여겨달라고 간청했다. 페퀴셰는 몸을 돌리며, 감정을 나타내느라고 숨을 헐떡거렸다.

보르댕 부인은 곡예를 보듯 꼼짝하지 않고 눈을 크게 떴다. 멜리는 문 뒤에서 듣고 있었다. 셔츠 바람의 고르귀는 창 너머로 그들을 바라보고 있었다.

부바르는 두 번째의 긴 독백을 시작했다. 그의 연기는 열광적인 본능과 회한과 절망을 표현하고 있었다. 그는 페퀴셰의 가상의 칼에 너무 격렬하게 달려들다가 자갈 속에서 비틀거리며 바닥에 넘어질 뻔했다.

"걱정할 것 없습니다! 그 다음에는 테제가 돌아오고, 페드르는 독약을 마시고 죽지요!"

"가엾은 여인!"

보르댕 부인이 말했다.

그들은 보르댕 부인에게 작품을 하나 지정해달라고 부탁했다.

보르댕 부인은 난처했다. 극을 세 편밖에 본 적이 없었기 때문이다. 파리에서 본 《말썽쟁이 로베르》, 루앙에서 본 《젊은 남편》, 그리고 다른 하나는 팔레즈에서 아주 재미있게 본 《식초 장수의 손수레》였다.

결국 부바르는 《타르튀프》의 3막에 나오는 대장면을 연기해보기로 했다.

페퀴셰는 설명이 필요하다고 생각했다.

"우선 알아두어야 할 것은, 타르튀프는……."

"타르튀프 정도는 알고 있어요!"

보르댕 부인이 가로막았다.

부바르는 이 대목에는 긴 옷이 필요하다고 했다.

"수도승의 옷밖에 없는데."

페퀴셰가 말했다.

"상관없어! 그걸 입으라고!"

그는 수도승의 옷과 몰리에르 책 한 권을 들고 다시 왔다.

시작은 평범했다. 그러나 타르튀프가 엘미르의 무릎을 애무하려고 하는 대목에 이르자, 페퀴셰는 헌병 같은 어조로 말했다.

"무슨 짓을 하려는 거예요?"

"당신의 옷을 만지는 겁니다. 천이 아주 부드럽군요."

부바르는 재빨리 달콤한 목소리로 말했다. 그는 눈길을 던지며 입을 내밀고 코를 훌쩍이면서 매우 음탕한 표정을 지었다. 그러고는 심지어 보르댕 부인을 바라보며 말을 했다.

부바르의 시선에 당황한 보르댕 부인은, 그가 공손하게 가슴 설레며 대사를 멈추자 무언가 대답할 말을 찾았다.

페퀴셰가 극본대로 말했다.

"말씀을 정말 잘하시네요."

"네! 정말이에요. 대단한 감언이설가예요."

보르댕 부인이 소리쳤다.

"그렇지요? 또 하나 더 현대적인 멋을 부린 게 있지요."

부바르가 자랑스럽게 말했다. 그는 프록코트를 벗고, 돌담 위에 웅크리고 앉아 머리를 뒤로 젖힌 채 낭송했다.

그대 눈의 타오르는 불꽃으로 나의 눈동자를 채워주오.
나에게 노래를 불러주오, 언젠가 저녁때에,
검은 눈동자에 눈물을 가득 담고 노래를 들려주었던 것처럼.

'나하고 똑같구나' 라고 보르댕 부인은 생각했다.

행복할지어다! 마실지어다! 잔이 가득 찼으니,
이 시간은 우리의 것이니, 나머지는 모두 터무니없는 것.

"정말 재미있는 분이셔!"

보르댕 부인은 목에서 우러나오는 작은 웃음을 지으며 흰 이를 드러내고 있었다.

감미롭지 아니한가?
사랑하는 것은, 무릎을 꿇고 그대를 사랑하는 사람이 있다는 것은.

부바르는 무릎을 꿇었다.

"이제 그만 하세요!"

오! 그대의 가슴 위에서 잠자며 꿈꾸게 해주오,

도나[220] 솔이여! 나의 아름다움이여! 나의 사랑이여!

"여기에서 종소리가 들리고, 산악당원이 들어와서 둘을 방해하지요."

"다행이군요! 그렇지 않으면……!"

보르댕 부인은 이야기를 끝맺지 않고 대신 웃었다. 해가 기울고 있었다. 보르댕 부인이 일어났다.

방금 전에 비가 와서, 너도밤나무 길로 가기가 좋지 않았다. 들판으로 돌아가는 것이 더 나았다. 부바르는 문을 열어주려고 보르댕 부인을 따라 정원으로 나갔다.

그들은 부들이 심어진 길을 따라 말없이 걸었다. 부바르는 자기가 낭송한 대사로 인해 아직도 흥분되어 있었다. 보르댕 부인은 마음속 깊은 곳에서부터 문학이 주는, 놀라움과도 같은 매력을 느끼고 있었다. 예술은 어떤 경우에는 평범한 사람들의 마음을 뒤흔들어놓는 법이며, 가장 우둔한 연기자에 의해서도 세상이 드러날 수 있는 것이다.

태양이 다시 모습을 드러내자, 나뭇잎이 빛나고 덤불 숲 여기저기에서 반짝이는 점들이 보였다. 쓰러진 보리수나무 줄기 위에서 참새 세 마리가 짹짹거리며 날아올랐다. 꽃이 핀 가시나무 한 그루가 장밋빛 꽃다발을 펼치고 있었고, 무거운 라일락꽃이 고개를 숙이고 있었다.

"아! 좋군요!"

부바르가 가슴 가득히 공기를 들이마시며 말했다.

"정말, 무리하셨지요?"

"나에게는 소질은 없습니다. 하지만 정열은 있지요."

"알겠어요. 옛날에는……사랑을……하셨다는 걸 말이에요."

보르댕 부인은 띄엄띄엄 말했다.

"옛날에만이라고 생각하십니까!"

보르댕 부인이 멈추어 섰다.

"그건 모르지요."

'이건 무슨 뜻일까?'

부바르는 가슴의 고동을 느꼈다.

모래밭 가운데 웅덩이가 있어서 돌아가느라고 그들은 소사나무 가로수 밑으로 올라갔다.

그들은 연극 공연에 대해 이야기를 하고 있었다.

"마지막 대목은 제목이 뭐지요?"

"《에르나니》라는 극에서 뽑은 것입니다."

"아! 그런 말을 하는 사람은 정말로 틀림없이 상냥한 사람이겠군요."

보르댕 부인은 천천히 중얼거렸다.

"제가 원하시는 대로 해드리지요."

부바르가 대답했다.

"당신이요?"

"네! 제가요!"

"농담하지 마세요!"

"농담이 아닙니다!"

그리고 그는 주위를 한번 둘러보더니, 뒤에서 보르댕 부인의 허리를 잡고 목에다가 격렬하게 키스를 했다.

보르댕 부인은 얼굴이 창백해져서 기절이라도 할 것 같았다. 그녀는 한 손으로 나무를 짚으며 눈을 뜨고 머리를 흔들었다.

"너무하셨어요."

부바르는 넋을 잃고 보르댕 부인을 바라보았다.

보르댕 부인은 울타리 문을 열고, 작은 문의 문턱에 올라섰다. 반대편에는 도랑이 흐르고 있었다. 그녀는 치마의 주름을 모두 뭉쳐 쥐고, 가장자리에서 우물쭈물하고 있었다.

"도와드릴까요?"

"필요없어요!"

"왜요?"

"아! 당신은 너무 위험한 분이거든요!"

보르댕 부인이 건너뛰자, 흰 양말이 보였다.

부바르는 기회를 놓친 것에 대해서 스스로를 책망했다. 까짓것! 기회는 또 오겠지. 게다가 모든 여자들이 다 똑같은 것은 아니니까. 저돌적으로 다루어야 하는 여자도 있고, 대담하게 행동해서는 안 되는 여자들도 있는 법이다. 어쨌든 그는 자기의 행동에 대해서 만족했다. 부바르는 페퀴셰에게 그 사실을 털어놓지 않았다. 그것은 쑥스러워서가 아니라 감시당하는 것이 싫었기 때문이다.

이날부터, 부바르와 페퀴셰는 사교 극장이 없는 것을 유감스러워하며 종종 멜리와 고르귀 앞에서 낭송하곤 했다.

어린 하녀는 아무것도 이해하지 못하면서도 즐거워했고, 언어에 감탄하고 시구가 목구멍에서 울리는 소리에 매력을 느꼈다. 고르귀는 비극에서는 철학적인 긴 독백에 찬사를 보냈고, 멜로드라마에서는 서민을 위한 모든 것을 칭찬했다. 그러자 고르귀의 취향에 반한 부바르와 페퀴셰는 그에게 연기 수업을 시켜 나중에 배우로 만들어보자는 생각을 했다. 이러한 계획은 고르귀의 마음을 사로잡았다.

그들의 행동에 관한 소문이 퍼지자, 보코르베유는 비웃는 태도로 그들에게 말했다. 또한 대개의 마을 사람들은 그들을 무시하고 있었다.

하지만 부바르와 페퀴셰는 스스로를 더욱 높이 평가하며 예술가로 칭송했다. 페퀴셰는 구레나룻을 달았고, 부바르는 자기의 둥근 얼굴과 대머리에는 '베랑제[221)]식 머리'를 하는 게 제일 좋다고 생각했다!

마침내 그들은 희곡을 한 편 쓰기로 결심했다.

문제는 희곡의 주제였다.

그들은 점심을 먹으면서 주제를 생각하다가, 뇌의 활동을 촉진시켜주는 커피를 마시고 나중에는 독한 술까지 두세 잔 마셨다. 그러고는 침대로 잠을 자러 갔다. 또한 과수원으로 내려가서 산책을 하다가, 밖에서 영감을 얻을 수 있을까 해서 밖으로 나가서 여기저기 걸어 다니다가는 기진맥진하여 돌아왔다.

그렇지 않으면, 문을 잠그고 틀어박혔다. 부바르는 책상을 깨끗이 치운 후에 종이를 앞에 놓고 펜을 잉크에 적시고는 천장을 응시하고 있었다. 페퀴셰는 안락의자에서 다리를 똑바로 세우고 앉아 머리를 숙인 채 생각에 잠겼다.

때때로 그들은 반짝이는 생각이 바람처럼 스치고 지나가는 것을 느꼈다. 그러나 포착하려는 순간 그 생각은 사라지고 말았다.

하지만 주제를 찾아낼 방법은 있다. 아무렇게나 제목을 정하고 거기서 사건을 끌어내거나, 속담을 주제로 한 소희극을 전개시켜나가거나, 모험담을 하나로 묶거나 하는 것이다. 이러한 방법은 어느 것 하나 성공하지 못했다. 일화집과 유명한 소송 사건에 관한 저서와 많은 이야기들을 뒤적거려보았지만 소용이 없었다.

그들은 오데옹 극장에서 공연되는 것을 꿈꿨고, 연예 활동을 생각하고는 파리를 그리워했다.

"나는 작가가 될 사람인데, 이 시골구석에 파묻히지 않고 말이야!"

부바르가 말했다.

"나도 그래."

불현듯 페퀴셰에게, 어떤 생각이 떠올랐다. 그들이 많은 어려움을 겪고 있는 것은 연극의 법칙을 모르기 때문이리라.

그들은 도비냑의 《연극의 실제》와 시대에 뒤떨어지지 않은 몇몇 저서를 통해 연극의 법칙을 공부했다.

거기에는 중요한 문제들이 논의되어 있었다. 희극이 운문으로 씌어질 수 있는지, 비극이 현대적인 이야기에서 주제를 끄집어내도 그 한계를 넘어서지 않는지, 주인공은 반드시 덕망 있는 인물이어야 하는지, 어떤 종류의 잔악한 인물이 허용되며 어느 정도까지 공포가 허락되는지 하는 것들이다. 세부적인 항목들은 하나의 목적에 일치해야 하며, 흥미가 점점 커지고 결말은 반드시 시작에 부합되어야 한다!

'내 마음을 사로잡을 수 있는 줄거리를 만들어내라' 고 부알로는 말한다.

어떤 방법으로 줄거리를 만들어낼 것인가?

> 그대의 모든 문장 속에서 감동적인 열정이
> 사람의 마음을 찾아가 뜨겁게 달구고 감격시키도록 하라.

어떻게 마음을 뜨겁게 달굴 것인가?

그러므로 여러 법칙들도 충분치 못한 것이다. 그보다 천재성이 있어야 한다.

천재로도 충분한 것이 아니다. 아카데미 프랑세즈에 따르면, 코르네유는 연극에 대해 아무것도 모르는 사람이라고 한다. 조프루아는 볼테르를 비방했고, 라신은 쉬블리니에게 우롱당했으며, 라 아르프는 셰익스피어라는 이름에 분노를 표했다.

그들은 낡은 비평에 불쾌감을 느끼고, 새로운 비평을 알고 싶어서 신문의 연극평을 주문했다.

무슨 뻔뻔스러움! 무슨 완고함! 무슨 불성실함인가! 걸작에 대한 모독, 졸작에 대한 찬사, 그리고 박식하다고 하는 사람들의 무식함, 재치가 있다고 장담하는 사람들의 어리석음이라니!

그렇다면 일반 대중의 판단에 따라야 하는 것인가?

그러나 대중의 찬사를 받은 작품은 때때로 그들의 마음에 들지 않았고, 야유를 받은 작품 중에도 마음에 드는 것이 있었다.

결국 취향에 대한 사람들의 의견은 기만적이며, 대중의 판단은 믿을 수 없는 것이다.

부바르는 바르브루에게 그 딜레마를 제시했고, 페퀴셰는 페퀴셰대로 뒤무셸에게 편지를 썼다.

그 전직 외무사원은 부바르가 시골에서 생활하다 보니 우둔해졌다고 놀랐다. 옛 친구인 부바르가 멍청이가, 간단히 말해서 더 이상 아무것도 모르는 사람이 되었다는 것이다.

바르브루는 연극은 다른 것과 마찬가지로 소비의 대상이고, 파리의 상품에 속하는 것이라고 했다. 사람들은 기분 전환을 위해서 연극을 보러 간다. 그러니까 좋은 작품은 재미있는 것이라고 했다.

"바보 같으니. 자네한테는 재미있는 것이 나한테는 재미가 없어. 다른 사람들이나 자네 자신도 또한 곧 싫증이 날 거고. 희곡 작품이 순전히 공연되기 위해서 씌어진다면 훌륭한 작품들은 어째서 계속 읽히는가?"

페퀴셰가 소리쳤다. 그리고 그는 뒤무셸의 답장을 기다렸다.

뒤무셸 교수에 따르면, 극 작품의 즉각적인 반응은 아무것도 입증해주지 못했다. 《염세가》와 《아탈리》는 실패했고, 《자이르》는 더 이상 이해되지 못한다. 요즈음 누가 뒤캉주와 피카르[222]에 대해서 이야기하는가? 뒤무셸은 《교현금을 타는 여자, 팡숑》[223]으로부터 《어부 가스파르도》[224]에 이르기까지 당대의 대성공을 거둔 작품을 상기시키고, 요즘의 연극 무대가 쇠퇴해가는 것을 한탄했다. 문학에 대한, 아니 그보다 문체에 대한 경시 때문이라는 것이었다.

그래서 부바르와 페퀴셰는 문체를 구성하는 것은 무엇인지 생각해보았다. 뒤무셸이 가르쳐준 작가들 덕분에, 그들은 모든 장르의 비법을 알게 되었다.

장중한 문체, 온건한 문체, 소박한 문체, 고상한 표현, 저속한 단어들을 어떻게 만들어내는지를 말이다. '개'는 '탐욕스러운' 것으로 나타나고, '토한다'는 것은 비유적인 의미로만 사용된다. '열'은 정열에 적용되고, '용맹'은 시에서는 아름다운 것이다.

"시를 써보면 어떨까?"

페퀴셰가 말했다.

"나중에! 우선은 산문에 전념하자고."

고전을 선택해서 본보기로 삼을 것을 절대적으로 권하고 있지만, 모든 경우에 위험이 도사리고 있었다. 부바르와 페퀴셰는 문체뿐만이 아니라 언어에도 결함이 있었기 때문이다.

그들은 그와 같은 주장에 당황해, 문법을 공부하기 시작했다.

라틴어에서처럼 고유의 불어에도 정관사와 부정관사가 있는가? 어떤 사람들은 그렇다고 하고, 또 어떤 사람들은 아니라고 한다. 그들은 결정을 내릴 수가 없었다.

주어는 항상 동사와 일치한다. 주어가 일치되지 않는 경우를 제외하면 말이다.

옛날에는 동사적 형용사와 현재분사 사이에 구별이 없었는데, 아카데미에서는 알아듣기 어려운 구분법을 제시하고 있다.

부바르와 페퀴셰는 '그들의' 라는 대명사는 사람에게도 사물에게도 똑같이 쓰이는 반면에, '어디' 와 '……에서' 는 사물에 쓰이고 사람에게는 가끔씩 쓰인다는 것을 알게 되어 대단히 기뻤다.

'그 여자는 좋아 보인다' 에서 '좋다' 라는 형용사는 여성형으로 해야 하나 남성형으로 해야 하나? '마른 나무 장작' 에서 '마른' 은 여성형인가 남성형인가? '……하게 내버려두지 말라' 인가 '……하는 것을 내버려두지 말라' 인가? '한 떼의 도둑이 쳐들어왔다' 에서 동사는 단수형인가 복수형인가?

또 다른 문제도 있었다. 라신과 부알로는 차이가 없다고 본 'autour' 와 'à l'entour',[225] 마시용과 볼테르에게서 동의어로 쓰인 'imposer' 와 'en imposer',[226] 라퐁텐이 까마귀와 개구리를 분간할 줄 알면서도 혼동해서 쓴 'croasser'[227]와 'coasser'[228]가 그것이다.

정말이지, 문법학자들은 의견의 일치를 보지 못한다. 어떤 사람들은 미적인 표현으로 보는 것을 다른 사람들은 오류로 본다. 그들은 원칙은 인정하면서 그 결과를 배척하기도 하고, 원칙은 거부하면서 그 결과를 공표하기도 한다. 전통에 의거하면서도 스승의 학설을 거부하기도 하고, 이상하리만큼 교묘한 점을 가지고 있다. 메나주는 'lentilles'와 'cassonade'[229] 대신에 'nentilles'와 'castonade'를 권장하고, 부우르는 'hiérarchie'[230]가 아니라 'jérarchie'라고 하며, 샤프살은 'oeils de la soupe'[231]로 쓴다.

페퀴셰는 특히 제냉[232]에 대해서 놀랐다. 뭐라고? 'hannetons'[233]보다 'z'annetons'이 더 낫고, 'haricots'[234]보다 'z'aricots'가 더 좋으며, 루이 14세 때에는 'Rome'과 'Lionne'[235]를 'Roume'과 'Lioune'로 발음했다니!

리트레[236]는 명확한 철자법이란 결코 없으며 또 있을 수도 없다고 단언함으로써, 부바르와 페퀴셰에게 최후의 일격을 가했다.

그들은 통사론이란 허무맹랑한 것이며 문법은 환상에 불과하다고 결론을 내렸다.

게다가 그즈음에, 말하는 대로 글을 써야 하며 느끼고 관찰할 수만 있다면 모든 것이 다 잘될 것이라는 새로운 수사학이 발표되었다.

그들은 느끼고 관찰할 수 있다고 믿었으므로, 자신들에게 글을 쓸 수 있는 능력이 있다고 생각했다. 극 작품은 배경이 한

정되어 있어서 불편하지만, 소설에는 보다 많은 자유가 있었다. 그래서 그들은 소설을 쓰기 위해서 기억을 더듬어 보았다.

페퀴셰는 직장 상사 중에 아주 고약한 사람을 생각해내고, 책을 통해 그에게 복수하고자 했다.

부바르는 주점에서 글씨체 선생을 지낸 적이 있는 불쌍한 술주정뱅이를 만난 일이 있는데, 그 인물보다 더 재미있는 것은 아무것도 없을 것이다.

일주일 후, 그들은 그 두 주제를 하나로 묶으려고 생각했지만 진전이 없어서 다음 주제로 넘어갔다. 예를 들면 가정의 불행을 이야기하는 여자, 한 여자와 남편과 애인, 신체적인 결함 때문에 정숙할 수밖에 없는 여자와 야심가와 못된 사제와 같은 주제 말이다.

그들은 어렴풋한 구상에다가 기억나는 것들을 연결시키려고 애쓰며 생략도 하고 첨가도 시켰다. 페퀴셰는 감각과 사상을 옹호했고, 부바르는 이미지와 색조를 옹호했다. 마침내 그들은 서로를 더 이상 이해하지 못하기 시작했고, 상대방이 그토록 편협한 것에 놀랐다.

미학이라는 학문이 어쩌면 그들의 분쟁을 해결해줄지도 모른다. 뒤무셸의 친구인 철학 교수는 그 분야에 대한 참고 서적의 목록을 보내주었다. 그들은 따로따로 공부하여 서로의 생각을 교환했다.

우선 미(美)란 무엇인가?

쉘링은 유한한 것을 가지고 무한한 것을 표현하는 것이라고 하며, 리드는 신비로운 특성이라고 하고, 주프루아는 분석할 수 없는 특성이라고 한다. 또한 드 메스트르에게 있어서는 미란 미덕에 부합되는 것이고, 앙드레에게 있어서는 이성에 적합한 것을 가리킨다.

미의 종류도 여러 가지가 있다. 학문에서의 미가 있어서, 지질학은 아름다운 것이라고 할 수 있다. 품행에도 미가 있다. 소크라테스의 죽음이 아름답다는 것은 아무도 부정할 수 없다. 동물계에도 미가 있다. 즉 개의 아름다움은 후각에 있으며, 돼지는 그 불결한 습관에 비추어볼 때 아름다울 수 없을 것이다. 뱀도 우리에게 저속한 생각을 불러일으키기 때문에 아름답지 못하다. 꽃, 나비, 새들은 아름답다고 할 수 있다. 요컨대, 미의 첫 번째 조건은 다양함 속에서 통일성을 추구하는 것이다. 이것이 바로 미의 원칙이다.

"그렇지만 사팔뜨기의 두 눈은 정상인의 두 눈보다 더 다양한데도, 좋은 효과를 주지 못하잖아. 일반적으로 말이야."

부바르가 말했다.

그들은 숭고함이라는 문제에 접근했다.

어떤 것들은 그 자체로서 숭고하다. 급류의 격렬한 소리, 심오한 어둠, 폭풍에 쓰러진 나무 같은 것들 말이다. 한 인물은 승리할 때 아름다운 것이고, 항거할 때 숭고한 것이 된다.

"알겠어. 아름다움은 아름다움이고, 숭고함은 더욱 아름다운 것이로군."

부바르가 말했다.

하지만 어떻게 구분할 것인가?

"요령으로 구분해야지."

페퀴셰가 대답했다.

"요령은 어디서 나오는데?"

"미적 감각에서!"

"미적 감각은 뭔데?"

그것은 특별한 식견, 신속한 판단, 어떤 관계를 구별해내는 우월성으로 정의되고 있다.

"그래도 미적 감각은 미적 감각이야. 그 모든 것이 미적 감각을 얻는 방법은 아니라고."

규범에 대해서도 조사해볼 필요가 있다. 그런데 규범은 너무 변화가 많아서, 아무리 완벽한 작품이라 할지라도 비난을 면할 수가 없을 것이다. 하지만 파괴될 수 없는 미는 반드시 존재한다. 다만 그 기원이 신비로워서 우리가 그 법칙을 알지 못할 뿐이다.

하나의 사상이 모든 형태로 표현될 수는 없기 때문에, 우리는 예술들 간의 한계와 각각의 예술에 속해 있는 여러 장르를 알아야 한다. 그러나 하나의 양식에 다른 양식이 도입되어 장르가 결합되기도 한다. 하지만 이런 경우, 본래의 목적에서 벗어나며 진실이 아니라는 비난을 받게 된다.

진실을 너무 엄격하게 적용하면 오히려 미를 해치게 되고, 미에만 전념하면 진실을 가로막게 된다. 그리고 이상형이 없이는 진실도 없다. 그 때문에 인물의 전형을 그리는 것은 인물

묘사보다 더 현실적이다. 게다가 예술이란 진실임 직한 것만을 다룬다. 하지만 진실임직한 것은 관찰하는 사람에 따라 다르고, 따라서 상대적이고 일시적인 것이다.

부바르와 페퀴셰는 이와 같은 논리적인 추론에 빠져들어갔다. 부바르는 점점 더 미학을 믿을 수 없었다.

"미학이 엉터리가 아니라면, 그 엄격함은 예들을 통해 입증될 거야. 그런데 들어보게."

그리고 부바르는 자기에게 많은 연구를 요했던 한 메모를 읽었다.

"부우르는, 타키투스에 대해 역사가 요구하는 솔직함이 없다고 비난하고 있네. 교수인 드로즈 씨는 셰익스피어가 진지한 내용과 우스꽝스러운 내용을 뒤섞었다고 비난하고, 다른 교수 니자르는 앙드레 셰니에가 17세기에도 못 미치는 시인이라고 보고 있어. 영국 사람 블레어는 베르길리우스[237]의 하르퓌아[238]의 묘사에 불만을 나타냈지. 또 마르몽텔은 호메로스의 파격을 한탄하고, 라모트는 호메로스의 주인공들의 부도덕한 행위를 인정하지 않으며, 비다는 그의 비유에 분개하고 있네. 요컨대, 내게는 수사학이나 시학이나 미학을 만드는 자들이 모두 다 얼간이들로 보인다고!"

"과장하지 말게!"

페퀴셰가 말했다. 그는 의혹으로 마음이 흔들렸다. 평범한 사람들은(롱쟁[239]의 의견대로) 오류를 범할 수 없고, 오류란 대가들에게만 허용된 것이라면, 과연 그들에게 감탄해야 하는 것인가? 이건 너무 지나치다! 그렇지만 대가는 대가다! 페퀴셰는 이론과 작품을, 비평가와 시인을 일치시키고, 미의 본질을 파악하고 싶었다. 그는 이러한 문제에 너무 골몰하여 신경을 쓴 나머지, 그만 황달에 걸리고 말았다.

페퀴셰의 황달이 절정에 이르렀을 때, 보르댕 부인의 하녀 마리안이 보르댕 부인이 만나고 싶어한다는 말을 부바르에게 전하러 왔다.

그 과부는 연극 장면 이후로 다시 오지 않았다. 이것은 화해하자는 제의인가? 하지만 왜 마리안의 중개가 필요한가? 밤새도록 부바르는 여러 가지 생각으로 갈피를 잡지 못했다.

이튿날, 두 시경, 부바르는 복도에서 서성이며 이따금씩 창밖을 바라보았다. 벨소리가 울렸다. 공증인이었다.

공증인은 마당을 가로질러 계단을 올라와서 안락의자에 앉았다. 인사를 나눈 후에, 그는 보르댕 부인을 기다리기가 지루해서 먼저 왔다고 말했다. 보르댕 부인이 에칼르의 토지를 사고 싶어한다는 것이다.

부바르는 싸늘한 냉기를 느끼며 페퀴셰의 방으로 갔다.

페퀴셰는 뭐라 대답해야 할지 몰랐다. 그의 황달은 걱정스러운 상태여서, 곧 보코르베유를 불러야 했다.

드디어 보르댕 부인이 도착했다. 그 여자의 몸치장을 보니 늦은 이유를 알 것 같았다. 캐시미어 숄, 모자, 윤기 나는 장갑 등 중요한 경우에 적합한 옷차림이었다.

한참을 돌려서 말하다가, 보르댕 부인은 천 에퀴면 충분하지 않느냐고 물었다.

"일 에이커에! 천 에퀴라고? 천만에요!"

보르댕 부인은 눈을 깜빡거렸다.

"아! 저를 위해서요!"

세 사람은 모두 잠자코 있었다. 그때 파베르주 백작이 들어왔다.

그는 소송 대리인처럼 모로코 가죽 가방을 팔 밑에 끼고 있었다. 그리고 그 가방을 테이블 위에 올려놓으며 말했다.

"이건 소책자들입니다! 개혁이라는 미묘한 문제를 다룬 것들이지요. 그런데 이 책은 틀림없이 당신 것이지요?"

그는 《악마의 회상록》[240]이라는 책의 제2권을 부바르에게 내밀었다.

멜리가 방금 전에 부엌에서 읽고 있던 책이었다. 이들의 품행을 감시해야 하기 때문에, 파베르주는 책을 압수하는 게 좋겠다고 생각했다.

그 책은 부바르가 멜리에게 빌려준 것이었다. 그리하여 소설에 대한 이야기가 화제가 되었다.

보르댕 부인은 음울한 것이 아니라면 자기는 소설을 좋아한다고 했다.

"작가들은 환상적인 모습으로 인생을 묘사하고 있어요!"

파베르주가 말했다.

"당연히 묘사해야지요!"

부바르가 반박했다.

"그럼, 우리는 본보기를 뒤따르기만 해야 한단 말이오! ……."

"본보기의 문제가 아닙니다!"

"어쨌든 그 책들이 어린 소녀의 손에도 들어갈 수 있다는 걸 생각해야 합니다. 내게도 딸이 있단 말이오."

"매력적인 아가씨지요!"

공증인은 혼인재산관리 계약을 할 때 사용했던 수식어를 쓰며 말했다.

"그래서 내 딸아이 때문에, 아니 그보다 딸아이 주변 사람들 때문에 나는 우리 집에서 책을 금하고 있어요. 왜냐하면, 서민들이란 말이지요!……."

"서민들이 뭘 어쨌는데요?"

갑자기 보코르베유가 문턱에 나타나며 말했다.

페퀴셰는 보코르베유의 목소리를 알아듣고, 사람들이 있는 곳으로 나왔다.

"나는 서민에게 몇 가지 책들을 읽지 못하도록 해야 한다고 주장하는 겁니다."

백작이 대답했다.

"그럼, 당신은 교육에 대해 찬성하지 않으십니까?"

보코르베유가 대꾸했다.

"천만에요, 찬성하고 말고요!"

"날마다 정부를 공격하는 것은 이제 그만두시죠!"

마레스코가 말했다.

"그게 뭐가 잘못입니까?"

귀족과 의사는 프리처드[241] 사건과 언론의 자유를 억압한 구월법령을 상기시키면서 루이 필립[242]을 비방하기 시작했다.

"그리고 연극의 자유도요!"

페퀴셰가 덧붙였다.

마레스코는 더 이상 참을 수 없었다.

"너무 지나칩니다, 당신의 연극은!"

"그건 나도 동감이오! 자살을 찬양하는 연극 따위는!"

백작이 말했다.

"자살은 아름다운 것입니다! 카토[243]가 그 증거지요."

페퀴셰가 항의했다.

이 항의에는 대답도 하지 않고, 파베르주는 문학 작품이 가장 신성한 것, 즉 가정이나 소유 재산이나 결혼을 우롱한다고 비난했다!

"그럼, 몰리에르는요?"

부바르가 말했다.

마레스코는 취미가 고상한 사람이라, 몰리에르는 이제 더 이상 통하지 않으며 게다가 다소 과대평가되었다고 말했다.

"사실 빅토르 위고도 무자비했어요. 마리 앙투아네트에 대해 무자비했고 말고요. 마리 튀도르라는 인물을 빌려 왕비의 전형을 욕보였으니 말이에요!"

백작이 말했다.

"뭐라고요! 나도 작가인데, 내가 가지고 있는 권리……."

부바르가 외쳤다.

"아니요, 부바르 씨. 권선징악의 동기를 부여하지 않거나 교훈을 주지 않는다면 죄악을 표현할 권리가 없습니다."

보코르베유는 또한 예술에는 목적이 있어야 한다고 생각했다. 대중을 향상시키는 목적 말이다!

"과학을, 우리의 발견을, 그리고 애국주의를 구가해보세요."

그리고 그는 카시미르 들라비뉴[244]를 찬양했다.

보르댕 부인은 푸드라[245] 후작을 칭찬했다.

공증인이 말을 이었다.

"하지만, 언어도 생각해보셨나요?"

"언어요? 무슨 말씀이지요?"

"문체 말입니다! 그의 작품이 잘 씌어졌다고 생각하십니까?"

페퀴셰가 소리쳤다.

"그럼요, 아주 재미있어요!"

페퀴셰는 어깨를 으쓱해 보였다. 보르댕 부인은 이 무례함 때문에 얼굴이 빨개졌다.

보르댕 부인은 여러 번, 자기의 거래로 화제를 돌리려고 애썼다. 그러나 결정을 내리기에 너무 늦어지자, 마레스코의 팔짱을 끼고 나가버렸다.

백작은 소책자를 나누어주며, 선전해달라고 부탁했다.

보코르베유가 가려고 하자, 페퀴셰가 붙들었다.

"저를 보고 가셔야지요, 의사 선생!"

잘 묶이지 않은 스카프 밑으로 검은 머리카락이 늘어지고, 콧수염에 안색이 노란 페퀴셰의 얼굴은 애처로워 보였다.

“하제를 복용하세요.”

의사가 말했다. 그리고 어린애한테 하듯이 손바닥으로 가볍게 두드리며 말을 이었다.

“너무 신경이 날카로워요. 지나치게 예술가적이라고요!”

이런 허물없는 태도에 페퀴셰는 기쁘고 안심이 되었다. 그는 부바르와 단둘이 남게 되자 말했다.

“진지한 데가 없다고 생각되지?”

“없지! 전혀 없어!”

그들은 방금 들은 이야기들을 정리해보았다. 예술의 도덕성은 각자 자기의 이익을 만족시키는 일면에만 국한되어 있다. 모두들 문학을 사랑하지 않는 것이다.

그들은 백작의 인쇄물을 뒤적거려보았다. 모두 보통선거를 요구하는 내용이었다.

“곧 소동이 벌어질 것 같은데?”

페퀴셰가 말했다. 그는 황달 때문에 모든 것을 비관적으로 생각하고 있었다.

VI

1848년 이월 이십오일 아침, 샤비뇰에는 팔레즈에서 온 사람으로부터 파리가 바리케이드로 덮여 있다는 사실이 알려졌다. 그리고 다음 날, 공화국 선언서가 면사무소에 게시되었다.

이 대사건은 마을 사람들을 깜짝 놀라게 했다.

그러나 최고법원, 상고법원, 감사원, 상사 재판소, 공증인조합, 변호사협회, 참사원, 대학, 장군들과 로슈자클랭[246]까지도 과도 정부에 동의했다는 사실을 알고 긴장했던 마음이 풀어졌다. 그리고 파리에서 자유의 나무를 심은 것처럼, 샤비뇰에서도 그래야 한다고 면의회는 결정했다.

부바르는 국민의 승리로 인한 애국심으로 흥에 겨워서 나무 한 그루를 기증했다. 페퀴셰로 말하자면, 왕권의 몰락이 바로 그의 예측을 입증해주는 것이기 때문에 만족해하지 않을 수 없었다.

열성적으로 그들에게 복종하는 고르귀는 작은 언덕 밑의 풀밭 가장자리를 장식하고 있던 미루나무 한 그루를 뽑아서, 마을 입구의 지정된 장소 '파 드 라 바크'까지 가지고 갔다.

의식이 거행되기에 앞서, 세 사람은 행렬을 기다리고 있었다.

북소리가 울려 퍼지고, 은으로 된 십자가가 보였다. 이어서 성가대원들이 들고 있는 두 개의 촛대와, 스톨라[247]를 걸치고 중백의(中白依)[248]와 장포제의(長袍祭衣)를 입고 삼각모를 쓴 신부가 나타났다. 합창대의 네 소년이 신부를 수행하고, 또 한 소년은 성수통을 들고 있었다. 그리고 성당지기가 뒤따르고 있었다.

신부는 삼색 띠로 장식된 미루나무가 세워져 있는 구덩이의 가장자리로 올라갔다. 맞은편에는 면장과 그의 두 보좌관인 벨장브와 마레스코, 마을 유지들, 파베르주 백작, 보코르베유, 졸린 듯한 얼굴의 치안판사 쿨롱이 보였다. 외르토는 경찰모자를 쓰고 있었다. 새로 온 초등학교 선생인 알렉상드르 프티는 프록코트를 입고 있었다. 낡은 초록색의 정장이었다. 손에 검을 든 지르발이 지휘하고 있는 소방수들은 일렬로 서 있었고, 그 반대편으로는 라 파예트 시절의 낡은 군모 몇 개에서 흰 배지가 반짝이고 있었다. 그들은 샤비뇰에서는 폐지된 국민군으로 대여섯 명쯤 되었다. 그 뒤로는 농부와 아낙네들, 이웃 공장의 노동자들, 어린애들이 빽빽하게 늘어서 있었다. 키가 5.8피트나 되는 전원 감시인 플라크방은 팔짱을 끼고 걸어

다니며 눈짓으로 사람들을 저지하고 있었다.

신부의 담화 내용은 그러한 상황에서 다른 신부들이 하는 담화와 마찬가지였다. 그는 왕들에 대해 비난을 퍼붓고 나서 공화국을 찬양했다. 문예 공화국, 기독교 공화국이라 하지 않던가? 전자보다 더 결백한 것이 무엇이며, 후자보다 더 아름다운 것이 무엇이겠는가? 예수 그리스도는 우리의 숭고한 신조를 표명하셨다. 국민의 나무, 그것은 십자가의 나무이다. 종교가 결실을 맺기 위해서는, 자비가 필요한 것이다. 자비의 이름을 빌려, 신부는 사람들에게 어떠한 혼란도 야기하지 말고 조용히 집으로 돌아가줄 것을 간청했다.

그리고 그는 신의 축복을 기원하며, 소관목에 물을 뿌렸다.

"잘 자라서, 모든 속박으로부터의 해방과 나무 그늘보다 더 유익한 우애를 우리에게 상기시켜줄지어다! 아멘!"

사람들이 아멘을 따라했다. 그리고 북소리가 울리자, 신부는 감사의 노래를 부르며 성당을 향해 돌아갔다.

신부의 발언은 놀라운 효과를 가져왔다. 단순한 사람들은 거기에서 행복에 대한 약속을 보았고, 애국자들은 그들의 원칙에 대한 경의와 존경을 보았다.

부바르와 페퀴셰는 자신들의 선물에 대해서 감사의 표시를, 적어도 암시적으로라도 했어야 한다고 생각했다. 그들은 파베르주와 의사에게 불만을 털어놓았다.

그와 같은 사소한 일은 아무래도 좋았다! 보코르베유는 혁명에 매혹되어 있었고, 백작도 마찬가지였다. 백작은 오를레

앙 가문의 사람들을 싫어했기 때문이다. 이제 더 이상 그들을 보지 않게 될 것이다. 잘 가게나! 이제부터는 모든 것이 국민을 위한 것이다! 그리고 백작은 집사인 위렐을 데리고 신부를 뒤따라갔다.

푸로는 공증인과 여인숙 주인 사이에서 고개를 숙인 채 걷고 있었다. 그는 예식 때문에 불쾌했고, 또 소동이 일어날까 봐 겁이 났다. 본능적으로 그는 전원 감시인에게 의지했다. 전원 감시인은 육군 대장과 함께 지르발의 무능함과 그의 부하들의 좋지 못한 자세에 대해서 불평하고 있었다.

노동자들은 〈라 마르세예즈〉를 노래하며 거리를 지나갔다. 그들 가운데에서 고르귀가 지팡이를 휘두르고 있었다. 프티는 흥분된 눈으로 그들을 뒤따라갔다.

"난 이런 것 싫소! 고래고래 소리 지르고 흥분하는 것 말이에요!"

마레스코가 말했다.

"저런! 젊은이들은 즐겨야 해요!"

쿨롱이 대답했다.

푸로가 한숨을 쉬었다.

"별 우스운 즐거움도 다 있군요! 그러다가 결국에는 단두대로 가지요!"

그는 교수대를 눈앞에 그려보며, 공포를 예감하고 있었다.

샤비뇰은 파리에서 일어나는 동요의 여파를 받았다. 마을 사람들은 신문을 예약 신청했다. 아침에는 사람들이 우체국 사무실을 가득 메우는 바람에, 여자 우체국장은 때때로 그녀를 도와주던 육군 대장이 아니었다면 제대로 일을 하지도 못했을 것이다. 그러고 나서, 사람들은 광장에 남아 이야기를 했다.

첫 번째로 격렬한 토론을 가져온 화제는 폴란드에 대한 것이었다.

외르토와 부바르는 폴란드를 해방시켜야 한다고 주장했다.

파베르주는 다르게 생각했다.

"무슨 권리로 우리가 거기에 간단 말입니까? 그것은 유럽을 격분시키는 일입니다. 경솔하면 안 되지요!"

모두들 그의 말에 동의했으므로, 두 폴란드 지지자들은 입을 다물었다.

또 한 번은 보코르베유가 르드뤼 롤랭[249]의 회문(回文)을 옹호하고 나섰다.

푸로는 사십오 상팀에 대한 건[250]으로 응수했다.

그러나 정부는 노예제도를 폐지시켰다고 페퀴셰가 말했다.

"노예제도가 나와 무슨 상관이람!"

"그럼, 정치에서 사형을 면제시킨 것은요?"

"참 그렇군요! 하지만 사람들은 모든 것을 폐지시키기를 원할 거요. 누가 압니까? 그동안에 벌써 차용자들이 요구하고 나섰는지도 모르지요!"

푸로가 대답했다.

"그것 잘됐군요!"

페퀴셰에 따르면, 소유주들은 그동안 유리하게 대접받아왔다는 것이다.

"가구를 소유하고 있는 사람은……."

푸로와 마레스코는 페퀴셰의 말을 가로막으며, 공산주의자라고 소리쳤다.

"내가? 공산주의자라고!"

모두들 동시에 떠들어대고 있을 때, 페퀴셰는 결사대를 조직하자고 제의했다! 푸로는 대담하게도 샤비뇰에서는 결사대를 결코 볼 수 없을 거라고 대답했다.

그러자 고르귀는 국민병이 쓸 총을 요구했다. 여론에 의해서 그는 교관으로 지목된 것이다.

있는 총이라고는 소방수들이 가지고 있는 것이 고작이었는데, 지르발이 그 총에 집착하고 있었다. 푸로도 총을 나누어 줄 생각이 없었다.

고르귀는 푸로를 쳐다보았다.

"하지만 사람들은 내가 총을 사용할 줄 안다고들 생각하고 있어요."

고르귀가 하던 일 중에는 밀렵도 포함되어 있었기 때문이다. 그래서 면장과 여인숙 주인은 종종 고르귀에게서 산토끼나 집토끼를 사기도 했었다.

"좋아요! 가져가시오!"

푸로가 말했다.

그날 저녁, 훈련이 시작되었다.

교회 앞 잔디밭에서였다. 푸른 작업복을 입은 고르귀는 허리에 넥타이를 두르고서 기계적으로 동작을 해보였다. 명령할 때의 그의 목소리는 아주 거칠었다.

"배를 내밀지 마!"

부바르는 곧 숨을 죽이고 배를 오므리며 엉덩이를 내밀었다.

"활 모양을 만들라고는 하지 않았어요, 제기랄!"

페퀴셰는 종대와 횡대를, 우향우와 좌향좌를 혼동하곤 했다. 그러나 가장 가련한 사람은 학교 선생이었다. 허약하고 작은 키에 턱에는 반원형의 수염을 기른 그는 총의 무게 때문에 비틀거리고 있었고, 그의 총검은 옆 사람들에게 방해가 되고 있었다.

사람들은 때 묻은 어깨끈에 제각기 다른 색깔의 바지를 입고 있었으며, 낡은 제복은 너무 짧아서 옆구리로 셔츠가 드러나 보였다. 모두들 "달리 방법이 없었다"는 것이었다. 가난한 사람들에게 의복을 지급하기 위한 신청을 받았다. 푸로는 인색하게 구는 반면, 오히려 여자들이 서명을 했다. 보르댕 부인은 공화국을 싫어하면서도 오 프랑을 내놓았다. 파베르주는 열두 명분의 장비를 갖춰주고, 군사 연습에도 빠지지 않았다. 그리고 식료품 가게에 자리를 잡고 앉아, 처음 오는 사람에게 술을 사기도 했다.

그 당시에는 권력층들이 하층민에게 아첨을 하고 있었다. 노동자들이 누구보다도 중요한 존재였다. 모두들 노동자 계급의 일원이 되는 영광을 얻으려고 안간힘을 썼다. 노동자들은 귀족이 된 것이다.

그 지역 사람들은 대부분 직조공이었다. 다른 사람들은 인도 사라사 공장이나 새로 설립된 제지 공장에서 일하고 있었다.

고르귀는 감언이설로 그들을 꼬여내어 발로 차는 기술을 가르치기도 하고, 가까운 사람들을 카스티용 부인 집으로 데리고 가서 함께 술을 마시기도 했다.

그러나 농부들의 수가 더 많았다. 장날, 파베르주는 광장에서 산책을 하면서 농부들의 요구사항을 듣고, 그들을 자기의 생각에 동참하게 만들려고 애썼다. 농부들은 세금을 인하해 주기만 한다면 어떤 정부라도 받아들일 준비가 되어 있는 구이 영감처럼 아무 대꾸도 없이 듣고 있었다.

말을 잘 하는 덕에 고르귀는 유명해졌다. 어쩌면 그를 의회로 보낼지도 모르는 일이다.

파베르주도 고르귀처럼 의회를 염두에 두면서, 위험한 일에 말려들지 않으려고 했다. 보수주의자들은 푸로와 마레스코 사이에서 망설였으나, 공증인이 사무실 일로 바쁜 탓에 바보스러운 시골뜨기인 푸로가 선택되었다. 의사는 분개했다.

경쟁의 낙오자인 의사는 내심 파리를 그리워하고 있었다. 인생에 실패했다는 생각 때문에 그는 늘 우울한 기분이 들곤 했었다. 그러나 이제 보다 광대한 인생이 펼쳐질 참이다. 얼마나 멋진 복수전인가! 그는 정견 발표문을 작성하여 부바르와 페퀴셰에게 읽어주었다.

부바르와 페퀴셰는 의사에게 찬사를 보냈다. 그들의 의견도 같았기 때문이다.

그러나 부바르와 페퀴셰는 글을 더 잘 썼고, 역사도 잘 알고 있었으며, 의회에서 그 의사만큼 중요한 역할을 할 수도 있었다. 왜 안 되겠는가? 그런데 두 사람 중에 누가 입후보해야 하는가? 미묘한 논쟁이 벌어졌다. 페퀴셰는 자기보다 부바르가 더 낫다고 생각했다.

"아니야, 아니야! 자네가 적합해! 자네의 모습이 더 늠름하지 않은가!"

"그럴지도 모르지. 하지만 자네는 앞머리가 더 많지 않은가!"

부바르가 대답했다. 어려운 문제는 그대로 남겨둔 채, 그들은 먼저 행동 계획을 세웠다.

다른 사람들도 의원직에 미련을 두고 있었다. 육군 대장은 경찰 모자를 쓰고 파이프를 피우며 의원직을 생각했다. 학교 선생은 학교에서, 신부는 또한 기도 중에 그러한 생각을 했다. 신부는 이따금 자기도 모르게 "오 하느님! 제가 국회의원이 되게 해주소서!"라고 말하며 하늘을 바라보곤 했다.

의사는 용기를 내어 외르토의 집으로 가서, 자기의 가능성을 설명했다.

육군 대장은 그 말에 별로 신경 쓰지 않았다. 보코르베유는 분명히 잘 알려져 있는 인물이지만, 동료들 특히 약사들로부터 존경받지 못했기 때문이다. 모두들 보코르베유에게 욕을 퍼붓고 있었다. 서민들은 그런 신사를 싫어하며, 가장 선량한 환자들도 떠나버리게 될 거라는 것이었다. 이러한 이야기를 심사숙고해보더니, 의사는 자기의 나약함을 뉘우쳤다.

의사가 가자마자, 외르토는 플라크방을 만나러 갔다. 옛 군인들끼리는 서로 결합해야 하니까! 그러나 전원 감시인은 푸로에게 매우 충실했으므로, 외르토를 도와줄 수 없다고 단호히 거부해버렸다.

신부는 파베르주에게 아직 때가 되지 않았다고 주장했다. 공화국이 스스로 쇠퇴할 시간을 주어야 한다는 것이다.

부바르와 페퀴셰는 고르귀에게 그가 농부와 노동자의 동맹에 승리할 만큼 강하지는 않다는 것을 상기시키며, 그에게서 모든 자신감을 앗아가고 그를 불안하게 만들었다.

프티는 자만심에서 자기의 욕망을 이야기했다. 그러자 벨장브는 만약 실패한다면 분명히 해고될 거라고 알려주었다.

그리고 주교는 신부에게 조용히 있으라고 명령했다.

그리하여 푸로만이 남게 되었다.

부바르와 페퀴셰는 총에 대한 성의 없는 태도와 결사대 조직에 반대한 일, 퇴보적인 사상과 인색함을 들먹이며 푸로를 공격했다. 심지어 푸로가 구체제를 복원시키려고 한다고 구이를 설득하기도 했다.

구이에게는 구체제라는 것이 막연한 것이기는 했지만, 십세기 동안 조상 대대로 쌓여온 증오로써 구체제를 싫어하고 있었다. 그리하여 그는 친가와 처가의 모든 친척, 동서들, 사촌, 조카의 아들들, 부랑자 무리로 하여금 푸로에게 등을 돌리게 만들었다.

고르귀와 보코르베유와 프티도 면장을 계속 타도했다. 이와 같이 장애물을 미리 제거해놓으면, 부바르와 페퀴셰는 아무도 알아채지 못하게 성공할 수 있는 것이다.

그들은 누가 입후보할 것인가를 정하기 위해 제비를 뽑았다. 제비뽑기로도 결정을 내릴 수가 없어서 의사에게 의논을 하러 갔다.

의사는 그들에게 새로운 소식을 알려주었다. 《칼바도스》 신문의 편집자인 플라카르두가 입후보를 선언했다는 것이다. 부바르와 페퀴셰는 크게 실망했다. 그들은 상대방의 실망으로 인해 각자 자기의 실망이 더욱 가중되는 것을 느꼈다. 그러나 어쨌든 정치는 그들을 흥분시켰다. 투표일에 두 사람은 투표함을 지켜보았다. 플라카르두의 승리였다.

백작은 지휘관의 견장도 얻지 못한 채, 별수 없이 국민군에 종사했다. 샤비뇰 사람들은 벨장브를 지휘관으로 임명할 생각을 하고 있었다.

외르토는 이상하고 예기치 못한 사람들의 기호에 깜짝 놀랐다. 그는 임무를 소홀히 하여, 가끔씩 군사 연습을 감독하고 자기 의견을 말하는 정도로 그쳤다. 하지만 그런 건 아무래도 좋다! 그는 사람들이 제정 시절의 옛 대장보다 여인숙 주인을 더 좋아하는 게 기이하게 여겨졌다. 삼월 십오일에 의회 침입 사건이 일어나자, 외르토가 말했다.

"파리의 군대가 그와 같이 처신한다면, 지금 일어나고 있는 일에 대해 더 이상 놀랄 게 없군!"

혁명에 대한 반동이 시작되었다.

사람들은 루이 블랑[251]의 파인애플 퓌레,[252] 플로콩[253]의 금 침대, 르드뤼 롤렝의 으리으리한 대향연에 대한 이야기를 믿고 있었다. 지방에서도 파리에서 일어나는 모든 일을 알려고 하는 터라, 샤비뇰 사람들은 그러한 이야기에 대해 의심도 하지 않았으며 가장 터무니없는 소문도 받아들였다.

어느 날 저녁, 파베르주는 신부를 찾아와서 샹보르 백작이 노르망디에 도착했다는 사실을 알려주었다.

푸로에 따르면, 주앵빌[254]이 해병을 이끌고 사회주의자들을 억압하려고 한다는 것이다. 외르토는 루이 보나파르트가 곧 집정관이 될 거라고 주장했다.

공장은 조업을 중단했다. 빈민들은 떼를 지어 들판을 배회하고 다녔다.

어느 일요일(유월 초순이었다), 한 병사가 갑자기 팔레즈로 떠났다. 아크빌, 리파르, 피에르 퐁과 레미의 노동자들이 샤비뇰을 향해 전진해 들어왔다.

사람들은 차양을 닫아걸었다. 면의회가 소집되었다. 불상사가 일어나지 않도록 어떠한 저항도 하지 않기로 결정했다. 헌병대조차 모습을 드러내지 말라는 명령과 함께 대기만 하고 있었다.

곧 천둥치는 것 같은 소리가 들렸다. 그리고 지롱드파 사람들의 노랫소리가 창유리를 뒤흔들었다. 누더기를 걸치고 먼지와 땀으로 뒤범벅이 된 남자들이 서로 팔을 끼고 캉으로 가는 길을 통해서 몰려들었다. 그들은 광장을 가득 메우고 함성을 질렀다.

고르귀는 두 동료와 함께 방으로 들어갔다. 한 사람은 마른 체격에 얼굴이 간사스러워 보였고, 장미꽃 장식이 달린 메리야스 조끼를 입고 있었다. 숯 덩어리처럼 검은 또 한 사람은 ─아마도 기술자인 것 같았다─ 짧게 깎은 머리에 눈썹이 짙고, 천조각으로 만든 헌 신발을 신고 있었다. 고르귀는 기병처럼 어깨 위에 웃옷을 걸치고 있었다.

세 사람은 모두 서 있었다. 푸른 융단이 덮인 테이블 주위에 둘러앉아 있던 면의원들은 그들을 바라보며 불안해서 얼굴이 창백해졌다.

"주민 여러분! 우리는 일이 필요하오!"

고르귀가 말했다.

면장은 떨려서 말도 하지 못했다.

마레스코가 의회에서 즉각 재고해보겠다고 대신 대답했다. 그들이 나가자, 여러 가지 생각이 논의되었다.

우선 첫 번째 의견은 자갈을 파내게 하는 것이었다.

지르발은 앙글빌에서 투른뷔까지의 길을 이용하자고 제안했다.

바이외로 가는 길에서도 분명히 똑같은 작업을 할 수 있었다.

연못을 청소할 수도 있지 않은가? 하지만 일거리는 충분치 않다! 아니면 제2의 연못을 팔 수도 있다! 하지만 어느 장소에 판단 말인가?

랑글루아는 강의 범람에 대비하여 모르탱 강을 따라 흙을 돋우자는 의견을 내놓았다. 벨장브는 히스가 우거진 황야를 개간하는 것이 더 좋겠다고 했다. 아무것도 결정을 내릴 수가 없었다! 군중을 진정시키기 위해 쿨롱은 회랑으로 내려가서 자선을 위한 작업장을 준비 중이라고 말했다.

"자선이라고? 고맙군그래! 귀족들은 물러가라! 우리는 일할 권리를 원한다!"

고르귀가 소리쳤다.

그것이 당시의 문제였다. 고르귀는 일하는 것을 영광으로 생각한다고 했다. 박수갈채가 터져 나왔다.

고르귀는 돌아서면서 부바르를 팔꿈치로 쳤다. 페퀴셰가 부바르를 거기까지 데리고 나온 것이다. 그들은 대화를 나누었다. 면사무소가 포위된 이상 서두를 필요가 없었다. 면의회는 피할 수 없을 것이다.

"돈은 어디서 구하지?"

부바르가 말했다.

"부자들에게서지요! 일은 정부가 지시하고요."

"일이 필요 없으면?"

"미리 일을 하는 거지요!"

"하지만 임금이 적어질 거요! 일이 없는 것은, 생산물이 너무 많기 때문이거든! 그런데 당신은 생산물을 더 증가시키기를 요구하다니!"

페퀴셰가 반박했다.

고르귀는 코밑수염을 물어뜯고 있었다.

"그렇지만…… 노동단체로……."

"그럼 정부가 그 단체의 주인이 되는 거요?"

"아니! 아니요! 더 이상 주인은 없어요!"

그들 주위에 있던 몇몇 사람들이 불평했다.

고르귀는 화가 났다.

"아무래도 좋아요! 노동자에게는 자본금을 제공해주든지 아니면 신용 대출을 확립해줘야 해요!"

"어떤 방법으로 말이오?"

"아! 난 몰라요! 하지만 신용 대출을 확립해야 해요!"

"이제 그만 해두게. 이 거짓말쟁이들이 우리를 난처하게 만들고 있어!"

기술자가 말했다. 기술자는 층계에 기어 올라가 문을 때려 부수겠다고 소리쳤다.

플라크방이 층계에서 오른쪽 무릎을 굽히며 두 주먹을 쥐고 그에게 응수했다.

"앞으로 더 오기만 해봐!"

기술자는 뒤로 물러났다.

군중들의 야유 소리가 방 안에도 들렸다. 모두들 도망치고 싶어서 일어났다. 팔레즈의 증원군도 도착하지 않았다! 사람들은 백작이 자리에 없는 것을 불만스러워했다. 마레스코는 펜을 만지작거리고 있었다. 쿨롱은 한탄하고 있었고, 외르토는 병사들로 하여금 공격하게 하자고 화를 냈다.

"병사들에게 명령하시오!"

푸로가 말했다.

"내 임무가 아니오."

그러는 동안 더욱 소란스러워졌다. 광장은 온통 사람들로 가득 찼다. 모두들 면사무소의 이층을 주시하고 있었다. 그때, 중앙 교차로에 있는 시계 밑으로 페퀴셰의 모습이 보였다.

그는 능숙하게 뒷 계단으로 올라가 라마르틴처럼 행동하려고 하면서 군중들에게 연설하기 시작했다.

"주민 여러분!"

그러나 그의 모자, 코, 프록코트 등 페퀴셰의 모든 것에는 위엄이 없었다.

메리야스 조끼를 입은 사람이 질문했다.

"당신은 노동자요?"

"아닙니다."

"그럼 고용주요?"

"그건 더욱 아닙니다!"

"그럼 물러가요!"

"왜요?"

페퀴셰가 단호하게 말했다.

곧 페퀴셰는 기술자에게 멱살을 잡혀 문틀 속으로 사라졌다. 고르귀가 도와주러 왔다.

"그 사람을 내버려둬! 선량한 사람이야!"

그들은 맞붙어 싸웠다.

문이 열리고, 마레스코가 문지방 위에서 면의회의 결정을 공표했다. 위렐이 권한 의견이었다.

투른뷔의 길은 앙글빌에서 갈라져서, 파베르주의 성으로 이르는 갈림길이 생기게 될 것이다.

그것은 노동자들의 이익을 위해 혁명 정부가 짊어지는 희생이었다. 사람들이 뿔뿔이 흩어졌다.

집으로 돌아올 때, 부바르와 페퀴셰는 여자들의 고함 소리에 귀가 따가웠다. 하녀들과 보르댕 부인이 탄성을 지르고 있었다. 보르댕 부인은 더 세게 소리쳤다. 부바르와 페퀴셰를 보자 보르댕 부인이 말했다.

"아! 너무 반가워요! 세 시간 전부터 당신들을 기다리고 있었어요. 가엾은 내 정원이 말이에요! 튤립 하나도 더 이상 없답니다! 잔디밭은 온통 더럽고요! 그 사람에게 일을 시킬 방법도 없고요!"

"누구 말입니까?"

"구이 영감 말이에요!"

구이가 퇴비 수레를 가지고 와서, 잔디밭 가운데에 아무렇게나 내던져 두었다는 것이다.

"지금 일을 하고 있어! 일을 끝내도록 서둘러주세요!"

"제가 따라가 드리지요!"

부바르가 말했다.

집 밖의 계단 밑에는, 덤프차용 손수레의 말 한 마리가 협죽도(夾竹桃)[255] 다발을 물어뜯고 있었다. 수레바퀴가 화단을 스치면서 회양목을 부러뜨리고, 만병초를 망가뜨리고, 달리아를 쓰러뜨렸던 것이다. 검은 퇴비 덩어리들은 잔디밭 위에 작은 언덕처럼 울툭불툭 솟아 있었다. 구이는 삽으로 열심히 그것을 파냈다.

하루는, 보르댕 부인이 구이를 돌려보내고 싶다고 말했다. 구이는 일단 일에 착수하고 나자, 아무리 말려도 일을 계속했다. 고르귀의 연설에 머릿속이 혼란스러워져서, 일할 권리라는 것을 그런 식으로 이해한 것이다.

구이는 부바르가 사납게 윽박지르자 비로소 돌아갔다.

보르댕 부인은 손해 배상으로 구이의 노동력에 대한 대가를 지불하지 않고 남은 퇴비를 자기가 가지겠다고 했다. 그 여자는 분별력이 있어서, 의사의 아내와 심지어 더 상류층인 공증인의 아내까지도 그녀를 존경하고 있었다.

자선 작업장은 일주일 동안 계속되었다. 아무 소동도 일어나지 않았고, 고르귀는 그 고장을 떠났다.

그러나 국민병은 계속 준비를 갖추고 있었다. 일요일에는 열병을 하고, 때때로 행군 연습을 하며, 매일 밤 순찰을 돌았다. 그 순찰은 마을 사람들을 괴롭혔다.

장난으로 초인종을 누르거나, 부부가 같은 베개를 베고 잠자는 방 안으로 들어가서 상스러운 농담을 늘어놓곤 했다. 그러면 남편은 일어나서 술잔을 찾으러 가곤 했다. 그들은 본대로 돌아오면 수없이 도미노 놀이를 했다. 능금주를 마시며 치즈를 먹고, 문에 있는 보초병은 싫증이 나서 줄곧 하품을 해댔다. 벨장브의 무력함으로 인하여, 군기가 문란해진 것이다.

유월 폭동이 발발하자, 모든 사람들은 '재빨리 파리를 도우러 가는 것'에 찬성했다. 그러나 푸로는 면사무소를, 마레스코는 그의 사무실을, 의사는 환자를, 지르발은 그의 소방대원들을 떠날 수 없었다. 파베르주는 셰르부르에 있었고, 벨장브는 병이 나 누워 있었다. 육군 대장은 "사람들이 나를 원하지 않았으니, 할 수 없지!" 하고 투덜거렸다. 그리고 부바르는 현명하게 페퀴셰를 만류했다.

전쟁터에서의 순찰은 더 멀리까지 확장되었다.

사람들은 건초 더미 그림자나 나뭇가지 모양을 보고도 공포를 느꼈다. 한번은 국민병이 모두 도망간 적도 있었다. 달빛 속의 사과나무 아래에서, 한 남자가 총을 들고 그들을 겨누고 있는 것을 발견하기도 했다.

한번은 깜깜한 밤중에, 너도밤나무 숲에서 휴식을 취하고 있던 척후대가 앞에서 인기척을 들었다.

"누구냐?"

대답이 없었다!

그자가 계속 길을 가도록 내버려두고, 멀리서 뒤따라갔다. 그가 총이나 곤봉을 가지고 있을지도 몰랐기 때문이다. 그러나 마을의 구조가 미칠 수 있는 거리에 이르자, 열두 명의 소대원들은 동시에 그 남자에게 달려들면서 소리쳤다.

"신분증을 보여라!"

그들은 그 남자를 학대하고 욕설을 퍼부었다. 본대 병사들이 나와서 그를 본대로 끌고 갔다. 난로 위에서 타고 있는 촛불에 비춰보니 그는 고르귀였다.

라스팅의 초라한 양복저고리는 어깨가 찢어져 있었다. 장화에는 구멍이 나서 발가락이 보였다. 얼굴에는 긁힌 상처와 타박상 때문에 피가 나고 있었다. 그는 놀랄 만큼 야위어 있었으며, 늑대처럼 눈을 굴리고 있었다.

푸로는 급히 달려들어서 어떻게 해서 너도밤나무 숲에 있었으며, 뭣 하러 샤비뇰에 다시 왔는지, 또 지난 육 주 동안 뭘 했는지를 물어보았다.

그건 그들과는 관계가 없는 일이었다. 고르귀는 자유의 몸이었으니까.

플라크방은 고르귀의 몸을 뒤져서 탄약통을 찾아냈다. 그리고 그를 임시로 감옥에 가두어두기로 했다.

부바르가 끼어들었다.

"소용없어요! 당신이 무슨 생각을 하는지 알고 있소."

면장이 대답했다.

"그렇지만?……."

"아! 경고해두겠는데, 조심하시오! 조심하라고요."

부바르는 더 이상 고집을 부리지 않았다.

그러자 고르귀는 페퀴셰 쪽으로 몸을 돌렸다.

"주인님, 당신은 아무 말도 안 하십니까?"

페퀴셰는 마치 그의 결백을 의심하는 것처럼 머리를 숙였다.

불쌍한 고르귀는 씁쓸한 웃음을 머금었다.

"그래도 나는 당신을 옹호해주었다고요!"

해가 뜰 무렵, 두 병사가 고르귀를 팔레즈로 데리고 갔다.

그는 군사회의에 소환되지 않고, 경범재판소에서 사회를 혼란에 빠뜨리는 위법 발언을 했다는 이유로 삼 개월 징역형을 선고받았다.

팔레즈에서 고르귀는 옛 주인들에게 자기의 생활과 품행이 좋았다는 증명서를 곧 보내달라고 편지를 썼다. 면장이나 보좌관에게 공증을 받기 전에 부바르와 페퀴셰는 서명을 하고, 이 일을 마레스코에게 부탁하는 편이 더 좋겠다고 생각했다.

그들은 오래된 도자기 접시로 장식되어 있는 식당으로 안내되었다. 제일 좁은 널빤지에는 불[256]의 시계가 걸려 있었다. 식탁보가 깔려 있지 않은 마호가니 식탁 위에는 냅킨 두 개, 홍차 끓이는 그릇, 찻잔이 놓여 있었다. 마레스코 부인은 푸른색 캐시미어 실내복 차림으로 방을 가로질러 왔다. 그녀는 시골에 싫증을 내고 있는 파리 여성이었다. 곧이어 공증인이 한 손에는 챙 없는 모자를, 다른 한 손에는 신문을 들고 들어왔다. 부바르와 페퀴셰의 보호를 받는 사람이 위험한 인물이었음에도 불구하고, 공증인은 친절한 태도로 곧 도장을 찍어 주었다.

"정말이지, 몇 마디 말 때문에……."

부바르가 말했다.

"그 말이 죄악을 초래할 때는 할 수 없지요!"

"하지만 결백한 말과 죄가 되는 말을 어떻게 구분합니까?

지금은 금지되어 있는 말도 나중에는 갈채를 받을 수도 있는데요."

페퀴셰가 말했다. 그리고 그는 폭도들을 너무 가혹하게 다룬다고 비난했다.

마레스코는 당연히 사회를 옹호하고 공공의 안녕과 법의 지고성을 내세웠다.

"아니오! 한 개인의 권리는 만인의 권리와 똑같이 존중되어야 합니다. 만약 그가 자명한 이치로 당신에게 항변한다면, 당신은 힘으로밖에 개인의 권리를 반박할 수 없어요."

페퀴셰가 말했다.

마레스코는 대답하는 대신 멸시하는 듯이 눈썹을 치켜세웠다. 그는 계속해서 증명서나 만들고 자기의 편안한 보금자리에서 안정되게 살 수만 있다면, 어떠한 부당한 행위에 대해서도 마음의 동요를 느끼지 않을 수 있었다. 마레스코는 해결해야 할 소송 사건이 있어서 바쁘다고 양해를 구했다.

공공의 안녕에 대한 마레스코의 견해에 부바르와 페퀴셰는 화가 났다. 이제는 보수주의자들이 마치 로베스피에르처럼 말하고 있었다.

또 다른 놀랄 만한 일은 카베냑[257]의 신용이 떨어지고 있다는 사실이었다. 기동대가 의심을 받게 된 것이다. 르드뤼 롤랭은 이제 보코르베유의 머릿속에서조차 잊히고 말았다. 어느 누구도 헌법에 대한 토론에 관심을 갖지 않았다. 그리고, 십이월 십일, 샤비뇰의 모든 주민들은 보나파르트에게 찬성 투표를 했다.

육백만의 투표는 국민들과 의견을 달리한 페퀴셰를 낙담시켰다. 그리하여 부바르와 페퀴셰는 보통선거의 문제점을 연구했다.

모든 사람에게 속한 보통선거는 현명한 것일 수가 없다. 늘 한 야심가가 선거를 주도할 것이고 다른 사람들은 가축 떼처럼 복종하게 될 것이다. 심지어 유권자들은 글을 읽을 줄조차 모를 수도 있기 때문이다. 따라서 페퀴셰에 따르면 대통령 선거에는 많은 부정이 있었다는 것이다.

"천만에. 나는 그보다 국민들이 어리석기 때문이라고 생각하네. 르발레시에르[258]라든가 뒤퓌트랑 포마드라든가 부인용 향수 따위를 사는 놈들을 생각해보게! 그런 멍청이들이 대다수의 선거 유권자를 이루고, 우린 그놈들의 의사를 따르게 되는 거야. 뭣 때문에 집토끼로 삼천 리브르의 수익을 올릴 수 없다고 하는지 아나? 그건 너무 많은 숫자가 모여 있으면 죽음의 한 원인이 되기 때문이야. 마찬가지로 군중이라는 사실 하나만으로도 거기에 내포되어 있는 어리석음의 씨앗이 자라서, 엄청난 결과를 초래하게 되는 걸세."

부바르가 맞섰다.

"자네의 회의주의에 소름이 끼치네!"

페퀴셰가 대답했다.

얼마 후 봄에, 그들은 파베르주를 만났다. 파베르주는 로마 원정에 대해서 알려주었다. 이탈리아 사람들을 공격하지는 않을 것이지만, 우리에게도 확실한 보증이 필요하기 때문이라고 했다. 그렇지 않으면 우리의 영향력이 손상된다는 것이다. 이러한 개입이야말로 가장 합법적인 것이라고 했다.

부바르는 눈을 크게 떴다.

"폴란드에 대해서는 반대 의견을 주장하지 않으셨습니까?"

"그건 경우가 달라요!"

지금은 교황이 관련되어 있다는 것이다. 파베르주는 "우리는 원하고, 행동할 것이며, 존중받을 것이다"라고 말하면서 한 집단의 상징을 나타내 보였다.

부바르와 페퀴셰는 다수와 마찬가지로 소수에 대해서도 혐오감을 느꼈다. 요컨대 평민이나 귀족이나 다 마찬가지였다.

개입의 권리라는 것이 그들에게는 석연치 않게 생각되었다. 그들은 칼보, 마르탕, 바텔의 저서에서 그 원칙을 찾아보았고, 부바르가 결론을 내렸다.

"왕위의 복권이나 국민 해방을 위해서, 아니면 위험에 대한 대비책으로 개입을 한다는군. 어느 경우에 있어서든지, 그건 타인의 권리에 대한 침해요, 힘의 남용이고, 위선적인 폭력이야!"

"그렇지만 국민 상호간에도 개인의 경우처럼 연대책임이 있는 법이야."

페퀴셰가 말했다.

"그럴지도 모르지!"

부바르는 생각에 잠겼다.

곧 프랑스 국내에서 로마 원정이 시작되었다.

파괴적인 사상을 증오한 나머지, 파리의 정예 부르주아들이 두 곳의 인쇄소를 약탈했다. 대규모의 보수파가 형성된 것이다.

그 지역에서는 백작, 푸로, 마레스코와 신부가 보수파의 지도자가 되었다. 그들은 날마다 네 시경에 광장의 한쪽 끝에서 다른 쪽 끝까지 거닐며 사건에 대해 이야기했다. 주요한 일은 팸플릿을 나누어주는 것이었다. 팸플릿의 제목에는 '신은 그것을 원할 것이다', '평등배분론자들', '진창에서 나옵시다', '우리는 어디로 가고 있는가?' 와 같이 재치가 담겨 있었다. 더욱 훌륭한 것은 욕설과 오류가 섞여 있는 촌사람 스타일의 대화로서, 농부들의 도덕성을 고양시켜주기 위한 것이었다. 새로운 법에 따르면, 유인물 유포에 관한 것은 전적으로 도지사의 권한이었다. 또한 그 법에 의해 프루동[259]은 생트 펠라지[260]에 처넣어졌다. 그것은 대단한 승리였다.

자유의 나무들은 대부분 베어졌다. 샤비뇰도 그 지시에 따랐다. 부바르는 그의 미루나무 조각들이 손수레 위에 실려 있는 것을 직접 눈으로 보았다. 그것은 병사들의 난방용으로 쓰이고, 나무 밑동은 신부에게 주어졌다. 하지만 신부는 그 나무를 축성한 사람인데! 이 무슨 우롱인가!

학교 선생은 자기가 생각하는 바를 숨기지 않았다. 부바르와 페퀴셰는 어느 날 그의 집 앞을 지나가다가, 그 점에 대해서 그를 칭찬했다.

그 다음 날, 프티는 부바르와 페퀴셰의 집에 찾아왔다. 일주일 후에는 부바르와 페퀴셰가 그를 방문했다.

해가 지고 있었고, 아이들은 막 돌아간 뒤였다. 학교 선생은 토시를 두르고 마당을 쓸고 있었다. 마드라스[261]산 직물의 모자를 쓴 프티의 아내는 아이에게 젖을 먹이고 있었다. 그녀의 치마 뒤에는 어린 여자아이가 숨어 있었고, 발밑에서는 못생긴 사내아이가 땅바닥에서 놀고 있었다. 부엌에서 사용한 비눗물이 집 밑으로 흐르고 있었다.

"정부가 우리를 어떻게 대우하는지 보세요!"

학교 선생이 말했다. 그리고 비열한 유통 자본을 비난했다. 그는 유통 자본을 민주화해서 물질 문제를 해결해야 한다고 했다.

"전적으로 동의합니다!"

페퀴셰가 말했다.

적어도 구조를 요구할 권리를 인정해야 한다.

"또 하나의 권리가 있지요!"

부바르가 말했다.

그런 것은 아무래도 좋다! 과도 정부는 나약해서 동포애를 형성하지 못했다.

"그럼 동포애를 확립하도록 해보시죠!"

날이 어두워지자, 프티는 아내에게 사무실에 촛대를 갖다 놓으라고 거칠게 말했다.

석고 담벼락에는 좌파의 대변자들의 석판 초상화가 핀으로 고정되어 있었다. 전나무 책상 위에는 책 선반이 하나 걸려 있었다. 사람들이 앉을 수 있도록 의자 하나, 걸상 하나, 낡은 비누 상자 하나가 있었다. 프티는 그런 것들을 무시하듯 웃는 체했다. 그러나 그의 뺨에는 궁핍함이 새겨져 있었고, 좁은 관자놀이에는 고집스러운 숫양의 모습과 완고한 자존심이 드러나 있었다. 그는 결코 굴복하지 않을 것이다.

"한편으로 제게 힘을 북돋워주는 것이 바로 이것들이지요!"

그것은 선반 위에 있는 신문 더미들이었다. 그는 자기의 신념을 나타내는 신문기사들을 열광적으로 설명했다. 군대의 무장해제, 행정관직의 폐지, 임금의 평등, 선두의 독재자와 같은 생활수준, 공화국 체제하에서 황금시대를 구가할 수 있는 방법, 그리고 이러한 것들을 효과적으로 처리할 수 있는 사람에 관한 내용이었다!

프티는 아니스 술 한 병과 잔 세 개를 가져와서, 영웅과 불멸의 희생자와 위대한 막시밀리안을 위해 축배를 들었다!

신부의 검은 옷이 문턱에 보였다.

신부는 재빨리 인사를 하고, 학교 선생에게 다가가서 작은 목소리로 말했다.

"성 요셉에 관한 문제는 어찌 됐소?"

"아이들이 아무것도 가져오지 않았어요!"

학교 선생이 대답했다.

"그건 당신 잘못이오!"

"난 할 만큼 했어요!"

"아! 그래요?"

부바르와 페퀴셰는 조심스럽게 일어났다. 그러자 프티는 그들을 다시 앉히고, 신부에게 말했다.

"그것뿐입니까?"

죄프루아 신부는 망설이다가, 질책을 거두고 웃음을 띠며 말했다.

"당신은 성사(聖史)를 다소 무시하는 것 같군요."

"오! 성사라고요!"

부바르가 말했다.

"당신은 무엇 때문에 성사를 비난하는 거지요?"

"내가요? 전혀! 단지 요나의 일화나 이스라엘 왕들의 이야기보다 더 유익한 것이 있을지도 모른다는 거지요!"

"당신 마음대로 하시오!"

신부가 무뚝뚝하게 대답했다. 그리고 다른 두 사람을 개의치 않고, 아니 어쩌면 바로 그들을 의식해서 다음과 같이 말했다.

"교리 시간이 너무 짧다고요!"

프티는 어깨를 으쓱했다.

"조심하시오. 당신은 학생들을 잃게 될지도 몰라요!"

학생들이 매달 내는 십 프랑의 돈은 프티의 처지에서는 가장 좋은 것이었다. 그러나 신부가 그를 몹시 화나게 했다.

"할 수 없지, 복수할 테면 하시오!"

"나는 복수 같은 건 하지 않아요! 단지 삼월 십오일의 법령에 따라, 초등 교육에 대한 감시권이 우리에게 부여되었다는 사실을 당신에게 환기시켜줄 뿐이오."

신부는 흥분하지 않고 말했다.

"아! 나도 잘 알아요! 그 감시권은 헌병대 대령에게도 있지요! 전원 감시인에게는 왜 없는지요! 그러면 완벽할 텐데 말입니다!"

학교 선생이 소리쳤다. 그는 화를 참느라고 주먹을 깨물며 나무 걸상 위에 털썩 주저앉았다. 자기가 무능력하다는 생각에 기가 막혔다.

신부가 가볍게 그의 어깨를 두드렸다.

"난 당신을 괴롭히려는 게 아니에요! 진정해요! 좀 냉정하라고요! 자, 곧 부활절입니다. 나는 당신이 다른 사람들과 함께 성체를 배령하면서 본보기를 보여주길 바라오."

"아, 너무하군요! 내가! 내가! 그와 같이 어리석은 일에 따르라고요!"

신부는 이 불경한 언사에 얼굴이 창백해졌다. 눈동자가 번쩍이고, 턱이 떨렸다.

"조용히 하시오. 나쁜 사람! 조용히 해요! 교회의 빨래를 손질하는 사람이 바로 당신 아내요!"

"아니? 뭐라고요? 내 아내가 뭘 한다고요?"

"당신 아내는 항상 미사에 빠지지요! 하기야 당신도 마찬가지고!"

"아! 미사에 빠진다는 이유로 학교 선생을 해고시키지는 못해요!"

"경질시킬 수는 있지요!"

신부는 더 이상 말하지 않았다. 그는 어두운 방 한가운데 있었다. 프티는 얼굴을 어깨에 파묻고 생각에 잠겨 있었다.

그의 가족은 마지막 남은 돈을 여행 경비로 쓰고, 프랑스의 다른 쪽 끝에 도착하게 될 것이다. 그는 거기에서도 이름만 다를 뿐 똑같은 신부와 똑같은 교장과 똑같은 도지사를 만나게 되리라! 장관에 이르기까지 모든 사람이 그를 짓누르는 쇠사슬의 고리 같았다! 그는 이미 경고를 받았고, 다른 사람들에게서도 또 경고를 받게 될 것이다. 그러고 나면? 그는 일종의 환각 속에서, 등에 가방을 멘 채 가족을 이끌고 우체국 의자를 향해 손을 뻗치며 대로 위를 걸어가는 자기 자신의 모습을 보았다!

그때 부엌에서 그의 아내가 기침의 발작을 일으키고, 갓난아기가 울기 시작했다. 어린아이도 울고 있었다.

"가엾은 아이들!"

신부가 부드러운 목소리로 말했다.

그러자 아이의 아버지가 오열을 터뜨렸다.

"좋아요! 좋아! 원하는 대로 하세요!"

"그렇게 믿지요."

신부가 대답했다. 그리고 상반신을 숙이며 인사했다.

"여러분, 안녕히 계십시오!"

학교 선생은 손으로 얼굴을 감싸고 있었다. 그는 부바르를 밀어냈다.

"아니요! 내버려두세요! 죽고 싶어요! 나는 비열한 놈입니다!"

부바르와 페퀴셰는 어딘가에 예속되어 있지 않은 것을 스스로 기뻐하며 집으로 돌아왔다. 그들은 성직자의 권력에 겁이 났다. 이제는 사회 질서를 강화하는데 그 권력을 이용할 것이다. 그리하여 공화국이 곧 사라지게 될 것이다.

삼백만의 유권자들이 보통선거에서 제외되었다. 신문의 보증금은 올랐고, 검열이 되살아났다. 사람들은 신문소설을 비난했다. 고전철학은 위험한 것으로 간주되었고, 부르주아들은 물질적인 이익의 교리를 강조했다. 그리고 국민들은 만족한 듯이 보였다.

시골 사람들은 옛 주인에게로 돌아갔다.

외르 지방에 부동산을 가지고 있던 파베르주는 입법의회에 뽑혔고, 칼바도스의 일반 의회에 재선되는 것이 이미 확실해졌다.

파베르주는 마을의 유지들에게 점심을 대접하는 것이 좋겠다고 생각했다.

세 명의 하녀가 양복저고리를 받아들기 위해 기다리고 있는 현관, 당구대, 한 줄로 늘어선 두 개의 거실, 중국산 꽃병에 꽂혀 있는 화초, 벽난로 위의 청동 제품, 호화찬란하게 장식된 기둥 모서리, 두꺼운 커튼, 넓은 안락의자, 이 모든 호사스러움은 예의바른 대접을 받은 듯이 사람들의 마음을 즐겁게 해주었다. 식당으로 들어가서 쇠고기가 담긴 은쟁반이 놓여 있는 테이블, 개인 접시 앞에 일렬로 늘어선 유리잔, 여기저기 놓인 전식, 가운데에 있는 연어를 보자, 모든 사람들의 얼굴이 환해졌다.

유능한 두 명의 농부, 바이외의 군수와 셰르부르에서 온 사람을 포함해서 손님은 모두 열일곱 명이었다. 파베르주는 손님들에게 자기 아내가 두통 때문에 참석하지 못한 것에 대해 양해를 구했다. 사람들은 모퉁이에 있는 네 개의 바구니에 가득 담긴 배와 포도에 대한 찬사를 늘어놓은 후에, 새로운 소식을 화제로 삼았다. 즉, 샹가르니에[262]의 영국 침입에 대한 계획이었다.

외르토는 군인이기 때문에, 신부는 신교도에 대한 증오 때문에, 푸로는 상업상의 이익 때문에 영국 침입을 원하고 있었다.

"당신들은 중세의 감정을 표현하고 있군요!"

페퀴셰가 말했다.

"중세에는 훌륭한 것이 있었지요! 이를테면, 우리의 성당이라든가!……."

마레스코가 대답했다.

"그렇지만, 악습은!……."

"아무래도 상관없어요. 혁명은 일어나지 않을 테니까!……."

"아! 혁명이라, 그것이 바로 불행입니다!"

신부는 한숨을 쉬며 말했다.

"하지만 모든 사람들이 혁명에 협력했어요! 백작께는 실례입니다만, 귀족들까지도 철학가들과 결합해서 말이지요!"

"할 수 없지요! 루이 18세가 약탈을 합법화했으니 말이오! 그때부터 의회 체제는 그 기반이 무너지고 있어요!……."

로스트비프가 나왔다. 한동안 포크 소리와 음식 씹는 소리, 하녀들의 발소리만 들렸고, "마디라 포도주! 소테른 포도주!"라는 두 마디 말만 되풀이되었다.

셰르부르 사람이 대화를 다시 시작했다. 파멸의 내리막길에서 어떻게 멈출 수 있는가?

"우리와 연관이 있는 아테네에서는, 솔론[263)]이 선거권이 부여되는 납세 금액을 올림으로써 민주주의자들을 굴복시켰지요."

마레스코가 말했다.

"의회를 없애는 게 더 낫겠어요. 모든 무질서는 파리에서부터 파생되고 있으니 말이에요."

위렐이 말했다.

"지방 분권을 실시합시다!"

공증인이 말했다.

"폭넓게!"

백작이 응수했다.

푸로는, 필요에 따라 군청이 여행객들의 통행을 금지시킬 수 있을 만큼 절대적인 지배자가 되어야 한다고 했다.

주스를 곁들인 닭 요리, 가재 요리, 버섯, 야채샐러드, 종달새 구이 등 요리가 계속 나오는 동안, 많은 주제가 다루어졌다. 즉 가장 좋은 세금 체계라든가, 대규모 경작의 이점이라든가, 사형 제도의 폐지와 같은 것들이었다. 군수는 '암살자들이 먼저 살인하지 않기를!' 이라는 한 재치 있는 사람의 말을 잊지 않고 인용했다.

부바르는 주위의 물건들과 사람들의 대화 내용이 이루는 대조에 무척 놀랐다. 왜냐하면 사람들의 말이 주위 환경에 부합되어야 하고 마치 높은 천장은 위대한 사고를 위해 만들어진 것처럼 늘 생각되었기 때문이다. 그럼에도 불구하고 그는 후식을 먹을 때 얼굴이 붉어졌고, 정신이 몽롱한 상태에서 정과 그릇을 얼핏 보았다.

사람들은 보르도산, 부르고뉴산, 말라가산의 술을 마셨다. 자기 손님들의 취향을 잘 알고 있는 파베르주는 샴페인을 땄다. 회식자들은 선거의 승리를 위해서 술잔을 맞들어 건배하며 마셨다. 커피를 마시기 위해서 흡연실로 갔을 때에는 세 시가 지나 있었다.

벽에 붙여놓은 작은 테이블 위에는 여러 권의 《위니베르》 잡지 사이에 《샤리바리》 신문의 만화가 놓여 있었다. 그것은 한 시민을 그린 것이었는데, 프록코트의 늘어진 자락 밑으로 꼬리가 보이고 꼬리 끝에는 눈이 하나 달려 있었다. 마레스코가 그 그림에 대해 설명을 해주자, 모두들 많이 웃었다.

그들은 리쾨르 술을 마셨다. 담뱃재가 가구의 쿠션에 떨어졌다. 신부는 볼테르를 공격하며 지르발을 설득하려고 했다. 쿨롱은 잠들어 있었다. 파베르주는 샹보르에 대한 자기의 헌신을 이야기했다.

"꿀벌은 군주 정치를 입증해주지요."

"하지만 개미떼는 공화국을 입증하지요!"

그런데 의사는 더 이상 공화국에 집착하지는 않았다.

"당신 말이 옳아요! 정부 형태는 중요한 것이 아니지요!"

군수가 말했다.

"자유가 있다면 그렇지요!"

페퀴셰가 반박했다.

"정직한 사람은 자유가 필요 없지요. 저는 연설을 하려는 것이 아닙니다! 신문기자도 아니고요! 단지 제가 주장하는 것은, 프랑스가 철의 위력으로 통치되기를 바라고 있다는 사실입니다!"

푸로가 대답했다.

모든 사람들이 구세주를 바라고 있었다.

밖으로 나오다가, 부바르와 페퀴셰는 파베르주가 죄프루아 신부에게 하는 말을 들었다.

"다시 사람들이 복종하도록 만들어야 합니다. 사람들이 토론을 하면 권위는 사라지는 거예요! 신권이라는 것, 그것만이 존재하는 거지요!"

"그렇고 말고요, 백작님!"

시월의 희미한 태양빛이 숲 뒤로 길게 뻗어 있었고, 축축한 바람이 불고 있었다. 부바르와 페퀴셰는 낙엽 위를 걸으면서, 해방이라도 된 듯이 안도의 숨을 내쉬었다.

그들이 말하지 못한 모든 말들이 감탄사로 되어 내뱉어졌다.

"무슨 바보스러움! 그 무슨 저속함! 어떻게 그토록 완고한 생각을 한담! 대체 신권이란 뭘 의미하는 거야?"

부바르와 페퀴셰에게 미학에 대해서 가르쳐준 일이 있는 교수, 즉 뒤무셸의 친구가 그들의 질문에 박식한 편지로 답변을 해주었다.

'신권 이론은 샤를 2세 때에 영국인 필머에 의해서 성립된 것으로 다음과 같습니다.

창조주는 제1의 인간에게 이 세상의 통치권을 부여했고, 그것은 그의 후손들에게 전승되었다. 그러므로 왕의 권력은 신으로부터 나오는 것이다. "왕은 신의 형상이다"라고 보쉬에는 썼다. 아버지가 다스리는 가정이라는 제국은 유일자의 통치에 익숙해 있다. 그러므로 아버지를 모델로 삼아 왕을 만든 것이다.

로크는 이 이론을 반박했다. 아버지의 권력은 군주제와 구별되는 것으로서, 군주가 자기 아이들에 대해 권리를 갖는 것과 마찬가지로 모든 사람들도 자기의 아이들에 대해 똑같은 권리를 갖는다. 왕권은 단지 대중의 선택에 의해서만 존재할 뿐이다. 대관식 행사에서 두 명의 주교가 왕을 가리키며 귀족과 평민에게 그를 왕으로 받아들일지를 묻는 것은 바로 선거를 연상시켜주는 것이다.

"그러므로 권력은 국민으로부터 오는 것이다. 국민은 원하는 모든 것을 할 권리가 있다"고 엘베시우스는 말한다. 바텔은 국민에게 "헌법을 바꿀 권리가 있다"고 하고, 글라페이, 오트만, 마블리 등은 "부당함에 반항할 권리가 있다"고 말한다! 그리고 성 토마스 아퀴나스는 독재자로부터 벗어날 권리를 국민에게 부여한다. 쥐리외는 독재자란 이성이 없는 거나 마찬가지라고 말한다.'

그들은 자명한 원리에 감명을 받아서, 루소의 《사회계약론》을 읽었다.

페퀴셰는 끝까지 다 읽은 후에, 눈을 감고 머리를 뒤로 젖힌 채 분석을 해보았다.

"하나의 계약을 가정하고, 그 계약에 따라 개인은 자기의 자유를 양도한단 말이지. 그러면 동시에 국민은 자연의 기복에 대하여 개인을 보호해줄 것을 약속하고, 그 개인을 그가 지니고 있는 물건의 소유주로 인정해준다는 거야."

"계약의 증거는 어디에 있는데?"

"아무 데도 없어. 공동체는 아무런 보증도 해주지 않아. 시민들은 전적으로 정치에만 전념할 것이라네. 그러나 직업이 필요하기 때문에 루소는 노예제도를 권장하고 있지. 과학은 인류를 멸망시켰다는군. 연극은 타락시키는 존재요, 돈은 해로운 것이고. 그래서 국가는 하나의 종교를 강요하고 위반하면 사형을 시킨다는 거야."

어떻게 루소가 1793년의 우상이며 민주주의의 대가인가 하고 그들은 생각했다.

모든 개혁가들은 루소를 모방했다. 부바르와 페퀴셰는 모랑의 《사회주의에 관한 조사》를 구해 읽었다.

첫 장은 생시몽의 이론을 설명하고 있었다.

교황과 황제와 아버지가 동시에 최고의 위치에 있었다. 상속이 폐지되고, 모든 동산과 부동산은 사회 기금으로 구성되어, 계층에 따라 활용될 것이다. 실업가들이 공공의 재산을 이끌어 갈 것이다. 그러나 두려워할 것은 아무것도 없다! '가장 사랑이 많은 사람'을 지도자로 세우게 될 테니까.

한 가지 부족한 것은 여성에 대한 문제이다. 이 세상의 구원은 여성의 도래에 달려 있다.

"난 이해할 수 없군."

"나도!"

그들은 푸리에주의[264)]에 접근했다.

모든 불행은 속박에서 비롯된다. 정열의 인력[265)]이 자유롭게 나타나면 조화가 이루어질 것이다.

우리의 마음에는 열두 가지의 주된 감정이 있는데, 다섯 가지는 이기적인 것이고, 네 가지는 심적인 것이며, 세 가지는 분배적인 것이다. 첫 번째 것은 개인을 지향하고, 둘째 종류는 집단을, 마지막 종류는 집단의 집단 혹은 무리를 지향하는 것으로, 이러한 무리가 모여서 팔랑주[266)]를 이룬다. 팔랑주는 한 건물에서 거주하는 천팔백 명의 사람으로 이루어진 사회이다. 매일 아침, 자동차가 일꾼들을 들로 실어가고 저녁에는 다시 데려온다. 사람들은 집단을 상징하는 깃발을 가지고 있고, 축제를 열며, 과자를 먹는다. 모든 여자들은 원한다면 세 명의 남자, 즉 남편과 애인과 생식을 위한 남자를 소유할 수 있다.

독신자들을 위해서는 직업적인 무희 제도가 설립된다.

"이건 나한테 어울리는걸!"

부바르가 말했다. 그리고 그는 조화로운 세상에 대한 몽상에 잠겼다.

기후의 본질을 복원시킴으로써 대지는 더욱 아름다워질 것이고, 인종이 뒤섞임으로써 인간의 수명은 더욱 길어질 것이다. 요즈음 벼락을 만들어내는 것처럼 구름을 조종하게 되고, 밤에 비가 내려 마을을 청소해줄 것이다. 선박들은 북극광 밑으로 해빙된 극지방의 바다를 건너갈 것이다. 왜냐하면 극에서 솟아나오는 암수 두 유동체의 결합에 의해서 모든 것이 만들어지기 때문이다. 북극광은 유성의 발정기에 대한 징후이며, 생식력이 강한 열의 방출인 것이다.

"나는 이해 못하겠군."

페퀴셰가 말했다.

시몽과 푸리에 다음에는 임금 문제를 생각해보았다.

노동자의 이익을 위해 루이 블랑은 무역의 폐지를 원하고, 라 파렐은 기계의 사용을 강요하고, 또 다른 사람은 음료의 값을 내리거나 혹은 동업조합단체를 다시 만들거나 식사를 나누어주기를 원한다. 프루동은 늘 변함없는 가격표를 생각하며, 정부에게 설탕을 전매해줄 것을 요구한다.

"자네 사회주의자들은 언제나 독재 정치를 요구하고 있군."

부바르가 말했다.

"천만에!"

"그렇다니까!"

"터무니없는 소리!"

"자네, 나한테 반항하는 건가!"

그들은 대강의 내용만 겨우 알고 있는 책들을 가져왔다. 부바르는 몇 군데에 밑줄을 쳐서 보여주며 말했다.

"직접 읽어보게! 그들이 본보기로 제시하는 것은 에세네파[267]와 모라비아 교도[268]와 파라과이의 예수회야. 심지어 형무소의 법규까지도 있네. 이카리아[269] 사람들은 이십 분 만에 점심을 만들고, 여자들은 병원에서 분만을 하지. 또 공화국의 허가 없이는 책 인쇄가 금지되어 있네."

"하지만 카베[270]는 멍청이잖아."

"그럼, 이건 시몽의 이야기야. 광고업자들은 실업가위원회의 지시에 따라 일을 한다는군. '시민들은 대변자의 말을 들어야 한다는 것을 법으로 정하라' 는 건 피에르 르루의 말일세. 그리고 '성직자들은 젊은이들을 교육시키고 정신적인 모든 작품들을 조종하며, 정권으로 하여금 출산을 조절하도록 하라' 는 건 오귀스트 콩트의 말이고."

이러한 자료들은 페퀴셰를 몹시 괴롭혔다. 그날 저녁, 저녁 식사를 하면서 그는 대답했다.

"이상주의자들에게 우스꽝스러운 점이 있다는 건 나도 인정하겠네. 하지만 그들은 우리의 사랑을 받을 만해. 그들은 이 세상의 흉측함을 한탄하고, 보다 더 아름다운 세상을 만들려고 온갖 고통을 겪었단 말이야. 목이 잘린 토머스 모어,[271] 일곱 번이나 고문을 당한 캄파넬라, 쇠사슬로 목이 묶여 있던 뷔오나로티, 죽도록 빈곤했던 시몽, 그 외 많은 사람들을 생각해보게. 그들은 편안하게 살 수도 있었어! 하지만 그러지 않았지! 그들은 하늘을 향해 머리를 들고 영웅처럼 자기의 길을 걸어간 거야."

"자네는 이 세상이 한 사람의 이론으로 바뀌리라고 믿나?"

"그런 건 문제가 되지 않아! 이제는 더 이상 에고이즘 속에 웅크리고 있을 때가 아니야! 최선의 제도를 찾아야지!"

"그럼, 자네는 그런 걸 찾을 거라고 기대하고 있나?"

"물론이지!"

"자네가?"

부바르는 웃음을 터뜨리며, 박자를 맞추듯 어깨와 배를 들썩거렸다. 게다가 겨드랑이에 수건을 댄 채 얼굴이 잼보다도 더 빨갛게 되어, 기분을 거슬리게 하는 태도로 "아! 아! 아!" 하고 계속 되풀이했다.

페퀴셰는 문을 꽝 닫고 방에서 나가버렸다.

제르맨은 온 집 안에 대고 페퀴셰를 소리쳐 불렀다. 페퀴셰는 자기 방 가운데의 안락의자에서, 난로도 피우지 않고 촛불도 켜지 않은 채 모자를 푹 눌러쓰고 있었다. 그는 아프지는 않았지만 생각에 잠겨 있었다.

불화가 가라앉고 나자, 그들은 자기들의 연구에 정치 · 경제라는 기본적인 분야가 부족하다는 것을 깨달았다.

그리하여 공급과 수요, 원금과 대출 이율, 수입, 수입금지에 대해서 알아보았다.

어느 날 밤, 페퀴셰는 복도에서 장화 부딪히는 소리에 잠이 깼다. 평소처럼 그 전날 밤에도 페퀴셰가 직접 모든 빗장을 걸었었다. 그는 깊이 잠들어 있는 부바르를 불렀다.

그들은 이불 밑에서 꼼짝도 하지 않고 있었다. 소리는 더 이상 나지 않았다.

하녀들에게 물어보았지만, 아무것도 듣지 못했다고 했다.

그러나 정원을 산책하다가, 그들은 정원 한가운데의 살울타리 근처에서 구두 자국을 발견했다. 그리고 철망의 막대기 두 개가 부러져 있었다. 누군가가 철망을 넘어 침입한 것이 틀림없었다.

전원 감시인에게 알릴 필요가 있었다.

면사무소에 전원 감시인이 없어서, 페퀴셰는 식료품 가게로 갔다.

가게 뒷방에서 술을 마시는 사람들 가운데, 플라크방 옆에서, 페퀴셰는 누구를 보았을까? 그것은 고르귀였다! 고르귀는 부르주아처럼 옷을 입고, 사람들에게 우스갯소리를 하고 있었다.

그 만남은 그리 중요하지 않았다. 곧 부바르와 페퀴셰는 진보에 관한 문제에 이르렀다.

부바르는 과학적인 분야에서의 진보는 의심하지 않았다. 그러나 문학에 있어서는 명확하지 않았다. 그래서 육신의 안락이 증가할수록 오히려 찬란한 생이 사라진 것이다.

페퀴셰는 부바르를 설득하려고 종잇조각을 집어 들었다.

"구불구불한 선을 하나 비스듬히 그리겠네. 그 선 위를 달려가는 사람은, 선이 밑으로 내려갈 때마다 더 이상 지평선을 보지 못하지. 그렇지만 선은 다시 위로 올라가고, 굴곡이 있더라도 결국 정상에 도달하게 되지. 진보라는 것도 이와 같은 것이네."

보르댕 부인이 들어왔다.

1851년 십이월 삼일이었다. 그 여자는 신문을 가지고 왔다.

그들은 나란히 앉아, 국민에 대한 호소문, 의회의 해산, 의원들의 투옥에 대한 기사를 재빨리 읽었다.

페퀴셰는 얼굴이 창백해졌다. 부바르는 보르댕 부인을 바라보았다.

"뭐예요? 아무 말도 안 하다니요!"

"내가 어떻게 하기를 바라는 겁니까?"

그들은 보르댕 부인에게 앉으라고 권하는 것을 잊고 있었다.

"나는 당신들을 기쁘게 해줄 생각으로 왔는데요. 아! 당신들은 오늘 전혀 친절하지가 않군요."

보르댕 부인은 그들의 무례함에 화가 나서 나가버렸다.

부바르와 페퀴셰는 놀라서 아무 말도 하지 못했다. 그리고 마을로 가서 분노를 터뜨렸다.

마레스코는 계약서 속에 파묻혀서 그들을 맞이했다. 마레스코는 다르게 생각하고 있었다. 의회의 시끄러운 소리가 다행히도 끝났다는 것이다. 이제부터는 사업에 대한 정책을 세울 수도 있을 것이다.

벨장브는 사건도 잘 몰랐고, 게다가 무시하고 있었다.

중앙 시장에서 그들은 보코르베유를 만났다.

의사는 그 모든 것에서 벗어나 있었다.

"당신들이 괴로워하는 건 정말 잘못이오."

푸로는 빈정거리는 태도로 "민주주의자들을 처부숴라!"라고 말하면서 그들 곁을 지나갔다. 그리고 육군 대장은 지르발의 팔을 잡고 멀리서 외쳤다.

"황제 만세!"

하지만 프티는 그들을 이해하리라. 부바르가 창유리를 두드리자, 학교 선생이 교실에서 나왔다.

그는 티에르가 감옥에 갇힌 게 정말 어처구니없다고 생각했다. 그것은 국민에게 복수를 하는 것이다.

"아! 아! 의원 나리들, 다음에는 당신들 차례요!"

샤비뇰은 거리에서 총살시키는 것을 승인했다. 패자에게는 용서가 없었고, 희생자는 동정 받지 못했다! 반감을 가지면 그대로 범죄자가 되는 것이다.

"신의 은총에 감사합시다! 그리고 루이 보나파르트에게도 감사합시다. 그의 주위에는 매우 탁월한 사람들이 많습니다! 파베르주 백작은 상원의원이 될 겁니다."

신부가 말했다.

그 다음 날, 플라크방이 부바르와 페퀴셰를 찾아왔다.

그들이 말을 너무 많이 했기 때문이다. 플라크방은 부바르와 페퀴셰에게 조용히 있을 것을 권유했다.

페퀴셰가 말했다.

"자네는 내 의견을 알고 싶나? 부르주아들은 잔인하고, 노동자들은 시기심이 많고, 성직자들은 비굴하고, 게다가 국민들은 입에다가 밥그릇만 대주면 어떤 폭군도 받아들이니, 나폴레옹은 참 잘한 거야! 그가 국민의 입을 틀어막고 짓밟고 몰살시켜버렸으면 좋겠네! 그래도 전혀 지나친 것이 아니지, 권리를 증오하고 비겁하고 무기력하며 무분별한 자들이니 말이야!"

부바르는 잠시 생각하다가 말했다.

"쳇, 진보라니, 그 무슨 엉터리인가! 그리고 또 정치는 그야말로 추잡한 것이지!"

"그건 학문이 아닐세. 차라리 전술이 더 가치 있는 것이지, 앞으로 일어날 일을 예측도 하고 말이야. 우리 그것을 시작해볼까?"

"아! 고맙네만! 난 모든 게 싫어졌어. 차라리 이 너절한 집을 팔아버리고, 기막힌 일이지만 야만인한테라도 가서 살아볼까!"

"좋을 대로!"

멜리가 마당에서 물을 푸고 있었다.

목재 펌프에는 기다란 손잡이가 달려 있었다. 그 손잡이를 밀어 내리느라고 멜리가 허리를 굽히자, 그녀의 파란 양말이 장딴지 윗부분까지 보였다. 그리고 그녀는 얼른 오른팔을 들어 올리느라고 머리를 약간 돌리곤 했다. 페퀴셰는 멜리를 바라보며, 매력이랄까, 무한한 기쁨이랄까, 아주 신선한 어떤 것을 느끼고 있었다.

| 주 |

1) 라스팅은 짜임새가 새틴과 유사한, 짧은 양모 천을 말한다.
2) 티에르(1797~1877). 프랑스의 정치가, 신문기자, 역사학자. 제2제정에 반대하여 체포되었다.
3) 페늘롱(1651~1715). 프랑스의 사제이자 소설가.
4) 퓌알데스(1761~1817). 프랑스의 행정관. 제정기에 살해당했는데, 그 살해자들에 대한 소송 사건이 유명한 일화를 남겼다.
5) 콜레주 드 프랑스는 1530년경 프랑수아 1세가 창립한 고등교육기관으로, 공개 강좌제를 시행했다.
6) 뫼동, 벨뷔, 쉬렌은 센 강 상류의 지명이고, 오퇴유는 센 강과 불론뉴 숲 사이의 지역이다.
7) 펀치는 럼주에 레몬즙, 홍차, 설탕, 계피 따위를 섞은 음료이다.
8) 가스파랭(1783~1862). 프랑스의 농학자이자 정치가.
9) 마당질꾼이란 곡식의 이삭을 쳐서 터는 일을 하는 사람.
10) 섶은 넘어지기 쉬운 식물에 곁들여 꽂아두는 막대기를 말한다.
11) 아티초크는 식용 식물 중 하나.
12) 18세기의 성(城)인 에름농빌은 루소가 생애 마지막 몇 주일을 보낸 곳으로 유명하다.
13) 아브 델 카데르(1807~1883)는 알제리의 아라비아 추장으로, 군사적, 정치적으로 프랑스의 알제리 지배를 방해한 사람이다.
14) 유트레히트는 네덜란드의 주.
15) 보드빌이란 가벼운 희극.
16) 악상 시르콩플렉스는 불어의 철자에 쓰이는 기호(^).
17) 7월왕정 시대에 매우 제한된 선거가 실시되었을 때, 지식인들은 충분한 세금을 내지 않았기 때문에 투표에서 제외되었다. 그래서 수입이

아니라, 학위나 직업에 의거하여 투표권을 허락해야 한다고 주장하는 것이다.

18) 아페르(1750~1841). 프랑스의 사업가. 식품 통조림 산업의 창시자.

19) 안젤리카는 미나리과 식물의 이름.

20) 바놀은 프랑스 남부의 지방.

21) 말라가는 에스파냐의 도시.

22) 고수는 향료용의 미나리과 식물.

23) 마라스캥은 앵두의 일종으로 만든 술.

24) 샤르트뢰즈는 샤르트르 수도원에서 만드는 약초 술.

25) 크람밤불리는 폴란드의 도시 단치히의 술.

26) 포타주는 맑은 수프와 달리 고형물을 넣어 끓인 진한 수프.

27) 레그노(1810~1878)는 프랑스의 물리학자.

28) 보몬트는 미국 텍사스의 항구도시. 이 캐나다 사람은 누관이 너무 커서 위와 연결되어 있었다고 한다.

29) 타라르는 열일곱 살 때 소의 사분의 일을 스물네 시간 만에 먹었다고 한다.

30) 비주는 무게가 팔 파운드나 되는 빵을 먹고 소화불량으로 죽었다.

31) 피에몬테는 북이탈리아 지방.

32) 미르푸아는 에스파냐와의 국경에 인접해 있는 프랑스의 지방 도시.

33) 앙굴렘은 프랑스의 도시.

34) 파키오니 과립은 거미막 과립 또는 뇌막 과립이라고도 한다. 뇌를 격막에 고정시키는 작용 또는 뇌척수액을 정맥 동내로 배설하는 역할을 한다.

35) 파시니 소체는 촉각 수용기의 일종.

36) 고스는 아들롱의 저서에 나오는 인물.

37) 꼭두서니는 식물의 이름. 아들롱의 저서에 따르면, 꼭두서니 색으로 물들인 음식을 먹인 동물의 뼈가 빨갛게 되었다가 그 음식을 중단하자 다시 원래의 색을 되찾았다고 한다.

38) 보클랭(1763~1829). 프랑스의 화학자. 크롬과 벨릴륨 원소를 발견했다.

39) 보렐리(1608~1679). 이탈리아의 물리학자이자 생리학자.

40) 프랑수아 라스파유(1794~1878). 프랑스의 생물학자이자 화학자.

41) 장뇌는 휘발성 백색 결정. 특유한 향기를 가지고 있으며, 장뇌나무의 조각을 수증기로 증류해 결정시켜서 만든다.

42) 감홍은 승홍수에 수은을 가하고 가열해서 승화시켜 얻는 백색의 가루. 물에 녹지 않고 독성이 있다.

43) 반 헬몬트(1580~1644). 벨기에의 의사이자 화학자.

44) 브라운(1773~1858). 영국의 식물학자.

45) 부어하브(1668~1738). 네덜란드의 의사이자 화학자.

46) 브루세(1772~1838). 프랑스의 의사.

47) 옛날에는 의학에서 사혈(瀉血)시키는 데 거머리를 사용했다고 한다.

48) 동맥류는 동맥에 혹이 생기는 병.

49) 리외는 길이의 단위로, 1리외는 약 4킬로미터.

50) 뷔퐁(1707~1788). 프랑스의 박물학자. 자연사에 관한 《박물지》가 대표작이다.

51) 뱅상 드 폴(1576~1660). 프랑스의 사제.

52) 캉달은 프랑스의 주.

53) 에로는 프랑스 남부의 도.

54) 도피네는 오늘날의 론 강 유역과 알프스 산악 지방의 옛 지명.

55) 베르트랑(1820~1902). 프랑스의 고고학자.

56) 퀴비에(1769~1832). 프랑스의 고대 생물학자.

57) 맥은 열대 아시아와 아메리카에 사는, 발굽이 달리고 코가 짧은 포유동물.

58) 보장시는 루아르 강변의 지방.

59) 포르 앙 베생은 바이외 지방의 지명.

60) 마스토돈은 코끼리 비슷한 큰 고대 동물.

61) 데본셔는 영국 서남부의 주.

62) 오말리우스 달로이(1783~1875). 벨기에의 지리학자.

63) 폴립은 히드라충류의 작은 수생 동물.

64) 발루아는 바이외 지역의 지명.

65) 에트르타는 르 아브르와 페캉 사이의 해안 지역으로 절벽이 있다.

66) 줄리아 섬은 1831년 시칠리아 해협에 일시적으로 나타났으며, 몬테 누오보는 1538년에 갑자기 솟아난 화산이다.

67) 브롱냐르(1801~1876). 프랑스의 식물학자.

68) 생틸레르(1772~1844). 프랑스의 자연과학자.

69) 보날드(1754~1840). 프랑스의 정치학 작가. 유물론과 민주주의사상, 무신론을 공격하고 군주론과 기독교를 옹호했다.

70) 보몽(1798~1874). 프랑스의 지질학자.

71) 마네톤은 이집트의 역사가.

72) 오르비니(1802~1857). 프랑스의 자연과학자, 고대 생물학자, 인류학자.

73) 배핀 만은 북극 쪽으로 깊숙이 뻗어 있는 북대성양의 만.

74) 몬테 호룰로는 1757년 멕시코에 갑자기 생겨난 화산.

75) 옴팔레는 헤라클레스가 벌로 노예 생활을 할 때 그의 주인이었던 여왕.

76) 키르케는 그리스 신화에 나오는 마녀. 마술로써 남자를 돼지로 변하게 했다고 한다.

77) 난상기는 숯불로 침대를 따뜻하게 하는 기구.

78) 코는 프랑스 노르망디의 지방.

79) 미늘창은 14~17세기에 사용한 도끼를 겸한 창.

80) 크루아마르는 플로베르의 조상 중에 들어 있는 이름.

81) 놀이용 동전은 물 속에 던지면 가라앉거나 또는 다시 밖으로 나오도록 만든 동전.

82) 플러시천은 벨벳보다 털이 길고 광택이 있는 천.

83) 닫집은 동상의 위에 장식으로 만들어 다는 집의 모형.

84) 마리니는 생 로 근처의 지명.

85) 그리핀은 몸은 사자이며 머리와 날개는 독수리인 괴물.

86) 퐈그롤은 프랑스의 지명.

87) 에루빌은 캉 교외의 지방. 에루빌 성당의 처마 박공에 성기 부분이 과장된 남자의 모습이 있었다고 한다.

88) 동프롱은 오른 강 유역의 지방.

89) 스트라스는 인조 보석을 만드는 플린트글라스.

90) 세즈는 사부아 지방의 지명.

91) 코몽(1802~1873). 바이외에서 태어난 프랑스의 고고학자.

92) 보셀은 프랑스 북부의 작은 마을.

93) 갈르롱(1794~1838). 고고학자. 팔레즈에 도서관과 고문화재 박물관을 세웠다.

94) 헤이스팅즈는 영국 동남 해안의 도시.

95) 아르장탕은 프랑스의 도시.

96) 생 마르탱은 프랑스의 지명.

97) 레글은 프랑스의 지명.

98) 몽타르지는 프랑스 루아레 지방의 지명.

99) 레장은 루이 14세의 형제인 필립 도를레앙의 아들.

100) 켈트족의 신들의 이름. 그중 타라니스는 폭풍의 신이고, 에수스는 강이나 샘물의 신으로 숲의 식물들과 연관이 있는 것으로 알려져 있다.

101) 사투르누스는 농경의 신. 그리스 신화의 크로노스에 해당된다.

102) 토타테스는 갈리아 사람들의 신. 종족의 수호신이다.

103) 사라는 아브라함의 아내.

104) 이삭은 아브라함의 아들.

105) 타이에피에(1540~1589). 성 프란체스코회 수도사.

106) 위시, 게스트, 레글은 지명이고, 레글 근처에 있는 선돌은 '자리에 선 돌'이라는 이름으로 불린다고 한다.

107) 파세는 프랑스의 지명.

108) 사이스는 나일 강 유역의 델타에 있는 이집트의 고대 도시.
109) 아피스는 소의 형상으로 표시되는 이집트의 신.
110) 벨뤼스는 태양의 신 아폴로와 동일시되는 신.
111) 오시리스는 미라의 형상으로 나타내는 이집트의 신. 풍요 의례와 밀접하게 연결되어 있다.
112) 암몬은 때로는 숫양이나 거위의 머리로, 또 때로는 숫양의 뿔이 달린 인간의 얼굴로 나타나는 이집트의 신.
113) 게랑드는 생 나자르 지역의 지명.
114) 크루아지크는 생 나자르 지역의 지명.
115) 리바로는 리지외 지역의 지명.
116) 아르테미즈는 카리아(소아시아의 옛 나라)의 여왕.
117) 제우스의 유모인 산양신의 뿔로 풍요의 상징.
118) 이스파노모레스크 양식은 특히 도자기에 대한 것으로 에스파냐의 중세 예술.
119) 무스티에르는 근처에서 선사 시대의 중요한 지층이 발견된 마을 이름.
120) 느베르는 니에브르 지역의 지명.
121) 엘뵈프는 루앙 지역의 지명.
122) 오귀스탱 티에리(1795~1856). 프랑스의 역사가.
123) 1789년은 프랑스 대혁명이 일어난 해.
124) 클로비스는 프랑스의 왕.
125) 뷔셰(1796~1865). 프랑스의 철학자이자 정치가.
126) 루(1752~1794). 프랑스의 혁명가.
127) 1793년은 프랑스 대혁명 후 공포정치가 시작된 해.
128) 〈라 마르세예즈〉는 프랑스 국가(國歌).
129) 열월파는 1794년 열월(프랑스 혁명력의 제11월) 9일(즉 7월 27일)에 로베스피에르를 타도한 파.
130) 당통(1759~1794). 프랑스 혁명기의 혁신파 지도자. 임시정부인 행정위원회에는 대부분 지롱드파였으나, 거기에 오직 당통만이 법무상

으로 참가했다. 당통을 이용해서 파리 코뮌(혁명위원회)을 회유하기 위한 술책이었다고 한다.

131) 베르뇨(1753~1793). 지롱드 당의 행정관.

132) 캉팡은 프랑스의 여류 교육자. 루이 15세의 딸들의 강사였으며, 마리 앙투아네트의 친구였다. 왕정복고 때 《마리 앙투아네트에 대한 회고록》을 내놓았다.

133) 도팽은 루이 14세의 아들.

134) 그르넬은 파리 15구의 구역. 대혁명 기간에는 군대의 주둔지였다.

135) 1792년에 베르됭에 진주한 프러시아군을 환대한 처녀들로, 혁명재판소의 판결에 따라 단두대의 이슬로 사라졌다.

136) 티베리우스(BC 42~ AD 37). 로마의 제2대 황제. 전반에는 정무에 열심이었으나 후에 총신(寵臣)을 기용하여 정사를 맡기고 로마를 떠나 카프리 섬에서 방탕한 생활을 했다.

137) 타키투스(55~120경). 라티움의 역사가. 선을 찬양하고 악을 징벌하는 도덕적인 책을 저술하고자 했다. 그리하여 그의 저서는 연대기라기보다는 문학 작품과 같은 경향을 띤다.

138) 뒤무리에(1739~1823). 프랑스의 장군. 발미의 전투에서 프러시아 군대와 싸워 이겼다.

139) 목월은 프랑스 혁명력의 아홉 번째 달로, 5월 20일~ 6월 18일.

140) 롤랭(1661~1741). 프랑스의 작가. 《고대 역사》를 저술했다.

141) 티투스 리비우스(BC 64~AD 10경). 로마의 역사가.

142) 로물루스(BC 753~BC 715). 전설에 따르면 로마의 건국자이며 첫 번째 왕.

143) 살루스티우스(BC 86~BC 35). 라티움의 역사가.

144) 아이네아스는 트로이의 왕자이며 트로이 전쟁 때의 용사.

145) 코리올라누스는 5세기 사람. 볼사이족의 정복자.

146) 파비우스 픽토르(BC 254~BC 201경). 로마의 첫 번째 역사가.

147) 드니스는 BC 1세기 사람. 그리스의 역사가이자 비평가.

148) 세네카는 BC 1세기 사람. 로마의 스토아학파 철학자.

149) 디옹(155~235경). 그리스의 역사가.

150) 라 모트 르 바이에(1588~1672). 프랑스의 다방면의 작가이자 철학자.

151) 칼데아는 바빌로니아의 지방.

152) 퀸투스 쿠르시우스는 1세기 사람. 라티움의 역사가.

153) 플루타르코스(46~125경). 그리스의 전기 작가.

154) 헤로도토스(BC 484~BC 425경). 그리스의 역사가.

155) 베르생제토릭스(BC 72~BC 46경). 골족의 추장. 카이사르가 이끄는 로마에게 최후까지 대항했다.

156) 시스몽디(1773~1842). 스위스의 역사가이자 경제학자. 《프랑스 역사》도 저술했다.

157) 그레구아르 드 투르(538~594). 투르의 주교.

158) 몽스트를레(1390~1453경). 프랑스의 연대기 작가.

159) 실페리크는 뇌스트리(6세기 프랑크 3대 왕국의 하나로 루아르 강과 영불해협에 인접한 영토)의 왕.

160) 파라몽은 프랑크족의 전설적인 추장. 5세기 인물로 추정된다. 불어로 '산'이 몽Mont이고 '등대'는 파르Phare이므로, 파라몽이라는 인물을 나타낸다.

161) 보쉬에(1627~1704경). 프랑스의 주교, 신학자, 작가.

162) 모는 보쉬에의 무덤이 있는 곳.

163) 테오도시우스(약 346~395). 로마의 황제.

164) 비코(1668~1744). 이탈리아의 역사가이자 철학자.

165) 비코의 《과학 소식》은 1827년 미슐레에 의해 《역사철학의 원칙》이라는 제목으로 불어로 번역되었다.

166) 벨리사리오스(500~565). 비잔틴의 장군.

167) 기욤 텔은 8세기 말의 스위스 독립에 있어서 전설적인 영웅.

168) 시드(1043~1099). 에스파냐의 영웅.

169) 도누(1761~1840). 프랑스의 정치가이자 역사가. 《역사 연구 강좌》

라는 책이 있다.

170) 파우사니아스는 2세기경 그리스의 대여행가이며 최초의 여행 안내서의 저자. 그가 방문한 곳에서 벌어졌던 신화적 사건들을 많이 이야기했다. 사투르누스(일명 크로노스)는 자기 자식들 중의 누군가가 자기를 죽이고 왕위를 차지하리라고 생각하고 태어나는 자식들을 모조리 잡아먹었다. 여섯 번째의 자식인 제우스가 태어났을 때 그의 아내 레아는 제우스 대신 돌덩어리를 포대기에 싸서 먹게 했다. 제우스는 장성하자, 할머니에 해당되는 '대지'의 도움을 받아 크로노스가 삼키고 있던 다섯 아이와 함께 그 돌을 토해내게 했다. 그 돌을 그리스의 고도(古都) 델포이에 갖다놓았는데, 서기 180년경에 파우사니아스가 보게 된다. 그는 델포이의 사제들이 그다지 크지 않은 돌 하나에 기름을 바르는 모습을 보았다고 말하고 있다.

171) 티투스는 로마의 황제.

172) 토리노는 북이탈리아의 도시.

173) 마세나는 프랑스의 부사령관. 1789년에 해직된 후, 툴롱이 속해 있는 바르 지역에서 의용군의 장교로 활동했다. 1814년에 부르봉 왕가에 동조했다.

174) 툴롱은 프랑스 남단의 도시.

175) 트로카데로는 에스파냐의 지명. 도시를 지키는 요새가 있었다. 에스파냐 반란군에게 점령당한 것을 앙굴렘이 탈취했다.

176) 헤라클레스의 기둥은 지브롤터 해협의 양쪽에 있는 두 개의 산을 일컫는 말.

177) 페르디난드 7세. 에스파냐의 왕.

178) 마르몽은 프랑스의 부사령관. 1830년 7월에 혁명을 제압하는 왕실 군대의 지도자로 있었다.

179) 생 클루는 센 강 상류 지역의 지명.

180) 랑부예는 프랑스의 지명.

181) 나폴레옹 1세를 일컫는다.

182) 샹보르는 앙리 5세.

183) 바이욘은 에스파냐 국경 근처의 도시.

184) 벨리세르(500~565경). 비잔틴의 장군. 18세기 말과 19세기 초, 이 인물을 소재로 하여 마르몽텔과 마담 드 장리스가 소설을 썼고, 주이가 비극을 썼다. 그중에서 마르몽텔의 작품이 가장 유명하다.

185) 누마 퐁필리우스(BC 715~BC 672경). 로마의 전설적인 왕. 이 인물을 소재로 한 플로리앙(18세기 프랑스 작가)의 산문시가 있다.

186) 마르샹지(1782~1826). 제정 시대와 왕정복고 시대의 행정관이자 문인.

187) 아를랭쿠르(1789~1856). 프랑스의 소설가.

188) 자콥은 역사소설을 쓴 폴 라크루아(1807~1884)의 필명.

189) 술리에(1800~1847). 프랑스의 소설가이자 극작가.

190) 빌맹은 1816~1830년에 소르본에서 프랑스 문학 교수로 지낸 사람. 새로운 프랑스 문학 연구에 공헌했다.

191) 루이 가브리엘 미쇼(1773~1858)의 유명한 책.

192) 카트린 드 메디시스는 프랑스의 왕비. 앙리 2세의 부인.

193) 앙주 공작은 앙리 2세의 넷째 아들.

194) 몽소로는 프랑스의 지명.

195) 마르고 왕비는 나바르 왕국의 왕비. 앙리 2세의 딸로 앙리 드 나바르와 결혼했다.

196) 생 바르텔르미의 학살은 1572년 8월 24일의 신교도 학살.

197) 잔느 달브레는 나바르의 여왕.

198) 리에주는 벨기에의 도시.

199) 로베르 드 라마르크는 1489년에 죽은 로베르 1세를 가리킨다. 리에주 사제의 소유로 되어 있던 '부이용'이라는 공작 영지가 1483년 라마르크 집안으로 넘어가게 된 역사적 사실을 이야기하는 것이다.

200) 막시밀리안(1459~1519). 오스트리아의 황태자.

201) 테메레르는 부르고뉴 지방의 공작. 필립 3세의 아들이다.

202) 퐁파두르 후작 부인은 루이 15세의 애첩.

203) 셀라마레(1657～1733). 에스파냐의 외교관.

204) 뒤라스 부인의 소설.

205) 메스트르(1763～1852). 프랑스의 작가. 여기에서 예로 든 작품은 환상적인 작품이다.

206) 카르(1808～1890). 프랑스의 신문기자이자 작가.

207) 폴 드 코크(1793～1871). 프랑스 작가.

208) 빅토르 조생 에티엔(1764～1846)이 쓴 풍습에 관한 기사가 '쇼세 당탱의 은둔자'라는 제목으로 모인 것. 쇼세 당탱은 파리의 한 구역 이름.

209) 테아트르 프랑세는 1680년에 창립된 고전극 전문 극장.

210) 라 아르프(1739～1803). 프랑스의 극작가이자 비평가.

211) 피에르 로랑 뷔르트(1727～1775)의 비극.

212) 마르몽텔의 비극. 시라쿠사는 시칠리아 동쪽 해안의 항구 도시이다.

213) 보캉송(1709～1782). 프랑스의 기술자. 여러 가지 기계와 자동인형을 제작했다.

214) 셀리맨은 몰리에르의 《염세가》에 나오는 인물명.

215) 클리탕드르, 스가나렐, 에지스트, 아가멤논은 모두 몰리에르의 극중 인물.

216) 피세레쿠르(1773～1844). 프랑스의 극작가.

217) 프레데릭 르메트르(1800～1876). 뱅자맹 앙티에의 멜로드라마 《얌지 바른 비탈의 여인숙》에서 로베르 마케르의 역을 초연한 연극배우.

218) 르브랭(1753～1835). 당대에 유명했던 프랑스의 극작가이자 소설가.

219) 알렉상드르 뒤마의 작품.

220) 도나는 에스파냐의 귀족 부인에 대한 존칭.

221) 베랑제(1780～1857). 프랑스의 시인이자 연예인.

222) 뒤캉주, 피카르는 제정 시대와 왕정복고 시대에 유행했던 작가들.

223) 《교현금을 타는 여자, 팡숑》은 부이이와 조제프 팽의 가벼운 희극. 1800년 작품. 교현금이란 바퀴를 돌려 연주하는 중세의 현악기이다.

224) 《어부 가스파르도》는 부샤르디의 극 작품.

225) autour와 à l'entour는 '……주위에' 라는 뜻.

226) imposer와 en imposer는 '강요하다' 라는 뜻.

227) croasser는 '까마귀가 까악까악 울다' 라는 뜻.

228) coasser는 '개구리가 개골개골 울다' 라는 뜻.

229) lentilles는 '렌즈콩', cassonade는 '흑설탕' 이라는 뜻.

230) hiérarchie는 '계급 제도' 라는 뜻.

231) oeils de la soupe는 '국의 기름기' 라는 뜻인데, oeil의 복수형은 보통 oeils가 아니라 yeux이다.

232) 제냉(1803~1856). 문헌학자.

233) hannetons는 '풍뎅이' 라는 뜻.

234) haricots는 '완두콩' 이라는 뜻.

235) Rome은 '로마' Lionne는 '암사자' 라는 뜻.

236) 리테르(1801~1881). 프랑스의 철학자, 문헌학자, 정치가.

237) 베르길리우스(BC 70~BC 19). 라티움의 시인.

238) 하르퓌아는 그리스 신화에 나오는, 폭풍과 죽음을 다스리는 새의 몸에 여자 얼굴을 한 괴물.

239) 롱쟁(213~273). 그리스의 철학자이자 수사학자.

240) 《악마의 회상록》은 프레데리크 술리에(1837~1838)의 작품.

241) 프리처드(1796~1883). 영국의 선교사. 타히티에 선교사로 있을 때, 포마르 여왕에게 영향력을 행사해서 프랑스의 가톨릭 선교사들의 접근을 금지시켰다.

242) 루이 필립은 7월왕정 시대의 프랑스 왕.

243) 카토(BC 93~BC 46). 로마의 정치가. 공화국의 옹호자였다. 폼페이우스의 군대가 패하자, 공화국을 잃고 살아남기를 거부하고 자살했다.

244) 카시미르 들라비뉴(1793~1843). 프랑스의 시인이자 극작가. 역사적인 색채와 매우 고전적인 심리학이 잘 어우러진 극 작품에서 정제된 모습을 보여주었다.

245) 푸드라(1800~1872). 정통 왕조파의 신문기자이자 상류 사회의 소설가.

246) 로슈자클랭(1805~1867). 대영주이며 정통 왕조파의 한 사람.

247) 스톨라는 주교나 신부가 목도리같이 걸치는 천.

248) 중백의는 성직자가 법의 위에 입는 겉옷.

249) 르드뤼 롤랭(1807~1874). 프랑스의 정치가.

250) 1848년 3월 18일, 과도 정부는 소요로 인한 엄청난 적자 때문에 직접세 1프랑마다 45상팀의 추가 요금을 과세하기로 결정했다.

251) 루이 블랑(1811~1882). 프랑스 정치가이자 역사가. 1848년 2월혁명 이후 과도 정부의 요원이었다.

252) 퓌레는 야채를 삶아서 짓이겨 거른 걸쭉한 음식. 파인애플 퓌레, 금침대, 대향연에 대한 이야기는 반대파의 중상모략을 일컫는 것이다.

253) 플로콩(1800~1866). 프랑스 정치가. 과도 정부의 임원이었고, 1848년 2월혁명 후에 육군성 장관으로 임명되었다.

254) 주앵빌(1818~1900). 루이 필립의 셋째 아들.

255) 협죽도는 동인도 원산의 상록 관목. 여름에 붉은 꽃, 누른 꽃, 흰 꽃이 2중판 모양으로 핀다.

256) 불(1642~1732). 17세기 프랑스의 가구 제조인.

257) 카베냐(1802~1857). 프랑스 정치가이자 장군. 의회에서 행정부의 우두머리로 선출되어, 질서를 유지하기 위해 단호한 조치를 취했다.

258) 르발레시에르는 밀가루, 렌즈콩, 완두콩, 옥수수, 강낭콩, 수수의 혼합물에 바다 소금과 귀리와 보리알을 첨가한 것. 이 상품을 만들어 낸 뒤 바리 박사가 '건강을 회복시켜준다' 는 의미의 라틴어에서 따온 이름을 붙였다. 많은 병에 치료 효과가 있다고 해서 급속도로 사용이 늘어났다고 한다.

259) 프루동(1809~1865). 프랑스의 사회주의자.

260) 생트 펠라지는 파리의 감옥.

261) 마드라스는 인도의 도시.

262) 샹가르니에(1793~1877). 프랑스의 장군.

263) 솔론(BC 640~BC 558경). 아테네의 입법자이며 시인.

264) 푸리에주의는 공상적 사회주의 사상.

265) 정열의 인력은 뉴턴이 자연에서 중력 법칙을 발견한 것과 유사하게, 사회에서도 객관적인 합법칙성을 확립하려는 경향에서 나온 용어.

266) 팔랑주는 1,500~2,000명의 성원으로 구성되는 사회주의적 공동생활체.

267) 에세네파는 그리스도 시대에 존재한 3대 유태교단의 하나. 계율과 고행에 힘썼다.

268) 모라비아 교도는 15세기의 청교도의 일파.

269) 이카리아는 그리스의 섬.

270) 카베(1788~1856). 프랑스의 사회주의자. 앞선 부바르의 말은 카베의 저서 《이카리아의 여행》에서 인용한 것이다.

271) 토머스 모어(1478~1535). 영국의 정치가이며 인문주의자. 《유토피아》의 작가로 널리 알려져 있다.

문학의 세계

부바르와 페퀴셰1

초판 1쇄 발행 1995년 4월 10일
개정 1판 1쇄 발행 2006년 3월 10일
개정 2판 1쇄 발행 2023년 1월 6일
개정 2판 2쇄 발행 2023년 4월 14일

지은이 귀스타브 플로베르
옮긴이 진인혜
펴낸이 김현태
펴낸곳 책세상
등 록 1975년 5월 21일 제2017-000226호
주 소 서울시 마포구 잔다리로 62-1, 3층(04031)
전 화 02-704-1251
팩 스 02-719-1258
이메일 editor@chaeksesang.com
광고·제휴 문의 creator@chaeksesang.com
홈페이지 chaeksesang.com
페이스북 /chaeksesang **트위터** @chaeksesang
인스타그램 @chaeksesang **네이버포스트** bkworldpub

ISBN 979-11-5931-887-0 04800
ISBN 979-11-5931-863-4 (세트)

• 잘못되거나 파손된 책은 구입하신 서점에서 교환해드립니다.
• 책값은 뒤표지에 있습니다.